壊れそうな君の世界を守るために

小鳥居ほたる

STARTS
スターツ出版株式会社

夜が明けて目を覚ました時、自分が見知らぬ誰かになっていたらと思うことがある。
そうすれば、きっと何もかも上手くいくんだろう。
君を救うことだって、できるのかもしれない。

目次

壊れそうな君の世界を守るために

前編　春とうさぎと彼女の恋

カーテンの隙間から差し込む朝焼けの眩しさで目を開いた。未だまどろみの中にいるような、意識が完全に覚醒するほんの少し前。ぼんやりとした視界の焦点を定めるために、一度まぶたをこすった。

反射的に大きなあくびをすると、蛍（ほたる）が飛んでいるように見えた視界が澄み渡った。どうやら俺は、見知らぬ部屋のベッドの上に寝転がっているらしい。

昨日のことを思い出そうとするが、まるで空を掴（つか）むかのように記憶が手のひらをすり抜けていった。それどころか、自分という存在すらもなぜか曖昧（あいまい）になっていて、思わず手のひらを額に当てる。どこかを打ったような痛みはなかった。

ベッドから降りて、壁際に置いてあった姿見と対面してみる。そこに映っている姿に、しかし見覚えはなかった。夢じゃないかと思って軽く頬（ほお）をつねってみたが、鈍い痛みと共に鏡に映る誰かの頬がほんのり赤く染まった。

「……俺は、誰だ」

そして、お前はいったい誰だ。

悪い夢なら覚めて欲しいと願って、きつく目をつぶって強く頭を振る。再び視界が明るくなった時、受け入れがたい現状に都合の良い変化は起きていなかった。

「春希（はるき）！」

不意に部屋の外から、誰かを呼ぶ声が聞こえてくる。なんとなく、自分のことを呼んでいるような気がした。俺の名前は、『杉浦鳴海（すぎうらなるみ）』だけれど。

「杉浦、鳴海……」

ふっと頭の中に浮かんできた名前を口に出してみると、心のどこかでパズルのピースがぴたりとはまるような音が聞こえた。自分のことは、何もわからないのに。それだけは、唯一確かなものだと疑いもしなかった。

取り乱してもおかしくない現状なのに、変に落ち着いている自覚はあった。ずっと、こうなることを望んでいたような気さえする。

誰かに呼ばれているため、ひとまず部屋を出て階段を恐る恐る下りてみると、ちょうど『春希』を呼びに行くところだったのか、廊下で声の主とばったり遭遇（そうぐう）した。

先ほど鏡で見た自分の姿に似ている男性。おそらく父親だろう。大きく違うところと言えば、彼には年齢によるしわが顔に刻まれていて、眼鏡を掛けている。物腰のやわらかそうな人だった。

「なんだ、起きてたのか」

「あ、うん……」

「もしかして、今日は行くの？」

目的語のない言葉に首を傾げると、怪訝（けげん）そうな顔をしながら「学校」と付け加える。

「あ、ああ。行くよ、もちろん」

自身の記憶は混濁しているけど、学校は行かなければいけないものだという常識は持ち合わせていた。ということは、俺は春希と同じ学生だったのだろうか。

「……父さんが言うようなことじゃないけど、しんどかったら休んでもいいんだぞ？　今の時代、一休みするのはおかしなことじゃないんだから。辛かったら、別の道だっていくらでもあるんだし」

「え、何の話？　別に、風邪とか引いてないけど……」

さっき鏡で見た自分は、特に体を壊しているようには見えなかった。

「そっか。それじゃあ、朝ご飯もうできてるから、顔洗ってリビングにおいで」

「わかった」

反射的に返事をしたものの、家のどこに洗面台が置いてあるのかわからなかった。父親にたずねても良かったが、頭がおかしくなったと思われそうだから気が引けて、とりあえず近くにあったドアを三回ノックしてみる。中から返事はない。

すると、リビングに向かっていた父親がこちらを振り返って、眉をひそめた。

「おい、大丈夫か？　うちには父さんとお前しかいないぞ」

「あ、あぁ。そうだよね。ごめん、寝ぼけてた……」

「そんな怖いことしないでくれ」

慌ててドアを開けると、その小さな空間には堂々と真っ白い便座が鎮座していた。洗面所じゃないことは一目瞭然だったが、開けてしまった手前、入らなければそれはそれで不審がられてしまう。

「ハル、トイレ終わったらちゃんと顔洗うんだぞ。一応、洗面所はあっちだから。久しぶりの学校なんだし、寝ぼけたまま行くなよ」

「……わかった」

父親は訝しげな表情を浮かべ、指し示した洗面所とは反対側の扉を開けて入って行った。おそらくそっちがリビングだろう。トイレに入り鍵を閉めてから、ため息を吐いて壁にもたれかかる。尿意はもよおしていない。

なんとなく流れに身を任せるように会話をしてしまったけれど、正直に今起きている出来事を話すべきだったんだろうか。けれど馬鹿正直に打ち明けてしまえば、頭がおかしくなったと思われて医者へ連れて行かれる気がする。こんな突拍子もない現象を、いったい誰が信じてくれるのだろう。

自力でどうにかできる問題なら、ことを荒立てたくはない。

「すぐに、元の体に戻れるんだろうか……」

そもそもどうやって体が入れ替わってしまったのか。杉浦鳴海としての記憶が欠落しているから、戻り方も戻るタイミングすらもわからない。

問題は山積みだったが、ひとまずは顔を洗って飯を食わなきゃいけない。いつまでもトイレにこもっていれば、今度はお腹でも下したのかと心配されてしまう。

意味もなく水を流してから、洗面所で顔を洗った。

リビングへ行き、椅子に座って食パンをかじる頃には、しばらくの間は自分を春希だと偽って行動することにしようという意思が固まっていた。もし何日も続くのなら、それはまたその時に対策を考えようと、未来の自分に無責任にも決断を任せることにする。

幸いにも、父親には息子の中身が入れ替わってしまったことはバレていないようだった。この近辺で高校生が車に轢かれる事故があったとか、芸能人の不倫に関するテレビのニュースを見ながら、新聞を広げてコーヒーを飲んでいる。

「一応聞いとくけど、まさか学校の場所を忘れたなんて言わないよな」

「馬鹿にしないでよ。忘れるわけないじゃん」

そもそも通っている学校すら知らないなんて、言えるはずもない。気丈な言葉とは裏腹に、内心めちゃくちゃな焦りを感じていると、父親は首元のネクタイを締め直してから「久しぶりだから、車で送ってあげるよ」と言ってくれた。

朝食後に一旦部屋へと戻り、クローゼットに掛けてあった制服に着替え、床に無造作に置かれていた黒色のリュックを持って玄関に向かう。

待っていると、父親がリビングの方からひょっこりと顔を出した。

「お母さんに挨拶、していきな」

さっきは二人暮らしと言っていたのに。

リビングへ戻ると、棚の上に置かれている小さな写真立てに向かって父親が腰をかがめていた。隣に立って見てみると、その写真には輝かしい笑顔を浮かべた女性が写っている。

なんとなく、春希の母親は亡くなってしまったんだと、察した。

「お母さん、ハルが元気に学校に行くって知ったら、喜ぶと思うぞ」

「……そうかな」

俺は、春希じゃない。複雑な気持ちを抱えながら、写真の前で手を合わせる。途端に、大切な息子のふりをしている自分に、大きな罪悪感を抱いた。だから「ごめんなさい」と、心の中で静かに唱えた。

学校の正門前に息子を下ろすと、父親はすぐに仕事場へと車を走らせて行った。

家を出る時、玄関前の表札で『工藤』という名前を確認した。この宿主は『工藤春希』というようで、やっぱりその名前に聞き覚えはない。忘れているのか、そもそも知らないのかは判断ができなかった。

同じ制服を身に纏った男子生徒たちと、襟がえんじ色をしたセーラー服を着た女子生徒たちの群れに導かれるようにして、校舎の中へと入って行く。皆一様に、迷うことなく自分の靴箱から指定の上履きスリッパを取り出しているが、学年もクラス番号もわからない俺は立ちすくんでしまった。

これからどうしようかと考えていた時、

「久しぶり、春希くん」

いきなり『春希くん』と呼ばれ、反応が遅れつつも声のした方を振り返る。いつの間にかそこには笑顔の女子生徒が立っていた。同じくらいの背格好で、どこか雰囲気が今朝見た写真の女性に似ている気がする。周りの生徒より、随分大人びて見えた。

胸元に付けている白いネームプレートには、『高槻』と彫られている。

「久しぶり、高槻さん」

すると高槻は一瞬だけ逡巡するように口ごもった後、また微笑みを浮かべ、冗談でも言うように、

「春希くんがしばらく休んでたから、最近全部の日程を一人で決めてたんだよ」と、やはり俺にはわからない類いの会話を振ってきた。適当なことは言えないから「任せっきりになっちゃった」と、話を合わせておく。

「別にいいよ。春希くんも、いろいろ大変だからね。でも学校に来られるぐらいには

回復したみたいで、安心したよ」

「ありがと。ごめんね心配掛けて。俺はもう大丈夫だから」

にこやかに言うと、彼女は纏っていた笑みを急に引っ込め、見ず知らずの人に向けるような真顔の表情になった。その突然の変わりように、俺は焦りを覚える。

「……あの、どうかした？」

「ううん。勝手に私が心配してただけだから。それより、早く靴変えよ」

先ほどまでとは違う平坦（へいたん）な声に違和感を抱いたが、こちらの返事も待たずにスタスタと歩き始めたため、小さく揺れるハーフアップにまとめられた長髪を追いかけた。

話の雰囲気的に、春希と高槻は仲が良いんだろうか。

はぐれたりしないように後ろをついて行くと、彼女は下駄箱の中から自分の上履きを取り出した。当然、下駄箱に名前なんてものは書かれておらず、番号だけが割り振られている。とりあえず、目についた場所を適当に開けた。

「そこ、風香（ふうか）の場所だよ」

「あ、そうだっけ……」

「春希くんのは、こっち。久しぶりだから、忘れちゃった？」

自分が開いたところから右斜め上の下駄箱を、細く綺麗（きれい）な指先で示してくれる。

「そうだった、忘れてたよ」

違和感を抱かせないよう、取り繕いながら言われた場所を開いて、やけに小さな上履きを手に取った。すると、

「その下駄箱も、実は真帆のなんだけどね。春希くんの足じゃ、そんな小さいのは入らないよ？」

何も言わずに上履きを戻す俺を見て、彼女は意味ありげに笑っていた。からかったつもりだろうか。それなら、まったく面白くない。

今度は本当の場所を教えてくれるのか、先ほど自分が上履きを取り出した場所のすぐ隣を開けた。しかしそこに、上履きは入っていなかった。

「まだこの冗談続けるの？」

「……いや、この場所で合ってるはずだけど」

しばらく空の下駄箱の中を見つめていた彼女は、思い出したように眉根を寄せ、不快そうに表情を歪めた。それから開いた時よりも強い勢いで扉を閉める。カシャンという間抜けな音が昇降口に響き、生徒たちの喧騒の中に掻き消された。

「……もしかして、怒ってる？」

恐る恐る訊ねると、数秒前の出来事など忘れてしまったかのように、笑顔が戻った。

「探しといてあげるから、今日はとりあえず職員室で予備の奴借りなよ」

「あ、うん……」

「場所、わかるよね。二階だから。そこの階段上がってすぐの場所。それじゃ、二年三組で待ってるね」

「え、ちょ」

待ってよ。その言葉を発する前に、高槻は俺を置いてスタスタと歩いて行った。あわよくば、教室まで一緒に行こうと思ったのに。

とりあえず教えてもらった場所に外履きだけ片付けて、二階にあるという職員室へ靴下のまま向かうことにした。

職員室の先生に上履きをなくしたと伝えたら、すんなりと来客用のスリッパを貸してもらえた。

それから校内をうろつき三階に上ったところで、あっさり二年三組とやらを見つける。ここに辿り着くまでにかかった苦労に、思わずため息が漏れた。

そもそも春希がしばらく学校を休んでいたなら、代わりに登校する必要はないんじゃないか。けれど回れ右をして帰ろうと試みるたびに、今朝写真で見た母親の笑顔がちらついて、どうにも足がそちらへと向かなかった。

教室へと足を踏み入れた途端、刺すような視線を浴びたような気がしたけれど、とりあえず入口一番近くの席に座っていたミディアムヘアの女の子に「おはよ」と笑顔で挨拶してみた。こちらを振り返った女の子は、不機嫌そうに思いっ切り顔を歪ませてくる。その敵対心剥き出しの表情に、聞く相手を間違えてしまったことをすぐに察した。

「ちょ、なに、馴れ馴れしいんだけど。私が工藤の友達と勘違いされるじゃん。話し掛けんな、サイアク」

一言挨拶を交わしただけなのに悪態を吐かれ、苦笑いを浮かべるしかなかった。胸元のネームプレートには、『宇佐美』と書かれている。極力この女には話し掛けないでおこうと決めた。それから舌打ちをされ、そっぽを向かれる。

あらためて教室を見渡してみるが、皆一様に視線が合った途端に目をそらしてしまう。唯一違ったのは、先ほど昇降口で話をした高槻だった。こちらを呆れたように見つめていて、それから何も言わずに自分の後ろの席を指差した。ここだよ、と教えてくれているかのよう。

窓際一番奥の席に座り、前を向く彼女に小声で「ありがとう」と伝えた。するとこちらを振り返らずに「あんまりクラスメイトに話し掛けない方がいいよ」と忠告してくれる。

もしかして、春希は嫌われているのだろうか。

平穏無事に生活するためには、大人しくしているに越したことはない。机に突っ伏して朝の時間をやり過ごし、授業が始まる前に一応ノートと教科書だけは開いておいた。

どうすれば、元の体に戻ることができるんだろう。それが今の一番大きな悩みで、戻ることさえできれば杉浦鳴海という人間のことも自ずとわかるような気がした。

しかし下校の時間になっても、解決方法は何も思い浮かばなかった。

自宅へ帰るために、カバンの中へ適当に教科書やノートを詰め込む。すると目の前に座っていた高槻の元に、一人の男が近寄ってきた。彼は一瞬こちらを見たが、すぐに興味が失せたのか彼女の方へ視線を戻した。

「天音、帰ろう。今日は部活が休みなんだ」

彼女は高槻天音というらしい。そして名前で呼んでいるということは、おそらく恋人か何かだろう。彼氏の一人や二人はいることに、驚きは感じなかった。

「ごめん、今日は先約があるの」

「先約？　誰？」

「春希くん」

いきなり飛び出したその名前に、カバンを肩に掛けようとしていた手が止まる。気付けば高槻はこちらを振り返り、にんまりと笑っていた。

「だよね、春希くん」

「え、いや……」

思わず彼氏の方を見ると、どこか冷めた目で俺のことを見下ろしている。

「なんだ、今日は来てたのか」

さっき目が合ったのは、どうやら気のせいだったらしい。

「それって、修学旅行の打ち合わせの奴？　早く終わるなら待ってるよ」

「うーん、どうかなぁ。それに今日は、もう春希くんと一緒に帰ろって約束しちゃったんだよね」

「別に、そんな約束は……」

言い終える前に、高槻は一瞬こちらを睨みつけてきた。話を合わせなければ後で殴ると暗に言われているかのようで、誤魔化すようにへらへらと笑っておいた。

「そうか、優しいな天音は。それじゃあ仕方がない」

「ごめんね、康平」

彼は「気にしないで」と言い口元を緩め、他の友人たちと教室を出て行った。康平という男が去った後、高槻は疲れたように肩を落とす。何か話し掛けようかとも思ったが、先ほどの彼と同じように彼女を誘おうとするクラスメイトたちがやってきて、そのたびに俺を口実にして断り続けるのを見ていることしかできなかった。

勝手に名前を使うのは構わないが、高槻が春希という単語を口にするたび、汚物を見るかのような視線を向けられるのは、さすがに心が痛んだ。

それからクラスメイトの波がはけたタイミングをを見計らって、

「俺のことなんか気にせずに、友達との約束を優先すれば良かったのに」

そもそも今朝少し会話をしただけで、放課後に何かしようと約束をした覚えはない。

「ここじゃあ目立つから、場所変えようよ。ついてきて」

こちらの言葉なんて耳に入れず、一方的に会話を進めてくる。いったい俺が何をしたんだろう。仕方なくカバンを背負い直して彼女に同行した。

高槻が話し合いの場として選んだのは、校舎四階にある空き教室だった。

今からここで、修学旅行の打ち合わせとやらを始めるのだろうか。それにしてはやけに静まり返っていて、そういう明るい話し合いをするような雰囲気じゃなかった。

高槻も、今から向かい合って会話をする気なんて微塵(みじん)もないのか、椅子に座らず窓際で部活動の始まったグラウンドの方を眺めていた。

「用があるなら早めに済ませようよ。俺も、早く家に帰りたいし」

急かすように言うと、高槻は探るような視線を向けてくる。それから窓際を離れ詰め寄ってきた。綺麗な瞳が近付いてきて、思わず半歩後ろに下がる。

先ほど自分で閉めたドアに、背中がぶつかった。

「君、春希くんじゃないよね？」

「……は？　何言ってんの。春希だけど」

思わず、否定する。

「君が春希くんのふりをしてるのは、わかってるんだよ。だって春希くんは、私と二人きりの時は名前で呼んでるから」

「……久しぶりだから、忘れてたよ。ごめん、天音」

取り繕うように言うと、呆れたように目を細めてきた。

「今さらそんな言い訳するの、苦しすぎない？　ここで嘘（うそ）を重ねるよりも、早めに正直に話した方が今後の自分のためになると思うんだけど」

「自分のためって？」

「嘘を塗り重ねる人に、今度からは優しくしてあげないよってこと。私、口だけの人は嫌いなんだ」

天音は手近な椅子を引いてちょこんと座った。まだ、一応弁解の機会は与えてくれるらしい。

「君が自分の下駄箱の場所がわからなくてあたふたしてたのも、座る席を探してたのも気付いてたよ。見ていてかわいそうだったから、私は善意で助けてあげたのに」

そういう君は、私の恩に仇で返すんだね。

悲しさと失望の入り混じった瞳を向けてくる。なんだかいたたまれない気持ちになって、咄嗟に言い訳の言葉を探してしまった。

「ごめん。別に嘘吐くとか、そんなつもりはなくてさ。気付いてるって、知らなくて……俺も、どうすればいいかわからなかったんだ」

「それは、君が工藤春希じゃないって認めるってこと？」

「あぁ」

「なんだ、やっぱりそっか」

認めると、漂わせていた哀愁を綺麗さっぱり取り払って、気付けば先ほどまでの調子を取り戻していた。

「……今の演技だったの？　ちょっと申し訳ないなって思ったんだけど」

「君だって朝から演技してたんだから、おあいこだよね。それに、口だけの人は本当に嫌いだよ」

「ああ、そう……」

少し長い話になりそうだったから、天音にならって椅子に座った。

「君は、春希くんのお兄さん？」

「工藤家は、父さんと春希の二人暮らしみたいだよ」

「だよね、知ってる」

「知ってんのかよ」

「だって私、春希くんとは仲良しだから」

春希のことを名前で呼んでいるあたり、それは本当だろう。面白くもない俺のツッコミにへらへらと笑っている彼女は、頭の中で何を考えているのかわからない。

「俺は、杉浦鳴海っていう名前なんだ」

「……すぎうらなるみ？」

「知ってるの？」

「いや、知らない。誰？　杉浦鳴海って」

一瞬だけ見せた思わせぶりな表情は、どうやら気のせいだったようだ。紛らわしい態度を取るなと思ったが、その言葉は喉の奥へと飲み込んでおく。

身勝手ながら天音に落胆していると、おもむろにカバンの中からファンシーな柄のメモ帳を取り出した。何をするのか見守っていると、ボールペンを取り出して一番上の行に『杉浦なるみ』と俺の名前を記入する。

「ナルミって、成功の成に海って書くの？　それとも、海鳴りの方？」

「後者だけど、何してんの？」

「考え事をする時、メモするのが癖なの」

「もしかして、手伝ってくれるの？」

彼女はあらためて『鳴海』と書き直すと、次の行に『元の体に戻る方法』と書き加えた。

「春希くんも、いきなり君の体と入れ替わって困ってるかもしれないからね。見過ごせないよ。別に君のためとかじゃないからね」

最後の一言は余計だったが、元の体に戻る方法を一緒に探してくれるなら、なんでも良かった。変な奴だけど、人並みの優しさはちゃんと持ち合わせているらしい。

しかし名前以外の情報が何もないため、メモ帳に記入されたそれに顔を落としたまま、しばらくお互いに首を傾げた。

「君は、本当に何も覚えてないの？　通ってた学校とか」

「学校に通ってたのかも覚えてない」

「工藤春希っていう名前に聞き覚えは？」

「今日初めて聞いた、と思う……」

「今朝、起き上がった時に頭でも打った？」

後頭部を手のひらでさすってみたけれど、そこにこぶのようなものはできていない。

「これは前途多難（ぜんとたなん）だね」

現状ほとんど何もわからないのに、嫌な顔を浮かべず、むしろ楽し気に天音は微笑（ほほえ）

んだ。

「ごめん。解決の見通しが何も立たなくて」

「君が謝ることじゃないよ。それに、いきなり元の体に戻ることもあるかもしれないし。何年か前に流行った映画で見たよ、そういう展開」

流行った映画というのも、俺にはどんな映画なのかわからなかった。そもそも見ていないのか、忘れているのかも定かではない。

「とりあえず、今日はもうお開きにしよっか」

「修学旅行の打ち合わせって奴は、進めなくていいの？」

「それはもう、春希くんが登校してない間に私の方で勝手に進めておいたから」

「要領がいいんだね」

「面倒くさいことは、早めに終わらせておきたいだけ。本当は、春希くんと一緒に進めたかったんだけどね」

おそらくそれは、一人より二人の方が早いという効率の話ではないんだろう。春希と一緒に進めたかったという言葉の裏に、ほんの少しだけ寂しさのようなものが見て取れた。

「また何か思い出したことがあれば教えるよ」

「役に立つかわからないけどね。一応、連絡先も交換しておこっか。スマホ持ってきてるよね？」

今朝適当に持ってきたカバンの中を漁ってみると、ノート類と一緒に彼女が持っているものと似た形状の電子機器が入っていた。取り出して、とりあえず眺めてみるけれど、使い方がいまいちよくわからない。

「もしかして、原始人？」

「馬鹿にしてんの？」

「冗談だよ。その機種、たぶん顔認証あると思うから、開いたら設定してあげる」

言われた通りに電源を入れると、何もしていないのにロックが解除された。鍵を掛けられるものを、他人が勝手に盗み見てもいいのか迷ったが、問題解決のためだと自分に言い聞かせ、彼女に手渡す。

天音は慣れた手つきでスマホを使いこなし、連絡先を登録してから簡単な説明をしてくれた。

それから途中まで一緒に帰ろうということになり、昇降口へ向かう。外履きに変えている時、テニスラケットを持った女の子が走り寄ってきて、天音はしばらくその人の相手をしていた。

天音は友人が多いようで、ここまでにも何人かの生徒に話し掛けられ、そのたびに隣にいる俺は訝し気な目を向けられた。今回も例に漏れず、ラケットを持った女の子はこちらに聞こえる声量で「工藤と一緒に帰るの……？」と、不満そうに訊ねていた。

隣にいると迷惑が掛かるんじゃないかと思い、何食わぬ顔で離れようとする。家までの帰り道は、今朝記憶したから不安はなかった。それなのに、

「ちょっと待ってよ、春希くん。今日は一緒に帰る約束だったでしょ？」

黙っていればいいのに、わざわざこれみよがしに呼び止めてくる。仕方なく足を止めた。

「……天音、もしかしてだけど、工藤に弱みとか握られてる？」

「春希くんは、そんなことするような人じゃないよ。今日は修学旅行の話し合いがあったから、途中まで一緒に帰ろうかって私が誘ったの」

「そうだったんだ……でもその話、橋本は知ってるの？」

「なんでそこで康平の名前が出てくるの？」

「だって、ほら……」

橋本康平という人物は、終礼後に天音に話し掛けていた男のことだろう。

天音の、彼氏でもある。

「私、何度もみんなに言ってるけど、康平とは付き合う気ないよ」

どうやら付き合っているというのは俺の勘違いだったみたいだ。

「それはわかってる。でも後から一緒に帰ったとか知られたら、たぶんめんどくさい

じゃん」

話が長くなることを察し、下駄箱の陰に立ってしばらく待っていると、ようやく解放されたのか申し訳なさそうにこちらへやってきた。

「待たせてごめんね」

「別に、お友達と話してれば良かったのに。一人でも帰れるよ、俺」

「一人でいるより、誰かと話してた方がいろいろ思い出すかもしれないでしょ？」

確かに、一人で悶々とこれからのことを考えるよりは、第三者の意見があった方が考えを整理できるのかもしれない。

徒歩で帰るつもりだったが「春希くんは、バスの定期券持ってるよ」と教えてくれた。カバンを漁ると定期券が入っていたため、いつもどのバスに乗っているのかを教えてもらい乗り込む。どうやら春希と天音はいつも同じバスに乗って通学しているらしい。

後ろの方の席に、並んで腰を落ち着ける。

それから気になっていたことを単刀直入に聞いてみた。

「もしかして、工藤春希ってみんなに嫌われてるの？」

「嫌われているというか、あまりよくは思われていない、というか」

心なしか、言葉を選んでいるみたいだ。傷付けるようなことを言いたくないという、優しい気遣いが見て取れる。

「要するに、いじめられてるってことね」

「なんで濁したのに、そんなハッキリ言うのよ！」

「周りの反応を見てればわかるよ。もしかして、上履きも誰かに隠されたのかな」

「それはたぶん、そうかも。確定じゃないけど」

「どうしてそんなことされてるの？」

「学校って、そういう場所だからじゃないかな」

彼女の言葉に首を傾げると、興味なさげに教えてくれた。

「私たちの世代ってさ、誰かのことをいじめてる時が一番団結力を生むんだよ。春希くんって、なんというか内気な人だから、そういう対象にされやすかったんだと思う」

「もしかして、天音も？」

春希のことを、みんなと一緒にいじめてたんじゃないか。そんな憶測が浮かんだけれど、彼女は否定も肯定もしなかった。

「話し掛けられて無視したり、嫌がらせはしてないよ。でもなんというか、どうすれば解決に向かうのかがわからなくて、どうしようもできなかった傍観者。だから周りのみんなと一緒なのかも」

「傍観者、か」

「春希くんにとっての私は、他のみんなと変わらないのかもね。そんなこと、怖くて本人に聞いたりできないけど……不登校になるぐらいなら、何を犠牲にしてもいいから、助けてあげたかった……」

後悔の滲んだその表情を見ていると、偽りじゃなくて本気で天音がそう感じているんだということが伝わってくる。痛くて、怖いほどに。

「そう思ってくれてる人が、一人でもいただけで、春希は嬉しかったと思うよ」

「……どうかな。君が元に戻ったら、その時は思い切って聞いてみようかな」

「ところで、橋本とかいう奴と付き合ってなかったんだな」

「急に話変えるじゃん」

湿っぽい話を続けるのは、やめにしたいと思った。彼女も気持ちを切り替えるように一つ息を吐く。

「康平とはそういうのじゃないよ。ただの中学からの幼馴染。みんな勘違いしてるんだよね」

「付き合う気ないの？　向こうは何だか気がありそうだったけど」

「ないね。ただの友達だし」

悲しいほどに、さっぱりとした回答だ。

「それじゃあ、それをハッキリと説明すればいいのに」

「それはそれで、余計な波風が立つの。康平、案外クラスの女の子から人気なんだよ。顔が整ってるから」

それは同意する。平凡そうな春希とは、対極にいるような奴だ。

しばらくすると停留所にバスが停車した。俺が降りるのは、ここから二駅先で、天音はそこからまた三駅ほど向こうらしい。

なんとはなしに、料金を払ってバスから降りていく人たちを見つめた。最後の人が降りると、「ドアが閉まります。ご注意ください」というアナウンスの後に、前方の扉が閉まる。

せっかちな人が、次の停留所のアナウンスが読み上げられる前に、降車ボタンを押した。ぴんぽーんという、軽快な音が狭いバス内に響き渡る。

「次は、杉浦病院前。杉浦病院前。お降りの方は、降車ボタンを押してください」

偶然だろうか。俺と同じ名前の病院に体が反応して、気付けば思わず背筋を伸ばしてバスの向かう先を凝視していた。

「どしたの？」

「いや、杉浦って名前だから……」

しばらくすると、病院の前にバスが停車する。車窓から、太陽の光に照らされる白い巨塔が見えた。その場所に、見覚えがあるのだろうか。根拠もないのに、その眩（まばゆ）

いほどの白に視線が釘付けとなった。

「ここら辺じゃ、一番大きな病院なんだよ」

「……そうなんだ」

「周りに住んでる人は、結構お世話になってるんじゃないかな。春希くんも、入院してたことあるし」

「もしかして、どこか体が悪いの？」

普通に生活をしていて、異変を感じたりはしなかった。けれど、どこか悪くしているなら、悪化しないように気を使わなければいけない。

「生まれた時から、心臓が悪かったんだって。中学生の時に大きな手術をして完治したらしいんだけど。それまでは体も弱かったから入退院を繰り返してたみたい」

「そうなんだ……」

なんだかかわいそうだなと、ありきたりなことを思う。内気だという春希の性格は、そんなどうしようもない不運な出来事があって形成されたんじゃないかと、勝手に推測してしまった。

何名かの乗客が降りた後、先ほどと同じようにドアが閉まる。窓の外をうかがうと、そこを歩いている人たちの足取りが、どこか重く見えた。あの人たちも、何か病気を患っているのだろうか。

「杉浦くん」

不意に名前を呼ばれ振り向くと、天音は俺を不思議なものを見るような目で凝視していた。そして、初めて彼女から本当の名前で呼ばれたことに、気付いた。

「どしたの、そんなに窓の外見つめて。もしかして、心当たりでもあった？」

「いや……どうだろう」

「希望を壊すようで申し訳ないけど、あの病院の院長さんは杉浦さんっていう名前じゃないからね。ここが杉浦市だから、杉浦病院」

「杉浦市……」

だとしたら、俺とあの病院に何の接点もないんだろう。天音の想像していた通り、もしかするとあの病院関係者の子どもなんじゃないかとも思ったが、そんなに甘くはなかった。

「そういえば、杉浦くんはどこに住んでたの？」

訊ねられ、無意識に「汐月(しおつき)……」と呟いていた。それが正しいという自信は、あまりなかった。

「汐月っていうんだ。どこかで聞いたことあるような気がするけどなぁ」

「申し訳ないけど、思い出したわけじゃないから正しいかどうかはわからないな」

「でも調べてみる価値はあるよね」

気付けば天音はメモ帳を取り出していて、『杉浦病院』と『汐月町』『汐月市』という名前を記録していた。彼女がスマホを取り出し調べようとしたところで、俺が降りる停留所にバスが停まった。出口の扉が、ぱしゅんという空気の抜けた音と共に開く。

「ごめん、行かなきゃ」

立ち上がると、天音はスマホを膝の上に置いて、手のひらを数回握ったり開いたりを繰り返した。威嚇してるのかと思ったが、どうやら別れの挨拶のつもりらしい。

「また明日。何かわかったことがあったらメッセージ送っとくし、暇な時にでも見ておいてよ。いろいろ大変だろうから、未読無視しても気にしないからね」

未読無視ってなんだよと思いながら、ささやかな気遣いに感謝した。そして、明日も工藤春希であるかもわからないのに、『また明日』と言われるのは、なんだか変な感じがする。

「ありがと。それじゃあ」

気付けば彼女にならい、手を開いて、閉じていた。その仕草がなんだか間抜けに思えて、口元をほころばせる。けれど天音が笑ってくれたから、悪い気はしなかった。

定期券をかざしバスを降りて、自宅への道を歩いていると、ポケットに入っていたスマホが振動した。おそらく彼女からだろうと思い開いてみると、『あまねぇ』というふざけた名前からメッセージが届いていた。

そんな短い文章の後に、どこからか引用してきた長文が添付されている。

『汐月町は、かつて〇〇県の南部に位置した町である。二〇××年に三船町と共に杉浦市に吸収合併された』

《汐月町、調べてみた》

どうやら、俺が不意に思い出した汐月町というのは、数年前まで存在していたらしい。果たして偶然なのか、まったくの見当違いのことなのかわからないまま、気付けば心臓が早鐘を打っていることに気付いた。

立て続けにメッセージが送られてくる。道の真ん中で立ち止まり、そこに表示された文章を声に出して読んだ。

「君はもしかすると、過去から来たのかもね……」

なんちゃって。

面白い冗談でも言ったつもりだったんだろう。『なんちゃって』という文章の後には、女の子が舌を出してとぼけた顔を浮かべているスタンプが押されていた。

翌日、朝食を食べた後、写真立ての中の母親に頭を下げると、新聞を読んでいた父親が機嫌良さそうに「今日も学校に行って、ハルは偉いな」と言った。

「行ってきます」

今日はしっかりと挨拶をして、家を出た。

明日になれば、元の体に戻っているかもしれない。そんな希望的観測はあっけなくも打ち砕かれ、目覚めた時に目に入ったのは、春希の部屋の天井だった。スマホを確認すると、天音から数分前にメッセージが届いていた。

《モーニングコール失礼します。今日はいつもの春希くんに戻ってるかな？》

「戻れなかったよ」

停留所でバスを待ちながら、遅れてメッセージを投げる。それからすぐに、既読というマークが付いた。昨日言っていた未読無視とかいう奴は、おそらくこの既読マークを付けずに無視することを指していたのだろう。

そんなことを家でも常に気にしてなきゃいけないなんて、息が詰まる。

《それじゃあ、今日も一緒に元の体に戻る方法を探そうか！》

たとえ一人でも理解者がいてくれるのは、心強いし何より嬉しい。そう思うのは、今朝起きて、結局のところいつか偶然元に戻るのを待つしかないんじゃないかと、やや後ろ向きなことを考えてしまったからだろう。

もしかすると、俺という存在を思い出すことができれば、この不可思議な現象の解決に繋(つな)がるのかもしれない。それもまた、希望的観測と言うのかもしれない。

やってきたバスに乗り込むと「今日も工藤いるじゃん……」と、誰かに悪態を吐かれた。後ろの座席を見やると、そこにはクラスメイトと思しき女性と、天音が一緒に座っていた。

気付けば俺はこっそり手のひらを開いて、閉じていた。意外だったのか、嬉しそうにそっと同じ仕草を返してくる。

「春希くんは、頑張ってて偉いと思うけどな」

精一杯、気を使ってくれたんだろう。彼女の言葉はこちらに届いていたが、隣のお友達には聞こえなかったのか、すぐにテレビで人気のアイドルの話を始めていた。

きっと都合の悪い言葉は、あのお友達の耳に入らないんだろう。

心の中では天音に「ありがとう」と感謝の言葉を呟いた。

味方でいてくれることは、素直に嬉しかった。

工藤春希が真面目に登校することで、いったい周囲の人間に何の不利益があるのかわからないけれど、教室のドアを開けると今日も不快な視線が集まった。臆することなく一緒のバスに乗っていた天音の姿を探していると、偶然にもすぐ近くの席に座っていた女と目が合う。

宇佐美というネームプレートを見て、そういえば昨日、一方的に因縁を付けられた相手だったことを思い出す。道端に落ちているゴミを見るような目を向けられていて、一瞬の間の後にはそれが笑顔に変わった。

「やーだー、勝手にドア開いたんだけど！　風でゴミが入ってきちゃう！」

耳の内側に響く、甘ったるく高い声。思わず顔をしかめると、隣で話をしていた別のクラスメイトが、思わずといったように小さく吹き出した。何が面白いのか、それが周囲にささやかな嘲笑となって伝播する。

「やめときなよ、真帆。工藤、また学校来られなくなるよ」

「えー、あー、いたんだ工藤。おはよ」

まるで、今気付いたかのような態度。

清々しいほどの棒読みに、俺も思わず乾いた笑いが漏れた。

「ゴミはどっちだよ」

考えていた言葉が思わず口をついた。無意識に出た侮蔑の言葉は、宇佐美だけには聞こえたみたいだ。

「は？」

ドスの効いた低い声を出し威嚇してくる彼女を睨み返そうとしたところで、しかし唐突に後ろから何者かに肩を叩かれた。

「春希くん！　おっはよ！」

天音だった。彼女もどこか慌てた様子なのが気になったが、そのおかげで踏みとどまることができて、少し冷静になる。

「……おはよ」

天音の登場により、しんと静まり返っていた教室内がざわつき始めた。それから彼女は、作ったようなきょとんとした表情を浮かべてくる。

「どしたの？　真帆と春希くん、そんな怖い顔して」

「いや、これは……」

居心地が悪くなって、思わず頭を無造作に掻きむしる。同様に、宇佐美もばつが悪そうに口をすぼめていた。すると宇佐美と話をしていた女の子が、みんなの言葉を代弁するように割って入ってきた。

「なんで昨日から、二人ともそんな仲良さげなわけ？」

「普通にお話してるだけだよ？」

「普通じゃないでしょ。だって昨日、あたし二人で学校から帰ってるとこ見かけたし」

目撃されていてもおかしくないとは思っていた。昇降口で、テニスラケットの女の子にも見られていたんだから。

このまま会話を続ければ、いずれ天音もいじめの対象にされてしまうかもしれない。それは、俺の望むところではない。だから他人のふりをして席に着こうと歩き出した

ところで、

「ちょっと、春希くん」

昨日と同じくこちらの意図を汲んでくれない彼女が、肩を掴んでまで引き止めてきた。振り払っても良かったが、後で何を言われるかわかったものじゃないから、素直に立ち止まる。振り返ると、もう片方の手に持っているものをこちらに見せてきた。

「上履き、落ちてたよ」

「え」

予想外のものに、目を丸くする。彼女が見せた上履きには、確かに工藤という名前が書かれていた。そういえば昨日『探しといてあげるから』と言われたのを思い出す。

「今度からは、なくさないようにしないとね」

わざわざ目の前にかがんで、隣に上履きを置いてくれた。その場で履き直すと、今まで俺が履いていたスリッパを持ってくれる。

それからゆっくり立ち上がると、あらためて宇佐美たちの方へ向き直った。

「一応言っておくと、仲が良いのは私と春希くんが付き合ってるからだよ」

涼しい顔でこともなげに言ったものだから、彼女の発言を一度聞き逃しそうになった。宇佐美も口をぽかんと開けている。俺も、たぶん同じ表情をしていた。

「え、付き合ってるの？」

「うん、隠してたんだけど」

数秒の静寂の後、霧が晴れるように、そこかしこから動揺の声が上がった。

「え、マジ……？」

「さすがに冗談だろ……」

「なんであんな奴と……」

その場にいる誰もが、似たような疑問を抱いた。当事者の俺ですら、どうしてこのタイミングで天音が嘘を口にしたのか、意味がわからなかった。それから断りもなく恋人みたいに手を掴んできたかと思えば、こちらにはにかんで「スリッパ、一緒に返しに行こうか」と誘ってきた。

同意なんてしてないのに、天音が歩き出すと勝手に俺の右足も床から離れ、教室の外へ導かれて行く。手のひらから伝わる生々しい感触が、思考しようとする頭をどうしようもなく鈍化させていった。

手を離してくれたのは、職員室前に着いた時だった。それまで手を繋いでいた俺たちは、偶然通りがかった生徒たちに奇異の視線を向けられ続けた。

「はー緊張したっ！」

いつの間にか彼女の顔は火照ったように赤くなっていて、先ほどまで繋いでいた手をうちわ代わりにして扇いでいた。

「もしかして、気でも触れたの？」

「どうにかしなきゃと思って、思わず開き直っちゃった」

行き当たりばったりな思考に、思わずため息が漏れた。

「馬鹿だろ。もう言い訳の余地ないぞ。教室に戻ったら、俺たちはそういう目で見られる」

「言い訳する必要なんてないよ。黙って春希くんがいじめられてるのを見てるのも、そろそろ良心が咎めたし、杉浦くんならその後なんとかしてくれるだろうなって思ったし」

「なんとかしてくれるって……別に、黙って見てれば良かったんだよ。俺は何言われても、いちいち気にしたりしない」

「傷付かないからって見て見ぬふりするのは、やっぱりダメだと思うの。誰かがなんとかしなきゃ、何も変わらないから」

「明日、もし俺が春希に戻ったらどうするんだ」

「その時は、あらためて春希くんに説明するよ。だからとりあえずしばらくの間は恋人のふりをよろしくね！　私もちゃんと合わせるから」

自分の言いたいことだけを伝え終わると、すっきりしたのかノックもせずにずかずかと職員室へと乗り込んでいった。勝手な奴だと思ったが、その行動の裏には確かに現状をどうにかしたかったという思いが含まれているのかもしれない。

それが春希に対してなのか、俺に対してなのか。おそらく前者だろうなと思いながら、仕方なく彼女のことを追い掛けた。一緒に担任教師にスリッパを返すと、俺たちを見て呆れたように「浮かれるのもいいが、ほどほどにしておけよ」と釘を刺してきた。浮かれているのは、突然故意に日常を壊して興奮している、天音だけだ。

「私、こう見えて彼氏作ったの初めてなんだよね」

修羅場の巻き起こっていた教室へ戻る彼女の足取りは、なぜか先ほどよりも軽やかになっていた。対照的に、俺の足は靴下の中に鉛が入っているんじゃないかというほどに重たい。

「日玉焼き作ったの初めてなんだよね、みたいなテンションで言われても困るんだけど。というか、付き合ってないからな」

「わかってるって。一時の気分だけでも味わわせてよ」

「天音なら、わざわざ選ばなくても彼氏ぐらいすぐに作れるだろ。なんでそこまでハードルが高くないことに、いちいちテンションぶち上げてんだよ」

「私だって誰でもいいわけじゃないもん。こう見えて、昔から純愛を信じてるんだから」

何が純愛だ。そういうのは小学生を境に卒業しておくべきだろ。

思うだけで言葉にはせず、密かにため息を吐いた。

二人仲良く職員室から戻ってくると、口裏を合わせていることを知らないクラスメイト達から、再びどよめきの声が上がった。

「……マジで付き合ってんの？」

「だって私、さっき聞いたもん」

「なんで工藤みたいな根暗（ねくら）と……」

真偽の定まらない情報と、ほんの少しの春希に対する侮蔑の言葉が入り混じる混沌（こんとん）とした空間は「お前ら、早く席につけー」という気怠（けだる）そうな担任教師の一声によって一旦調和を取り戻した。

これ幸いと思い、言われた通り席に座って辺りを見渡してみると、ちらちらとこちらの様子をうかがうような視線が散見される。こんなにも荒っぽく教室に爆弾を落とすことが、本当に正しかったのかはわからない。わかるはずもない。

その答えは、きっと天音にしかわからないのだ。

ほどなくして朝礼が終わり、担任教師が教室から出て行った。すると案の定、立ち上がってどこかへ行こうとする天音を取り囲むように、クラスメイト達の輪ができた。

「ちょっと、私トイレ行きたいんだけど！」

「ねえ天音、本当に工藤なんかと付き合ってるの？」

昨日、昇降口で鉢合わせたテニスラケットの女の子が、真っ先に天音の身を案じている。胸元にネームプレートを付けていないから、名字はわからなかった。

「本当だけど」

「あいつに騙されてるんじゃないの……？　なんか弱みとか握られてた？　失恋して弱ってるところを付け込まれたとか？」

「失恋って。私、春希くんが初めての彼氏だよ？」

工藤春希の扱いが、まるで昨日テレビで見た、不倫の発覚した芸能人のようだ。どうして他人の色恋沙汰に、そこまで必死になって盛り上がることができるんだろう。確かに春希は内気な奴で、クラスの人気者らしい天音ではつり合いが取れていないのかもしれない。けれど、それで周囲の人間が不利益をこうむることがあるのだろうか。

ここにいる人たちは、他人の物差しを認めてあげることができない人たちばかりだ。

そのことに軽く苛立ちを覚えながら窓の外を眺めていると、話し掛けてきた奴が一人だけいた。

「おい工藤、マジに高槻さんと付き合ってんの？」

首だけをそちらに向けると、『明坂』と書かれているネームプレートが目に入る。明け透けな態度が印象の男だ。

「そういうことは、天音に聞いてよ」

「だって、向こうは男子禁制の記者会見みたいになってんじゃん。男の俺にはハードル高いって」

横目で輪の方を見てみると、未だに人だかりが絶えていない。人の壁の隙間から見えた天音は、困ったような表情を浮かべつつも、どこか楽しそうに笑っている。

「高槻さんは、橋本と付き合ってるって説が有力だったのにな」

「俺が、なんだって？」

気付けば今しがた噂をしていた橋本康平が、明坂の後ろに立っていた。薄く笑みを浮かべているその表情の意味を、読み取ることはできなかった。

「これまでにも、何度か天音が言ってただろ。俺とは付き合ってないって。俺も、ちゃんとみんなに説明してたけど？」

「いや、だって信じらんないじゃん。二人とも仲良さげに話してるし、たまに一緒に下校してるし」

「それは天音と俺が幼馴染で、誰よりも一番あいつのことを理解してるからだよ」

今のセリフは明坂に説明しているようで、なぜかこちらを見つめながら言ってきた。

わざとらしく首を傾げると、勝ち誇るように薄く笑ってくる。もしかすると、マウントを取られたのだろうか。

それなら、橋本は大きな勘違いをしている。俺と天音は、別に付き合っていない。

「橋本は悔しくないのかよ。やっぱり狙ってたんじゃないの？」

「どうだろうね。ああ見えて、気難しい奴だからな。家庭内のこともあって」

「そうなん？」

「母が、いわゆる毒親なんだ」

「毒親って？」

聞き慣れない単語に言葉を挟むと、そんなことも知らないのかとでも言いたげに、わかりやすくため息を吐いてきた。

「天音の将来に過干渉気味なんだよ。いい大学へ進学して、いい職場に就職することがすべてだと思ってる。怒る時は、ヒステリーを起こすそうだ」

「うわ、いるよなぁ。そういう親。うちもそれだわ。飯食ったらゲームの前に勉強しろって」

「お前はいつもテストが赤点スレスレだからな。構ってくれてるうちが華だよ」

「なんだよそれ。俺はスポーツで推薦取って、しっかり大学に行くんだよ」

「スポーツの推薦も、そんなに甘くないけどな。ところで、お前はどうするつもりなんだ?」

いきなり、話の矛先がこちらへと向いた。春希の将来のことなんて知ったこっちゃない俺は、最低限嫌みを言われたりしないように、無難な回答を頭の中で組み立てた。

「これから勉強頑張って、少しでもいい大学に進学するよ。ちゃんと親孝行もしたいし」

工藤家のことは、まだよくわかっていない。けれど、男手一つで高校生の息子を育てるのは想像しているよりずっと大変だろう。昨日も、夕食はオムライスを用意してくれた。どうやら、春希の好物らしい。

そんなささやかな幸せに満ちていた食卓のことを知る由もない橋本は、また俺の回答を一笑に付してくる。

「それじゃあ、これからは気軽に学校を休めないな。そのうち、授業にもついてこれなくなるぞ。そんなことを続けてたら、毎日ご飯を作ってくれている母親が悲しむ」

「そうだね」

隙あらば棘を刺してくる彼に呆れ、適当な相槌を打つ。いけ好かない奴だ。彼は言葉を口にするたびに嫌みを吐き出さないと、気が済まない性分をしているらしい。

言いたいことだけ言って満足したのか、目の前から早々にさっさと立ち去ってくれたから、いくらか溜飲を下げることができた。

「お前、雰囲気変わった？」

しかし明坂はまだ話があるのか、先ほどまで天音が使っていた椅子を横に向けて、断りもなくそこにどかっと座り込む。

「それ、やめた方がいいと思うよ」

「何が？」

「人のこと、お前って言うの」

俺には杉浦鳴海という名前があって、春希には工藤春希という名前がある。百歩譲って、君と呼ばれるなら悪い気はしないけれど。

お前、お前、お前。先ほどまでそこにいた橋本の声が頭の中をちらついて、不快感が込み上げてくる。

「わりい、そういうこと今まで気にしてなかったわ」

とても小さなことだけど、すぐに軽く頭を下げてくれた明坂は、素直な奴だと思った。それからあらためて「工藤は――」と訊ねようとしたところで、タイミング悪くチャイムの音が鳴り響く。

「ちょっとー！　トイレ行けなかったじゃん！」

言いつつも、天音は輪の中から飛び出して行き、教室のドアを開けて走り去っていった。その必死さに、思わず笑みがこぼれる。あらためて、明坂の方に視線を戻した。

「もし俺が、工藤じゃなかったとしたらどうする？」

「は？　何言ってんの、おま……」

お前と言い掛け、すんでのところで言葉を奥歯で噛み潰した明坂は、誤魔化すように頭を掻きながら笑って「工藤は、工藤だろ」と言った。

「でも、少し親しみやすくなったよな。前までは、話し掛けないでオーラがぷんぷん出てたし」

「そう？」

「自覚なしだったのかよ。あれか、工藤が変わったのは彼女さんの影響って奴？　俺はまだ、いまいち信じてないけど」

「信じてないのかよ」

「だって、工藤は宇佐美のことが好きだったんだろ？」

「……なんで？」

思わず、宇佐美がいる教室後方へ視線を向けた。初対面の時から印象最悪だった彼女は、チャイムが鳴っても教師が来なければ問題なしだと言わんばかりに、お友達と賑やかに談笑している。

「この前、気になっていた洋服をママに買ってもらったの！」

嬉しそうにお友達と話す彼女は、そこだけ切り取れば確かにかわいげがあるのかもしれない。けれど、笑顔の裏にある性悪な部分を、俺は知っている。

「一時期、女子の間で噂になってたぞ。工藤が宇佐美に、アプローチ掛けてたって」

「……ただの噂だよ、そんなのは」

もし明坂の話が眉唾ものじゃなく事実だとしたら、春希の女性の好みに疑問を感じてしまう。

くだらない話をしていると、教師が遅れて入室してきた。それと同じくらいに、こっそり天音が戻ってくる。走ってきたのか、肩で息をしながら明坂と交代するように席に着いた。

「大変だったね」

「まったく、他人事みたいに言わないでよ……君も私と一緒に説明してくれれば良かったのに」

「嫌だよ、面倒くさい。天音が撒いた種だろ」

不服そうに唇を尖らせながら、引き出しの中から現代文の教科書を取り出す。その横顔を見つめていると、先ほど橋本が口にしていた『毒親』という単語が頭の中をリフレインした。

あれは、聞かなかったことにしよう。誰にでも、知られたくないことの一つや二つはある。それが仮に母親のことだったとして、誰に聞いたのかを問い詰められたら、橋本から聞いたと話さなければいけなくなる。あいつはいけ好かない奴だけど、わざわざ告げ口することに意味はない。

知らないふりをして、いつか天音が話をしてくれた時に相談に乗ってあげるのが、一番正しいんだろう。

天音への尋問は、それからも中休みのたびに飽きもせず続けられた。昼休みも、授業が終わった後の掃除の時間も、彼女の周りには人が集まった。そうこうしているうちに、さすがに堪忍袋の緒が切れたのか、天音は箒（ほうき）と塵取（ちりと）りを持ちながら、納得しないクラスメイトたちにようやく反論を始めた。

俺はあくまで他人のふりをしながら、掃除がしやすいように机を動かす仕事を続ける。

「それじゃあ芹華（せりか）に聞くけどさ、私が仮に芹華の彼氏のこと、束縛強めで重たいから別れた方がいいよって言ったら、怒ったりしないの？　私は恋人のことをそんな風に言われたら、さすがにいい気はしないんだけど」

今まで『春希くんは、みんなが思ってるよりずっといい人だよ』と、無難な感想ばかりを言い続けてきた天音が、ついにキレた。というより、よく持った方だと思う。

今日一日、何度も繰り返し同じことを問い詰められ、傍から聞いていただけの俺でも、軽くノイローゼになりそうだった。

天音は、普段あまり怒らないんだろう。今のまごうことなき正論は、一瞬にして聴衆の騒々しい声を掻き消した。

「え、あ、ごめん……」

「風香も、私の彼氏のことをそんなに悪く言うんだったら、今度から仲良くしないからね」

「ごめん……」

「それじゃあ、ちゃんと謝って？」

テニスラケットの女の子に謝罪を求める天音は、清々しいほどの微笑みをたたえていたけれど、その目は全然笑っていなかった。思えば、俺がまだ春希のふりをしていた時も、似たような表情を浮かべていた気がする。

あの時も内心ぶちギレていたのかもしれないと思うと、今さら背筋が寒くなった。

「ごめん、天音……」

「そうだね。でも私じゃなくて、まずは彼に謝ろっか」

「えっ」

今まで安全圏にいたはずの俺が、なぜか唐突に槍玉に上げられる。クラスメイトB

の立ち位置を死守しようとしていたのに、教室中の視線が一気にこちらへと集まった。

隣で掃除もせずにサボっていた明坂は、ご愁傷様とでも言いたげにくつくつ笑っている。

「……工藤に謝る必要なくない？」

「謝らないの？　昨日も昇降口で悪口言ってたのに」

「あの、いろいろ悪口言ってごめん……」

天音に圧を掛けられたテニスラケットの女の子は、それからすぐにこちらに頭を下げてくれた。ここで誠意を見せておかなければ、彼女から本格的に嫌われると察した周囲の人たちも、まばらにではあったが頭を下げてくる。

「……いや、俺は、別に気にしてないから」

「そんな風に君も強がったりするから、みんな傷付けていいんだって調子に乗って、善悪の区別が付かなくなるの！」

「なんで俺が怒られなきゃいけないんだ……」

ふと口から漏れ出た愚痴に、隣の明坂が小さく吹き出した。別に笑って欲しくて呟いたわけじゃない。

「それじゃあ、もう私も許したから早く散って。掃除して。終礼始まるよ」

まだ煮え切らない態度を見せる人もいたが、天音の号令によって朝から続いた詰問会はようやく解散となった。これで平穏が手に入るわけではないけど、少しは穏やかになってほしいと心から思う。

「マジで、馬鹿みたい」

そして朝から一度も輪の中に入っていなかった宇佐美は、小さな声で悪態を吐いて机の脚を軽く蹴飛ばしていた。こいつはこいつで、何を考えているのかいまいち読み取れない。友達と屈託なく笑い合っている時もあれば、春希と話す時は過剰なほどに敵意を剥き出しにしてくる。

彼女のことを横目で観察していると、不意に目が合って舌打ちされる。そして「死ね」と呪いの言葉を吐き捨ててから、別の教室を掃除していたお友達が帰ってきたのか、急に笑顔になってそちらへ歩いて行った。コロコロ表情が変わって、正直気味が悪い。

「なああ、マジに高槻さんと付き合ってんのかよ。どうやって落としたんだ? 教えてくれ」

言いながら、明坂は箒の柄の先端を頬に押し付けてきた。鬱陶(うっとう)しいことこの上ない。

「放課後に、空き教室でお話ししてただけ」

「放課後に空き教室に呼び出して、仲良くおしゃべりする関係に持って行く方法を教えてくれよ！　一番大事なとこだろ！」

「知らないって。たまたま、修学旅行の係が同じだったんだよ」

奥歯に内頬が当たって痛かったから、右手で箒の柄を払った。

白けた視線を向けると、何が面白いのか一人で勝手に笑う。明坂、明け透けな奴。

掃除の時間であるにもかかわらず、いつまでも実のない話をしていると、ついに終了のチャイムが鳴った。たいして掃除もしていないのに、みんな弾かれたようにやり切った感を出して机を元の形に戻し始める。

果たして本当にそれでいいのだろうかと疑問に思ったが、集団行動を乱すことなく俺も片付けに入った。

「ねぇ、春希くん」

さっきまでテニスラケットの女の子と話をしていた天音が、机を戻す作業をしている俺のところへトコトコやってくる。ようやく市民権を得たと思い堂々と振舞っているんだろうけど、未だにこちらに向けられる奇異の視線は収まっていなかった。

「今日も放課後はよろしく。帰らないでね」

「あ、うん……」

それから天音はやや背伸びをして、こちらに顔を近付けてくる。恥ずかしい話だけど、一瞬キスをされるんじゃないかと錯覚した。周囲から、少しだけ悲鳴にも似た黄色い声が上がったのが遠巻きに聞こえてきて、勘違いをしたのは俺だけじゃなかったんだと安心する。

不自然なほどに心臓が早鐘を打っていて、何かの拍子に破裂して壊れてしまうんじゃないかと焦った。

天音の吐く息が、耳たぶを撫(な)でるように通り抜ける。その瞬間、全身が震えた。

「……杉浦くん、迷惑掛けてごめんね」

迷惑を掛けていると、自覚していたんだ。失礼な話だけど、素直に驚いた。いずれ春希の中からいなくなる俺に、気を使ってくれているとは思っていなかったから。

「別に、気にしてない……」

だけど、ありがとう。

どうしてか無性に感謝の言葉を伝えたくなった。

けれど声に出したかった言葉は、音として放たれることはなかった。

突然、体に浮遊感を覚える。そのすぐ後に、ゆっくりと深い水の底に沈んでいくように、意識が朦朧(もうろう)とした。

「——春希くん？」

最後に聞こえたのは、春希の名前を呼ぶ天音の声。俺はいつの間にか、体から意識を手放してしまっていた。

＊＊＊

生まれつき、心臓に穴が空いていた。手術によって治すことはできるけれど、十三歳になるまで生きられないかもしれない。幼い頃から体が弱く、心臓に欠陥を抱えていた工藤春希は、市立病院へ入退院を繰り返していた。

自宅や学校で過ごすよりも、病院のベッドで横になっている時間の方が長かった春希は、必然的に周りの子供たちとの会話についていけなくなっていた。たまに小学校へ登校しても、いつも独り。彼の生きる世界で信頼のおける相手は父親と、底抜けに明るくポジティブな母親だけだった。

「僕の病気は、治らないの……？」

小児科病棟のベッドで横になり、いつも不安に押し潰されそうになりながら春希は訊ねる。まだ幼かったが、彼は自分の病気がとても重いものなのだと自覚していた。

「大丈夫！　きっとお医者様が治してくれるわよ！」

リンゴの皮を剥いてくれていた母が手を止めて、温かな優しい手のひらで頭を撫でてくれる。

「だってお母さんも、子どもの頃はハルとおんなじだったもん」

「おんなじ……？」

「お母さんも、体が弱かったの。でもほらこの通り、今はハルのお母さんになってるでしょう？　だから、大丈夫！」

「でも、怖いよ……大人になれないかもしれないのは」

「大丈夫、大丈夫よ。ハルは立派な大人になれるから」

言い聞かせるように、小さな体を抱きしめてくれる。母の声は温かみに満ちているけれど、体はやせ細って骨ばっていることを春希は知っている。母の体から浮き出た肋骨(ろっこつ)が、抱きしめてくれる時にいつも頬に当たるのだ。

だから本当は治ってなんかいなくて、自分のために強がってくれていることも薄々察していた。それでも春希は、そんな母の愛にいつも救われていた。


ある日、病院を一人で徘徊(はいかい)していると、屋上の扉が開いていることに気付いた。扉には赤い文字で『立ち入り禁止』と書かれているが、漢字の読めない春希にはその意味はわからなかった。

この頃はあまり外に出ていないから、久しぶりに薬剤の臭いが混じっていない、新鮮な空気が吸いたかった。春希は重たい鉄扉を小さな体で押し開けて、こっそりと屋上に足を付ける。

昨日降った雨なんて嘘のように空は青く澄み渡っていて、ここ数日沈んでいた心がほんの少しだけ晴れたような気がした。大空を見上げていると、この悩みがあまりにもちっぽけなものに思えてきてしまうのは、自分だけだろうか。もし叶(かな)うのなら、遠くの空を自由に飛び回っているあの鳥のように、どこか知らない場所へ行きたいと強く願った。

朝目が覚めたら、名前も知らない誰かになっていたらと空想してしまうこともある。そうすれば、何もかもが上手くいくのかもしれない。

けれど屋上の端には、それらの思いを阻害するかのように大きな鉄の柵が張り巡らされている。飛んで、どこかへ行きたいと願っても、幼い子どもの体ではここを乗り越えることなんてできやしない。誰かと入れ替わることも、できるはずがない。

それでも鉄柵にしがみつき、精一杯背伸びをして地上を見下ろしてみると、色とりどりの車の群れがそこからは見えた。病院の敷地内へ、救急車が入ってくる。遠くを見渡すと、自分が通っている汐月第三小学校も見えてしまった。

一気に憂鬱(ゆううつ)な気分が心を支配する。

ここから飛び降りれば、いなくなることができるのだろうか。ふと考えたけれど、まだダメだと思った。今いなくなれば、こんな自分を愛してくれている両親が悲しんでしまうから。

だから、鉄柵から手を離そうとしたところで。

「おいお前、そこで何してるんだよ」

突然、後ろから誰かに話し掛けられた。悪いことをしているような気がして慌てふためいた春希は、逃げるように鉄柵に背中を張り付ける。

「何だよお前、今死のうとしてたのか？」

「えっ？」

そこにいたのは、悪いことを咎めに来た大人ではなく、自分と同い年くらいの子どもだった。それが春希にとっては、余計に都合が悪かった。学校でも上手く周囲の人間と話すことのできない春希は、自分と同じ子どもに若干の苦手意識を抱いていたからだ。

黙っているのは印象が悪いと思って、精一杯の声を絞り出す。

「……そんなことしないし、それに乗り越えられるわけないよ」

「こんな高さ、余裕だろ」

宣言するとこちらへ近寄ってきて、春希は鉄柵から離れた。今度は謎の子どもが柵に指を掛け、迷うことなく片足を上げる。

「危ないって。それに、お医者さんに怒られちゃう……」

「平気だよ。お前が黙ってさえいてくれれば」

なんで見ず知らずの子どもの悪行に加担しなきゃいけないんだと思ったが、それを主張する前にその子はもう片方の足も地面から離してしまった。まるで蜘蛛（くも）のように鉄柵に張り付き、ゆっくり上っていこうとする。

春希も、もしやこれは行けるんじゃないかと思い始めた時、案の定すぐに右足が滑った。お尻から落下したら危ないと思って、後ろ向きに躓（つまず）いたりしないように、反射的に間に入って受け止めに入る。

体で止めた衝撃は想像していたよりも随分軽くて、やわらかくて、初めて同世代の子どもに故意に触れた春希は、やや拍子抜けした。後ろから抱きしめる形になってしまったから、遅れて緊張がやってきてすぐに解放する。

「だから、危ないって言ったのに……」

「ごめんな、受け止めてもらって」

素直に謝るその横顔は、ほんのり赤く染まっていた。できると言って結局できなかったから、恥ずかしいのだろうか。別に、失敗して笑ったりはしないのに。

「これは無理だな。子どもの俺には、高すぎる」

「最初からそう言ってるのに」

「でも無理だと思って、初めから挑戦しないのは良くないと思うんだ。そんなんじゃ、どこにも行けない」

いったいどこへ行きたいんだろう。見つめていると、履いていたズボンを軽く手で払った。

「どこへ行きたいんだろって思っただろ？」

「え？　あ、うん……」

「教えてやるよ。どこへでも、さ」

意味がわからず首を傾げると、なぜか「へへっ」と得意げに笑った。

「だからもう少し俺たちが大きくなったら、一緒に行こうぜ。どこへでも」

「……無理だよ。たぶん、僕の病気は治らないから」

「何言ってんだよ。早く病気を治すために、ここへ来てるんだろ？」

「そうだけど……」と、春希は煮え切らない態度を見せる。誰もが君みたいに、前向きに考えることはできない。お腹の底から湧いてきた負の感情を慌てて沈めた。

するとこちらへ、小指を差し出してくる。

「それじゃあ、約束だ。お前の病気が治るまで、俺が付き合ってやる。今度からはいっぱい、遊びに来てやるから」

それから「助けてくれたお礼だ」と言った。それでも未だうじうじしていると、強引にこちらの手を取って、勝手に小指を絡めてきた。

「指きりげんまん嘘吐いたらはりせんぼんのーます。指切った！」

合図と共に、契りは断りもなく切られる。春希はただ茫然と、自分の小指を見つめていた。なぜだか、悪い気はしなかった。

「そういえば、名前」

訊ねられて、春希は『ハルキ』と名乗った。

「ハルキか。かっけぇじゃん。俺、そういうかっけぇ名前好き。お前の名前、羨ましい」

自分の名前がかっこいいと思ったことのない春希は、どういう反応を見せればいいのかわからなくて、曖昧に微笑んだ。それからずっとチクチクと胸に小さな棘が刺さっていたことに気付いて、思い切って口を開いた。

「お前って言うの、やめて欲しい……」

「なんで？」

濁りのない瞳を、ぱちくりさせて訊ねてくる。正直に胸がチクチクすると話すと、すぐに「ごめん」と謝ってくれた。それから一度たりとも、こちらのことをお前と呼ぶことはなかった。

「そういえば、君の名前は？」

「俺？」

訊ねると、しばらくの間の後に答えがあった。

「ナルミ」

俺の名前は、ナルミっていうんだ。

君の名前も、十分かっこいいじゃんと、春希は少し羨ましく思った。

＊＊＊＊

まぶたを開けると、無機質な白い天井がそこにあった。もしかすると元の体に戻れたのかもしれない。期待しながらゆっくり体を起こすと、ベッドの軋む音が鳴った。

「あ、起きた」

声のしたすぐ隣に顔を向けると、宇佐美が本を読む手を止めてこちらを見つめていた。不機嫌そうに眉を寄せていて、なぜか今は黒いふちの眼鏡を掛けている。体が元に戻っていないことには落胆したけど、知っている顔がすぐそこにあって安心した。

「眼鏡、似合ってるじゃん」

正直な感想を伝えると、宇佐美はすぐに眼鏡を外して「うるさい、死ね」というお礼の言葉をくれた。小顔にその大きな眼鏡は、かわいげがあるのに。

彼女は本を閉じる。

「それじゃあ、私もう行くから」

「ちょっと待てよ。せめて説明してくれ」

「私、保健委員。とても不本意だったけど、天音から一時的にあんたのこと任されたの」

「じゃなくて、なんで俺がここにいるんだ」

「覚えてないの？」

　正直に頷くと、持ち上げかけていた腰を下ろして、これまでの経緯を教えてくれた。

「掃除が終わったら、あんたがいきなり情緒不安定になったの。僕は、なんでここにいるんだー！って、大声で叫んでて、それを近くにいた天音がなだめてた」

「そんなことが……」

　推測でしかないが、もしかすると一時的にこの体に春希の意識が戻っていたのかもしれない。俺に記憶はないけれど。その代わり、夢の中で春希の思い出を見ていたことは、覚えている。

「天音のおかげであんたが落ち着いて、それから意識を失ったんだよ。救急車を呼ぶ話も出たけど、眠ってただけみたいだったから。でも、先生が親御さんに一応電話するって。天音は、私が事情を説明してくるからって言って、そっちに行った。もうそろそろ来るんじゃない？　あんたのママを連れて」

宇佐美の説明が終わると、タイミングよく保健室のドアが開いた。そこには父親と天音の姿があり、俺を見ると彼女は一目散にこちらへと走ってきた。

「春希くん！　大丈夫!?」

「ああ、うん。ごめん、天音」

「頭とか打ってない？　気持ち悪いとか、ない？」

「別に、どこも。ただ……」

宇佐美がいる手前本当のことを言えずに口ごもると、それだけで察してくれたのか頷いてくれた。

「それは、今はいいから。ありがとね、真帆。春希くんのこと見ててくれて」

「別に私は何も……てか、あんたたち本当に付き合ってたんだ。そっちの方が驚いた」

宇佐美はそれから、様子をうかがっている父親と、天音のことを交互に見てから「帰るね」と言って立ち上がった。

「ありがと、宇佐美」

お礼を言って、また悪態を吐かれるかと思ったが、宇佐美は何も言わなかった。荷物を持って保健室を後にする時、父親から「息子と仲良くしてくれて、ありがとね」と言われ「……ごめんなさい」と、謝罪の言葉を口にして去っていった。

保健室を出て行く彼女の背中には、申し訳なさが滲んでいるような気がした。ああ見えて、性根のところでは優しい奴なんじゃないかと、勝手に想像してしまう。

「ハルは女の子にモテモテだな」

「そんなんじゃないって」

「とりあえず、どこも異常がなさそうで安心したよ。一応万が一のことはあるから、病院には連れて行くけどね。天音さんも、家まで送ってあげるよ。息子とのこと、いろいろ聞かせてくれ」

「春希くんのことが心配なので、お言葉に甘えさせていただきますね」

それから気を使ってくれたのか、父親は先生に挨拶をしてくると言って、一旦若者だけにしてくれた。戻ってくるまでに話を済ませなければと思い、単刀直入に先ほど夢で見たことを話した。

「杉浦くんが、春希くんの夢を見てたってこと？」

「そうなんだ。それで宇佐美から聞いたんだけど、俺は教室でいきなり取り乱したんだろ？　その時、この体に春希が戻ってたんじゃないかな」

「それは、たぶんそう。雰囲気的に。でも杉浦くんは、元の体には戻ってなかったんだ」

「……忘れてるだけなのかも。でも、収穫はあったんだ。俺は幼い頃、春希と会っていたかもしれない」

「というと？」

「夢の中に、ナルミっていう男の子がいたんだ。病院の屋上で落ち込んでたら、その子に励まされた。根拠はないけど、夢で見たあの子が俺なんだと思う。そうじゃなきゃ、意味もなく春希の思い出を見たりしないから」

自分という存在を掴めるんじゃないかと、ほんの少し興奮していた。だから一度そうと決めつけたら、本当にあの子が俺なんだという確信めいた予感が心の内に渦巻いた。

「後で、父親に春希が入院してた病院のこと、聞いてみるよ。その病院の屋上に行ってみたら、また何か思い出すことがあるかも」

気付けば、いつの間にか天音はメモ帳を取り出して、俺が熱く語っていたことをまとめていた。

『春希くんの夢。病院の屋上で会ったナルミくん＝杉浦くん？』

その文章の前に、杉浦市、汐月町、三船町とメモしてあるのが目に入る。一人の時も、俺のことを考えてくれていたみたいだ。

「そういえば汐月町って、昔ここにあったんだろ？」

「そう。私も忘れてたんだけど。二つの町が杉浦市に吸収合併されて、今の杉浦市になったの。そういえば、大人たちが文句言ってたの覚えてる。俺たちの町をなくすなって」

「……そうだったんだ。それなら、余計にこの推測が信憑性を増すよ。たぶん俺も、この辺に住んでた。だから汐月町の名前を覚えてたんだ」

点と点が、線で繋がったような気がした。ただ、俺という存在を思い出したとしても、どうすれば元の体に戻ることができるのかは、皆目見当もつかない。

でも、記憶さえ取り戻すことができれば、もしかしたら……。

「杉浦くん、体に障るかもしれないから。ちょっと興奮した脳を落ち着けて」

突然、天音が人差し指を額に押し当ててくる。そのおかげか、寝起きから動き続けていた脳の回転が急にストップする。俺と比較して、彼女は驚くほどに冷静だった。

「……ごめん」

「そんなに焦らないでね。ゆっくり、そのうちまた勝手に戻るかもしれないから」

「……そうだね。ちょっと、急ぎすぎた」

「ところで、屋上のナルミくんは、君の目にどんな風に映った？」

問われて、正直な感想を口にする。

「自分で言うのもなんだけど、春希の支えになれてたと思う。あいつ、めちゃくちゃ落ち込んでたから。誰かが強引にでも引っ張ってあげなきゃいけないんだ。その相手が、俺で良かった」

「そっか」

拙（つたな）い感想を聞いた天音は、どこか嬉しそうだった。

「もし、元の体に戻れたら、その時は俺と春希と天音の三人で会おう。俺たちがいたら、きっと春希は寂しくなくなるから」

「そうだね。杉浦くんの言う通りだ」

そんな口約束を忘れないためにか、天音はメモ帳に『三人で会う』と書いてくれた。

それが、ただ純粋に嬉しかった。

帰りの車の中で、並んで後部座席に座っている天音に「良かったら、今度お家にいらっしゃい」と父親が誘った。いきなりそういうのは早すぎるし、そもそも付き合っているふりをしているだけなんだから、彼女は断るだろうと思っていた。

それなのに、

「ぜひ」

と、満更（まんざら）でもなさそうな表情を見せた。何を考えているのか、いまいちよくわからない奴だ。

「その時は、ご迷惑じゃなければ手を合わせさせてください」

「なんだ、聞いてたんだね」

おそらく母親のことを言っているんだろう。俺も、おおむね父親と同じような感想を抱いた。どうやら春希は、天音にだけは家族のことを話していたらしい。わざわざクラスメイトの母に手を合わせるなんて、優しい奴だ。

天音を家まで送り届けてから、その足で病院へ向かった。到着したのは杉浦病院で、どうせなら屋上へ上りたかったけど、今日は診察に来ただけだから抜け出すことはできなかった。

簡単な診察の結果、体に異常は見られないとの診断が下された。どうやら、医者でも俺と春希の間に起こっている不可解な現象に気付くことができないらしい。ということは、自分たちでどうにかしなければいけないということだ。

杉浦病院という大きな手がかりとなりそうな場所へ来れたというのに、結局何の収穫も得られないまま家に帰ることとなった。

その帰り道、車で夜道を走りながら、何げない風を装って訊ねた。

「子どもの頃に俺が入院してた時、一緒に遊んでた子がいたでしょ？　覚えてるかな」

「遊んでた子？　あぁ、もしかしてナルミちゃんのこと？」

いきなりナルミという名前が出て、ほんの少し腰を浮かせた。

「そう！　その子の名字とか知らない？　もしかしたら、杉浦とかじゃなかった？」

「名字は知らないな。ナルミですとしか、挨拶されなかったから」

「あの子はお母さんによく懐いてたね。お母さんも、あの子のことをハルと同じくらいかわいがっていたよ」

「そっか……」

「そうなんだ……」

俺が春希の母親に懐いていたことがわかっただけで、一応は収穫だと言えるのかもしれない。それに、父親とも面識があったみたいだ。果たしてこれを、偶然と片付けてしまってもいいのだろうか。

「それで、そのナルミちゃんがどうしたんだ？」

「今、どうしてるのかなって。病院に行ったから、ちょっと思い出した」

「なるほどね。あの子、突然遊びに来なくなったから。元気にやってるといいな」

それからまた、思い出したように話す。

「そういえば、二人で画用紙に絵本を描いて遊んでただろう？　今も持ってたりしないの？」

「絵本？」

自分が絵を描いて遊んでいるところなんて想像ができなかった。けれども仮にその絵本を春希が所有しているのだとしたら、何か手がかりになるかもしれない。

「ちょっと探してみるよ」

「そうしてみなさい」

家に帰りご飯を食べ、夜眠る前に母親の写真の前で手を合わせた。息子のように慕ってくれていたと知って、嬉しかったのかもしれない。その記憶が、俺の中に存在しないことが、とても悲しかった。

春希の部屋を物色することに抵抗はあったけど、一度だけと言い聞かせて絵本がないか軽く探させてもらった。

しかし、そう都合良く物事は運ばないことを思い知らされる。

結果だけ言うと、春希の部屋にその絵本は存在しなかった。

それからしばらくの間、特に目新しい情報が見つかることもなく、穏やかに学校生活は過ぎていった。

当初、俺と天音が付き合っていることに懐疑的な目を向けていたクラスメイトたちだったが、彼女のマメな説明が功を奏したのか、未だに歓迎されてはいないものの、二人は付き合っているという共通認識が得られた。そのおかげもあってか、春希に対するクラスメイトの扱いも変わったような気がする。

上履きを隠されることもないし、教室にいても注目を集めるような存在ではなくなった。宇佐美からは、目が合うと未だに睨まれてしまうけれど。

何も情報が集まらなければ二人で話し合う意味もないため、必然的に天音と放課後に話す機会は少なくなった。そもそも彼女は放課後、アルバイトに勤しんでいるみたいだ。ずっと、暇人なのだと勘違いしていた。

勤務先を訊ねたが、恥ずかしいからと言って教えてはくれなかった。アルバイトをしていたことよりも、彼女の辞書に羞恥心という言葉があることに驚いた。そういうものが欠落していると思っていたから。

以前、焦らずにゆっくり考えようとアドバイスをもらったが、こうして春希として振舞う生活を続けていると、いつまでこの生活が続くのだろうと焦燥感に駆られる。

「それにしても、春希って本当に高槻さんと付き合ってんの？」

体育の時間。バスケの試合を観戦しながら、次の自分のチームの番が回ってくるまで隅で待機していると、明坂がふらふらとこちらへ駄弁りに来た。器用に指先でバスケットボールを回しながら。

「もう納得したんじゃなかったの？」

「その時は納得したけど、あれから特に二人とも話してないじゃん。同じクラスにいるのに」

「なんで俺が率先して天音と話さなきゃいけないんだよ」

「だって恋人同士じゃん。最近、本当は付き合ってないんじゃないかって女子がまた噂してんぞ」

その噂好きな女子たちは、体育館のもう半面を使ってバレーの試合をしている。ちょうど天音はコートに出ており、チームメイトがトスしたボールに合わせて跳躍し、相手コートにスパイクを叩きつけた。ボールが地面にぶつかった音か、天音の着地した際の衝撃かはわからないけれど、こちらの床までもがほんの少し揺れたような気がする。

天音はコミュ力があって勉強ができるだけでは飽き足らず、スポーツまでそつなくこなせるらしい。天は二物を与えずとは言うけれど、神様はいったい天音に何を与えなかったのだろう。

「毎日メッセージでやり取りはしてるよ」

「何回くらい」

「一回か、多くて三回くらいだけど」

そのメッセージも基本的には天音が律儀に送信してくる《おはよう》と《おやすみ》にスタンプを返し、時折互いの情報を交換しているだけだ。これでも多い方だと思うけれど、明坂はそんな俺に憐れむような視線を向けてきた。

「こりゃあ、時間の問題だな」

呆れたように明坂が言った瞬間、体育館内に女子の黄色い歓声が上がった。どうやらこちらでは、橋本がロングシュートをゴールに入れたらしい。

「俺も、あんな風にモテたいよ」

悔しさを噛みしめるようにぼやく。

「明坂も、サッカーでいいところ見せればいいじゃん」

「男子がサッカーやってる時は、女子は屋内でバドミントンやってんだよ！　それぐらい知ってるだろ！」

残念ながら、この学校の体育事情なんて俺は知らない。

それから試合を圧勝した天音と目が合って、いつもの個性的な挨拶をされた。俺も、無意識に手を閉じたり開いたりして返事をする。それを明坂が見ていたようで「いちゃついてんじゃねーよ」と、脇腹を肘で小突かれた。

しばらくすると、俺と明坂のチームの試合が回ってくる。相手チームには橋本がいて、向かい合って挨拶をした時、見下すような目で「天音に、格好いいところを見せれたらいいな」と挑発された。とりあえず「へへっ」とだけ笑っておいた。

持ち場について試合開始のホイッスルを待っていると、それが吹かれるよりも先に「頑張ってねー！」という天音の声援が体育館に響く。それが俺一人に向けられたものだと誰もが察し、チームメイトから白けた視線を送られる。向こうのコートの橋本は、露骨に苛立ちを滲ませた表情を浮かべていた。

彼が天音に好意を抱いているのは、普段の態度からわかりきっている。どうやら横から奪った形になった俺は嫌われているらしい。早く別れろとでも思っているんだろう。とても残念なことに、それはきっと元の体に戻る時までおそらく叶わない。

仮に元に戻ったとしても、春希のことを気遣って天音はこの偽装交際を続けるだろう。それを思うと、彼のことが途端に不憫に思えた。俺に苛立ちをぶつけるのは、無意味な行為だからだ。

やがて試合が開始される。しかし、こちらにボールが回ってくることがあっても、橋本がディフェンスに入ってきて、シュートはおろかドリブルもさせてもらえなかった。それだけならまだしも、彼が強引に迫ってくるものだから、思わず尻もちをついてしまうことが多々あった。そのたびに授業をサボっている天音が「ドンマイドンマイ！」と、声を掛けてくる。正直、恥ずかしいからいい加減やめて欲しい。

「高槻！　お前はバレーの方を応援しろ！」

さすがにその行為は教師の目に余ったのか、一喝された天音は唇を尖らせながらバレーの観戦へと戻る。それから静かになっても妨害をされ続け、チームに貢献はおろか足を引っ張る結果となった。試合終了後、気遣ってくれたのか「橋本はバスケ部の次期エースだから、しゃーないよ」と明坂が肩を叩いてきて、すっと頭が冷えた。

我ながら、理不尽な仕打ちを受けてほんの少しだけ憤(いきどお)っていたらしい。

「やっぱり、橋本くんかっこいいなぁ」

コートを出る前に、そんな羨望の声が耳に届く。口にしたのは宇佐美のようで、授業をサボって友達と観戦してたみたいだ。曇りのない、キラキラとした目をしている。もしかすると、彼のことが好きなのかもしれない。

「それに比べて、工藤ときたら」

「ねー格好悪いよね」

不意に目が合った俺には、相変わらず憐れみを含んだ声をぶつけてくる。

これでも、顔を合わせるたびに『死ね』と言われていた頃からは、いくらかマシになったような気がする。何が彼女の態度を軟化させたのかは、皆目見当もつかないけれど。

時折、俺はいったい何をしているんだろうと思う。

春希のふりをして、体育の時間はバスケに勤しんで。もっと他にやることがあるんじゃないか。本来の目的を忘れたわけじゃないが、情報がなく変わり映えのない日々に嫌な焦燥感を覚える。春希の不登校と、この現象が関係しているんじゃないかとも考えたけど、それらを結び付けられるような材料も不足していた。

幸いなことに明日は休日だから、思い切って杉浦病院に行ってみようかと、着替えをしながらふと思う。

しかし決意が固まった放課後に、久しぶりに天音から「今日は一緒に帰ろうよ」と誘われてしまった。最近の彼女と言えば、仲の良い友達と一緒に下校していたというのに。偽装交際をしている手前、断るわけにはいかなくて、気付けば首を縦に振っていた。

それからタイミング悪くテニスラケットの女の子がやってきて、

「ねえ天音、今日は……」

「ごめん！　今日久しぶりに春希くんと帰るんだー」

「あぁ、そうなんだ」

いつの間にか、一緒に帰るということにいちいち騒ぎ立てるクラスメイトはいなくなっていた。今日は部活が休みなのか、天音に声を掛けてきた女の子は、俺を一瞥して「それじゃあ、工藤と帰った後に遊びに行かない？」と代替案を提示する。

「それも、ほんっとにごめん！」

「えー放課後も工藤？」

「そこは、彼は関係ないんだけど。私個人の用事で」

その用事というのは、きっとアルバイトのことだ。この学校は基本的に生徒のアルバイトを禁止しているが、天音は友達にも隠して働いているらしい。そんな事情は知らないテニスラケットの女の子は、断られて唇を尖らせる。怒っている、という風ではなく、単純に拗ねているように見えた。

「最近、天音ノリ悪くない？」

「ちょっといろいろ忙しくてさ」

「へぇ、そうなんだ。それじゃあ、また今度ね」

天音を誘うことに失敗した彼女は、それからまた一瞬だけこちらを見て、軽くひらひらと手を振ってくる。挨拶のつもりだろうか。会釈だけすると、教室から出て行った。

「それじゃあ、行こっか」

声を掛けられて、頷きと共に立ち上がる。

クラスメイトからの敵意のこもった視線はなくなった。

けれども一人だけ、橋本は未だに俺のことを忌々しく思っているのか、ふと偶然視線が合う前から軽く睨まれていた。

これぱかりは、時間が経っても解決してくれないらしい。

放課後すぐのバスは部活動をしていない帰宅ラッシュの生徒に揉まれるため、歩いて帰ろうと天音が提案した。正直徒歩は面倒くさかったが、反論を唱えた方が後々面倒なため、素直に従って隣を歩いた。

　桜はもうほとんど散ってしまい歩道のわきでくすんでしまっているけれど、五月の空は青く澄み渡っていて心が爽快な気持ちになる。そんな穏やかな心で歩いていたというのに、天音は仏頂面で単刀直入に切り出してきた。

「最近、杉浦くんが恋人のふりをしないせいで、クラスメイトから本当に付き合っているのか怪しまれています」

「別に、もういいんじゃないの？　続けることに何か意味があるのか疑問に思ってきたところなんだけど」

「もうちょっと乗り気になってよ！　お互い恋人同士の関係でいた方が一緒にいて違和感ないし、気軽に春希くんのこととか相談できるんだから！」

「だからって、クラスメイトの前で恥ずかしげもなくいちゃつくのは嫌だよ。体育の時間に白けた目で見られてたんだぞ」

　バスケの試合を思い出して、胃にむかむかしたものが溜まる。見様見真似でやっていたから、上手くいかないのは当然のことだと割り切れるけど、さすがにあそこまで橋本に粘着されると穏やかにはいられない。

「そういえば、康平にボコボコにされてたね」

「思い出させるなよ。それに君がうるさいせいで、余計に注目を浴びた」

「なに？　私が悪いって言いたいわけ！」

「どう考えても注目されたのは天音のせいだろ」

思わず正論を吐き出すと、言い返せなかったのか押し黙った。

仕方なくため息を吐いて、溜飲を下げる。

「天音の口からも、何かあいつに言ってやってくれよ。敵意剥き出してきて、正直面倒くさいんだけど」

「それ無理。だから、ごめん……」

思いのほか真剣な表情で顔を伏せてくる。そんな風に落ち込むのは珍しいことだから、逆にいたたまれない気持ちになった。

「もしかして、天音も困ってるの？」

「困ってるっていうか、なんというか。いいところはもちろんあるんだけど……」

この様子だと、おそらく彼から好意を向けられていることを理解しているんだろう。

だから、それをあえて言葉にはしないであげた。

「私より魅力的な女の子なんて、周りを見渡せばたくさんいるのにね」

「知らないけど、橋本には天音のことを特別に思える何かがあるんじゃないの？」

「どうだろ。昔から、なんだかんだ仲は良かったけど。ちょっといろんなことを話しすぎちゃったからかな」

不意に『毒親』という単語を思い出して、それを頭の隅に追いやる。付き合いの長い彼は、きっと天音のことを俺よりたくさん知っているのだろう。試合に負けて悔しくはなかったけれど、その事実だけはいつまでも心の中で引っかかっていた。

「いろんなことって？」

記憶も何も持っていないけど、話し相手くらいにはなれるかもしれない。だから思い切って、踏み込んだことを訊ねてみた。彼女は歩みを進めていた足を止めて、こちらではなく道の先を遠い目をしながら見つめる。

春希の偽物である俺に話せることなのかどうか、思案(しあん)しているのだろうか。数秒の空白の後、出てきた言葉はどこか諦めたような「いろいろ、だよ」だった。まだその『いろいろ』の境界線を、越えることができていないらしい。

「……橋本に恋人でもできたら変わるんだろうね」

「高校二年に上がる前に告白されたけど、康平は断ったのよ。あんまりいい話じゃないから、ここだけの話ね」

まあ、みんな知ってることなんだけど。冷めた口調で話して、天音は再び歩き出した。俺も、遅れて彼女の隣に並ぶ。

「それで話を戻すんだけど、みんなに怪しまれてるから明日は恋人らしくデートしようよ」

「まだその話って続いてたんだ」

「場所は明日集まってからのお楽しみってことで。一応、動きやすい服装でね！」

「遊園地にでも行くの？」

「お昼のことは考えなくてもいいからね。私の方で用意するつもりだから」

どうやら明日の予定は何一つ教える気がないようで、笑顔でこちらの質問は無視された。拒否権なんてものは、もちろんないんだろう。病院へ行くつもりだったけど、その予定は後日にあらためることにした。


翌日早朝、メッセージで集合場所は駅前だと言われ、渋々『了解』と書かれたスタンプを押した。文字を打つのが面倒くさい時、こういうスタンプは重宝する。

事前に彼女から言われた通り、動きやすい服装を部屋のクローゼットから探してみたけれど、ちょうどいいものがなかった。そもそも春希は服をあまり持っていないようで、仕方なく白いTシャツにジーパンというデートらしくない服装で家を出る。

約束の時間より二十分ほど早く着いたつもりだったけれど、天音は既に待ち合わせ場所の駅前ショッピングモールの前に立っていた。上はマウンテンパーカーを着て、下はショートパンツを履いている彼女は、制服姿を見慣れているせいかどこか新鮮だった。普段はハーフアップで長い髪をまとめているけど、今日はポニーテールで一つ結びにしている。頭には、つばのついた帽子をかぶっていた。

こちらに気付くと「おはよ！」と元気良く挨拶して、いつもの笑顔を見せる。

「ごめん、待ち合わせ時間、間違えた？」

「ううん。時間より二十分も早いよ。杉浦くんは律儀だね」

こいつはいったい何分前からここにいたんだろう。

「一応聞いとくけど、天音に限って楽しみで夜は眠れなかったから早く来たとか言わないよな？」

「ううん。普通に寝たし、いつも通りの時間に起きたよ。ただ杉浦くんはここら辺のこと覚えてないだろうから、待たせると不安にさせちゃうかなって。だから、ここに来たのは今から十分ほど前」

どうやらこちらのことを気遣ってくれていたらしい。素直にお礼を言うと、彼女は威嚇するみたいに両手を左右に広げた。いきなりどうしたんだろうと、身構える。

「ところで、私服姿の私を見た感想は？」

「今から野球の応援にでも行くの？」

「何そのくそつまんない感想。面白くないからやり直し」

理不尽にもやり直しを要求され、思わずむっとする。満足する回答が得られなければ、このやり取りは永遠に続くのだろうか。

「制服姿の方が見慣れてるから、新鮮だった」

「普通。それも面白くない」

何も面白いことを言えなくて、いつの間にか冷めた視線を向けられていた。ここで機嫌を取っておかなければ、この後のデートで尾を引きそうだったから、少しは真面目に考えることに決めた。

「……セーラー服も女の子っぽくていいけど、今日の爽やかな服装もいいと思ったよ。なんというか、普段着崩さずにちゃんとしてるから、そういう一面もあるんだって少し意外だった。薄っすら化粧をしてるし、ボーイッシュな服装なのに、今日も同じくらいかわいいね」

満足してもらえるような言葉を選びはしたけれど、それは紛れもない本心だ。

ほとんどの女子生徒がスカートのウエストを折り曲げたりしている中で、天音だけは普段から何も校則を違反していなかった。規律を無視してまでかわいさを作る必要もないくらい彼女は整っていて、その正しさのようなものを貫くのが天音の本質なんだと思っていた。だから肌の露出の多い格好で来るなんて想像もしていなかったし、人並みにお洒落に気を使っていることも今まで知らなかった。

そんな、精一杯の拙い感想。最悪気持ち悪がられるかもと思ったが、天音は化粧の載った薄桃色の頬を両手で隠して、それから体ごと後ろを向いた。

「えっ、どうしたの？」

「……ちょっと、休憩」

待ち合わせ場所からまだ一歩も動いていないというのに、おかしなことを言う。もしかして、照れているのだろうか。再び天音がこちらを向く。綺麗な頬がほんのり上気して汗が滲んでる。その証拠に、手のひらで自分の顔を扇いでいた。

「そんなに恥ずかしがるなら、変なこと言わせるなよ」

「ちょっと待って、今のは不意打ちでびっくりしただけだから！」

かわいいという言葉なんて、いくらでも言われ慣れていると思っていた。だからあえて濁したりせずストレートに言ったのに。その反応のせいで、こちらまで調子が狂わされる。

「とりあえずさ、行くなら早く行こうよ。バカップルに思われるのも嫌だから」

「そういうこと、思ってても言わない！」

憤慨（ふんがい）した彼女に苦笑すると「まったくもう」と、照れていたのを誤魔化すように笑った。それから帽子をかぶり直すついでに、しばらくの間指先で前髪を整える。

彼女の気が済むまでそれを見守り、目的地へと歩き出した。

休日に呼び出され連れていかれた場所は、巷の高校生が集うお洒落なカフェやショッピングモールなどではなく、ラウンドスリーという複合型エンターテインメント施設だった。

アミューズメントコーナーのけたたましい音が遠くで鳴り響く中、彼女は慣れた手つきで受付の機械を操作し、お昼十二時までスポーツ・アミューズメント施設で遊び放題という土日プランを二人分選択した。

お金を渡すために財布を取り出そうとすると「これちょっと持ってて」と言われ、肩に提げていたサイドバックを手渡してくる。そうして手を塞がれているうちに、彼女は手早く二人分の料金を支払ってしまった。

「よし。このレシートを係員さんに見せれば、リストバンドと引き換えてくれるから」

「よし、じゃないよ。そういうのは男がやるもんだろ」

「誘ったのは私だから。それに、そのお金は春希くんのでしょ？　杉浦くんが使うのは泥棒だよ」

ぐうの音も出ない主張だが、払わせてしまうのは申しわけないなと考えていると、

「アルバイトしてるから、巷の女子高生よりはお金持ってるよ、私」と胸を張った。

「それって、友達と遊ぶためのお金だろ。俺に使ってもいいの？」

「杉浦くんは、一応私の彼氏だよね。それに君が思ってるより、お金がたくさん余っ

てるんだよ。友達と遊ぶためにアルバイトしてお金貯めてるのに、アルバイトの人手が足りなくて最近友達と遊べてないから」

最近ノリが悪くなったねと言われていたのを思い出す。

「それ、本末転倒じゃん」

「だよね、私も最近そう思うんだー」

「君は友達が多そうだから、財布からどんどんお金が逃げていきそうだね」

「そうそう、そうなの。お金ないって断ればいいのに、一年の頃はお誘い全部受けちゃってて。そのおかげで、お友達はクラスメイト以外にもたくさんできたんだけど。優先順位を付けるのがとても難しいね」

友達があまりいない人からしてみれば、それはとても贅沢な悩みに聞こえるんだろうけど、彼女からしてみれば深刻な悩みなんだろう。人気者ゆえの、葛藤。

「というわけで、私のわがままに付き合ってくれてるお礼に、今日のお代は私に持たせてね。普段からも、申し訳ないことさせてるなって自覚あるし」

「自覚あったんだ。ないのかと思ってた」

思わず皮肉を言うと、笑顔で無視される。

というより、むしろこちらの方がお世話になっている。彼女のおかげで、春希のふりができているんだから。

「ありがとう」

素直にお礼を言うと、彼女は「どういたしまして」と微笑んだ。

リストバンドを引き換えて入場し、「最初は何する？」と俺が訊ねる間もなく、天音は「バッティング行こうか！」とノリノリでエレベーターの方へ向かって行った。今日は一応、彼女のことをエスコートしなきゃいけないのかと不安に思っていたけれど、どうやらその必要はまったくないらしい。この調子じゃ、俺がいなくても勝手に一人で満喫しそうなテンションだった。

屋内最上階にあるバッティング場は、雨が降っている時でも屋根があるので問題なく遊べるようになっている。今日は晴天だけど、そのおかげで日光に悩まされる心配はなさそうだった。

バッティング場では自分たち以外にもカップルが何組か遊んでいて、そのほとんどは彼氏がバッターボックスに立ち、彼女が外で応援しているか興味なさそうにスマホを触っている。

うちの彼女と言えば、彼氏を差し置いてバッターボックスに立ち、金属のバットを握っていた。百三十キロの球を軽々と打ち返す姿は、周囲のカップルの視線を集めていた。

「君、野球経験者なの？」

「まさか、昔ちょっと弟と遊んでただけだよ」

ちょっとのレベルじゃないようにも見えるけど、それはきっと天音の運動神経がずば抜けて高いからだろう。反射神経が特に優れているのかもしれない。何はともあれ、俺には彼女の打つボールをしっかり目で捉えることすらできなかった。

一ゲームが終わると、客が並んでいないのを確認して「それじゃあ、もう一回やってもいい？」と律儀に訊ねてくる。こちらは実際にプレイするよりも彼女の姿を見ている方が楽しいから、譲ってあげた。

四ゲームを続けて打った後「あー楽しかった！」と言って、ようやくバッターボックスから退出する。けれど、まだ打ち足りなさそうだ。代走を誰かに任せれば、彼女一人で野球の攻撃を担当できるんじゃないだろうか。

「杉浦くんも、やってみなよ」

「俺はいいよ」

「私が教えてあげるから」

「やるにしても、この球速は無理だ。少し下げよう」

情けない話だが、からかわずに了承してくれて、九十キロ設定の場所へと移動する。

他に客が並んでいないのを確認して、まずはゲームを始めずに彼女から簡単にバットの持ち方や体重移動のコツを丁寧に指導してもらった。どこをとは言わないけれど、彼女は男みたいな性格をしているのに、出るところはちゃんと出ているため、あまり集中はできなかった。

「ちょっと、真面目に聞いてる？」

「聞いてるよ。左足から右足に体重移動するんだろ？」

「それじゃあ、前に進まなくて後ろに下がるから」

確かに、言われてみればそうだ。素直に納得していると、呆れたようにため息を吐いてくる。

「クラスの人気者の天音さんが手取り足取り教えてるっていうのに、杉浦くんときたら」

「……ごめん、次はちゃんとやるよ」

しかしそれからもいまいち集中はできず、なんで天音に心を乱されなきゃいけないんだという理不尽な思いが胸中に渦巻いた。きっと男というのは、総じてそういう生き物なんだろう。

邪念を払いつつ真面目に話を聞いて、彼女に「一回やってみ」というお許しをもらったため、一人でバッターボックスに立った。

「最初は打てなくていいから。言ったこと意識して、飛んでくる球だけはちゃんと見てるんだよ」

あの行き当たりばったりな性格の天音をして、案外面倒見はいいんだよなと上の空で思う。それは弟がいるからこそ、なんだろうか。

彼女が教えてくれたことを体で思い出し、それなりの速さで飛んでくる球を一打目から当てることができた。芯でミートしたのか、先ほどの天音のように高く白球が打ち上がる。それをぼんやり眺めていると「やるじゃん！」と、彼女の方が嬉しそうにガッツポーズしていた。

しかし、高く打ち上がったのは最初と次の二球目くらいで、二十球のうち六割ほどしかバットに当たらなかった。教えてくれたのに、がっかりさせるだろうなと思いながら打席をから退くと、思いのほか天音の機嫌がよくて「初めてにしては、上出来だよ！」と慰めてくれた。

「杉浦くん、運動神経良いかもね」

「天音の教え方が上手いからだよ」

実際、本当にそう思う。これも勝手なイメージでしかないけれど、彼女はバレーも野球もすべて感覚でやっていると思っていた。それは大きな間違いだったようで、おそらく基礎の部分は理論的に理解しているし体に染みついているんだろう。

「なんで部活やってないのに、そんなに上手いの？」

当然の疑問をぶつけると、特に誇ったりせずに「だって、授業で先生がちゃんと教えてくれるから」と答えた。この人はたぶん、本当に素直な人なんだ。

「もしかして、弟さんが野球部だったり？」

「昔って、小学生の時だからね。私が年上だったから、いろいろ自分で調べて教えてあげてたんだよ。そういう習慣が染みついているから、基礎だけはいつもしっかり覚えてるの。だから君みたいに初見で驚いたり、部活動に勧誘してくる人はいるけど、結局は物事の上澄みをすくってるだけだから、一本真面目にやってる人からしたら、鼻で笑われるレベルなんだよね」

まったく嫌みのない言い方に、感心すらした。よく誰かに教えている時に一番物事が身に着くと言うけれど、それを習慣的に無意識にやってきたんだろう。それでも運動神経に恵まれていなければ、できないとは思うけど。

懇切丁寧に指導してくれた時は、自分で打つよりも楽しそうにしていた。これがごく一般的なデートなら、立場は逆だろう。それでも、楽しんでくれているなら俺は気にしない。

「もし良かったら、今度はバスケを教えてくれない？」

「バスケ？」

「どうせ上手いんだろ？　昨日、実は悔しかったんだ。ちょっとは見返したい」

「あー杉浦くんめちゃくちゃかっこ悪かったからね」

「言うなよ、ほとんど初めてだったんだから」

言い訳をすると、珍しく声を出して笑った。とても不覚にも、そんな彼女のことをかわいいと思ってしまう。

「君が上手くなりたいって言うなら、私なんかで良ければ教えてあげるけど。でも康平は中学の頃からバスケ部だから、見返すのは難しいかもよ？」

「それでも、バスケはチーム競技だろ？　ちょっとでも上手くなっておけば、一応は試合に貢献できる」

「それもそっか」

天音は帽子をかぶり直し、執拗に位置を整え始める。

それをしばらく見守っていると、チラと一瞬こちらの様子をうかがってきたと思えば「それじゃあ、私に振り落とされないように頑張るんだよ」と楽し気に言った。

彼女と本当に付き合う人は、きっと毎日が華やいで、楽しいんだろう。

ふと、思った。

天音によるバスケの指導は時間ギリギリまで続けられた。他のスポーツを楽しむ余裕もなくなってしまい、時間を使ってしまったことを謝ると「気にしないで」と微笑んだ。これはこれで楽しかったようで、満足はしているみたいだ。まだ少しだけ打ち足りないとぼやいていたけれど。

それから受付でリストバンドを返した。そのまま施設を出るのかと思いきや、彼女は出口ではなく物販コーナーの方へと吸い寄せられていく。着いていくと、ストラップが売っているコーナーの前で立ち止まった。

「これ、お揃いで買おうよ」

迷いなく手を伸ばして取ったのは、ボーリングのピンの形をしたストラップだった。

「なんで、ボーリングしてないのに」

「だって、野球のバットとかバスケットボールの形だったら、部活動やってる人と被りそうでしょ？」

「別に被ってもいいんじゃない？」

特に考えもせず意見を言うと、信じられないといった風に口をぽかんと開けた。

「杉浦くんは女心をわかってません」

「本当に付き合ってるわけじゃないから、気にしなくてもいいと思うけど」

「うわー白けるなぁ。女心を勉強するチャンスなのに。そんなドライに振る舞ってたら、本当の彼女ができた時に長続きしないよ」

決してその言葉を真に受けたわけではないけれど、合わせておかなければへそを曲げるかもしれないと思って、仕方なく乗ってあげることとした。きっとこれが、女心をわかってあげるということでもあるんだろう。

「わかったよ。じゃあそれで」

「じゃあ、って何？」

「君は案外、細かい奴だな」

オブラートに包まず言うと、彼女はなぜか声を出して笑った。なんだか気味が悪くなって、一歩距離を取る。

「え、どうしたの……？」

「いや、そんなストレートに言われたことなくって嬉しかったの。私って、実は細かい女の子なんだよね」

「みんなストレートに言わないのは、君がクラスの人気者だからだよ」

「うん、自覚ある。でもそういうの、ちょっと気にする時もあるんだよね。他の誰かに相談しても、贅沢な悩みだなって思われるのが関の山だから話したことなかったけど」

「それじゃあ、どうして俺に話したの？」

「杉浦くんは口が堅そうだから。悩んでることが、ぽろっと口からこぼれ落ちそうになるんだよね」

「悩みがあるなら、言ってくれてもいいのに」

ちょっとしたお悩み相談室なら、いつでも無料で開講できる。だけど彼女は、また笑顔でのらりくらりとかわしてきた。

「それじゃあ、杉浦くんが記憶を全部取り戻したら、その時は相談に乗ってもらおうかな」

とても遠回しな、今はまだ無理という意思表示。どうして話してくれないんだろうと、心の内側にモヤモヤしたものが溜まったが、勘違いも甚だしいのかもしれない。

俺は、天音の本当の彼氏じゃないんだから。

「ストラップ、今はお金ないから代わりに買ってもらってもいい？　元の体に戻ったら、ちゃんと返すから」

不自然に話を転換させたが、天音は気にした様子もなく「返さなくてもいいよ。私って案外尽くすタイプなのかも」と冗談混じりに言った。彼女と関わる上で、詮索するという行為は最大のタブーなんだと、遅ればせながら理解する。

天音がそれを望むなら、お節介を焼こうとせずに鈍感な男でいよう。その方が、今みたいな不自然な空気にならずに済む。

お揃いのストラップを購入すると、さっそく「学校のカバンに付けようね！」と、はしゃぐように言った。

「嫌だよ。なんでそんな目立つようなことを率先してやらなきゃいけないんだ」

「見せつけるために買ったの！　私たちだけ楽しんでも、証拠がなかったらみんな信じないでしょ？」

そういえば、今日の目的をすっかり忘れていた。周りのクラスメイトが交際していることを疑い始めているから、こうやってデートをしているんだった。確かに、証拠がなければ信じてはくれないかもしれない。そんなに都合良くはいかないと思うけど。

「天音は案外頭が回るね」

「デートが楽しかったからって、当初の目的を忘れたりしたらだめだよ」

「そうだね。本当に、すっかり忘れてた」

正直に言うと、目を丸くした後、今日一番なんじゃないかというほどに、彼女がはにかんできた。

「忘れちゃうほど楽しかったんだ。そっか、良かった」

そのホッとした表情が、あまりにもかよわい少女のように映ったから、橋本が天音に固執する理由がなんとなくわかってしまった。彼も、そんな天音の姿を見たことがあったのかもしれない。

出口へ向かう時、彼女は「ありがとね」とお礼を言ってきた。鈍感なふりをして首を傾げたけれど、その感謝の意味はなんとなく理解できた。どうやら、聞かないでいることは正解だったらしい。

施設を出た後、ほんの少しだけ心が高揚していたことに気付いて、変な勘違いをする前に早く帰らなければとぼんやり思った。だからせめて恋人らしいことを最後にやろうと決めて「駅までは送ってくよ」と、隣で帽子を整えている天音に提案する。彼女は、不思議なものを見るようにこちらを凝視してきた。

「お昼は用意するからって、昨日言ったけど」

そんなことも、いつの間にか忘れてしまっていたらしい。

今日は休日だけど、家族は夜ご飯の後まで遊びに行って帰ってこないから。

頬を赤く染めながら、恥ずかしそうに天音は話す。

それなら、俺に付き合わずに天音も遊びに行けば良かったのに。

そこはまあ、高槻家の複雑な家庭の事情があるから。察して欲しいな。いつも迷惑を掛けちゃってるから、今日はお昼ご飯も御馳走(ごちそう)してあげる。

そんな提案をすることに、おそらく彼女も相当の勇気が必要だったはずだ。もし断られたりしたら恥ずかしいどころの騒ぎではないし、ようやく自分で口にした『家庭の事情』とやらも抱えているはずだから。

一番見られたくない場所にわざわざ俺を招待したのは、きっと彼女なりの深い理由があるんだろう。もちろん断ることもできたし、断る権利もあったけど、天音が傷付いてしまうのはわかりきっていたから、頷く以外の選択肢がなかった。

高槻家の玄関の鍵を開ける時、逡巡するように少しの間、固まっていた。決意がまとまるのを待つと、自分の家だというのに恐る恐るといった風に、緩慢な動作で開錠する。

「どうぞ。今、スリッパ出すから」

中は薄暗かった。本当に家族はいないようで、天音は近くにあったスイッチを押して廊下を明るくする。リビングに案内されると、彼女の匂いが濃くなったような気がして、不自然に鼓動が速まった。

「そこの椅子、どこでもいいから座ってて。すぐに用意するから。杉浦くん、食べられないものとかないよね？」

「あ、うん……」

言われた通り椅子に座る。キッチンは部屋を見渡せる開放的な造りになっていて、食事の用意をしている天音の姿もばっちり視認できる。全体的に綺麗に片付いていて、椅子はちゃんと四つあって、家庭の問題なんてどこにもないんじゃないかというほどに整然としていた。整いすぎていて、不気味に思えてしまうくらいに。

「料理してる間、暇だから何か話してようよ」

キッチンから天音の声が飛んでくる。なぜか、背筋を正した。

「よそ見できるぐらい、料理の腕は上手いの？」

「まあね。必要な時は自分で料理してるから。今日みたいに家族が出かけてる時とか」

「そうなんだ」

「今日みたいな日、基本的に私は一緒に行かないから。別に杉浦くんを優先したわけじゃないし、気に病まなくてもいいからね」

玉ねぎを荒く刻む音が、リビングに寂しく響く。不意に天音が一人で料理を作っている姿を想像してしまって、心がきゅっと縮まったような気がした。いつも教室でみんなに囲まれている姿ばかりを見ているから、かもしれない。

「こういう時ってさ」

「んー？」

「逆に、何話したらいいかわからなくなるよね。いつも天音とは教室で話してるのに」

本当のデートでこんな沈黙が起きたら、相手に好印象は持たれないんだろう。

「実は私も、基本的には聞き手に回ることが多いから、相手がどんどん話してくれないと、間が持たないタイプなんだよ」

「それはちょっと意外だな」

とは言いつつも、天音は基本的に自分のことをあまり話したがらないから、その自己評価は正しいのかもしれない。彼女はいつも、相手の話を引き出すのが上手いんだ。

「実は昨夜、杉浦くんと会話が続くか不安だったの」

「君に限って、そんな乙女みたいな悩みを抱えないだろ。今朝、ちゃんと眠れたって話してたじゃん」

「ちゃんと眠れたのは本当。でも、不安は不安だったよ。朝、一番初めの会話は何にしようとか」

「そうやって悩んだ結果が、あれだったんだ」

「会話は繋がったでしょ？　まあ、杉浦くんが気付かなかったこともあるんだけど」

おそらくハンバーグを作っている天音は、言いながら一生懸命タネをこねていた。

「手伝おうか？」

「いいよ、今日は全部私がやるから。それより、昨日の私とは違うところを探してみてよ」

「そんなこと言われても、いつもまじまじと見てるわけじゃないからな」

彼女の機嫌を取るため、仕方なく観察してみる。ハンバーグのタネをこね終わったのか、一度水道水で手を洗う天音の頬は、なぜかいつもより紅潮していた。

「さっきメイク直したの？　顔が赤いけど」

「君がじろじろ見てくるからだよ！」

探してよと言ったのはそっちなのに、憤慨してため息を吐きながら濡れた手をタオルで拭く。それから指先で、乱れてしまった前髪を整え始めた。そういえば、今日は何度か帽子と一緒に前髪も整えていたような気がする。

「そんなに前髪が鬱陶しいなら、切ればいいのに」

何かこだわりがあるのかと思って触れずにいたことを言葉にしたら、口をぽかんと開けて、次の瞬間にきりりと眉を内側に寄せた。

「切ったの！　昨日の夜！」

「あぁ、そうなんだ……」

「君はたぶんモテないね」

きっぱり言われてしまうと、本当にそうなんじゃないかと思ってしまう。モテるかどうかはわからないけど、これからは意識的に気を付けることを心に誓い、帽子をかぶってたから気付くわけないだろという言い訳は、喉の奥へと飲み込んだ。

「今、細かい女だって思ったでしょ」

「そこまで酷いことは考えてない」

「それ以下のことは考えてたんだ」

人の揚げ足を取ってくるのは、細かいというよりも面倒くさい。これも、ため息を吐くことでやりすごして言葉にはしなかった。

「大変だね。これから天音と付き合うことになるかもしれない男の人は」

「それは暗に、私のこと面倒くさい女だなって言ってるのと同じだよ」

そうやって再び揚げ足を取ってくると、途端にハッとした表情を浮かべた。

「こういうこと言うから、細かくて面倒くさいって思われるのか……」

「別にクラスメイトからそんな風に評されてるわけじゃないんだから、いいんじゃない？」

「……そう？」

機嫌の上がり下がりの激しい彼女は、心を落ち着かせるためか長く息を吐いた。おそらく自分に対して不器用なんだろう。

それからハンバーグを焼いている間、再び沈黙が降りてきた。香ばしい肉の焼ける匂いをかぐのに集中していても良かったが、ふと思い出して相談事を投げ掛ける。

「近いうちに、病院に行ってみようと思うんだ」

「病人でもない人が、そんなに都合良く散策できるかな」

「黙ってたら少しはウロウロできると思って」

焼き上がったハンバーグをお皿に移し替える天音が、初めよりもどこか他人事のように話を聞いている気がするのが、なぜか引っかかった。

結局のところ、天音にとっては他人事でしかないけど。それに手がかりが何も見つからないんだから、仕方がないと言えば仕方がない。

「本当は私も行ってあげたいんだけど、実はあの病院で知人が働いてるの。だから私が行ったら目立つだろうし、迷惑掛けたらその人に悪いかなと思って。ごめんね」

「いや、いいよ」

身勝手にも一方的に寂しさを感じていると、ご飯をよそいながら理由を説明してくれた。その心遣いだけで、十分だった。

「わかったことがあったら、すぐに教えてね。私なりのペースで考えてるから。申し訳ないことに、時間が解決するのを待つしかないかなって思い始めてるんだけど」

「気に掛けてくれるだけで嬉しいよ」

キッチンから運んできたお皿の上にはハンバーグと、いつの間に作ったのかポテトサラダが載っていた。ご飯とお味噌汁も二人分よそってくれて、向かい合ってテーブルに座る。拙い感想だけど、彼女の作った料理はとても美味しそうだ。

「ほら、食べなよ」

急かすように言う彼女は、箸を置いたまま食べようとはしない。どうやら先に感想が欲しいようで、お腹が空いているだろうから「いただきます」と言って、遠慮なくハンバーグを一口頂くことにした。口に入れて、咀嚼して、飲み込む。

「どう？」

「驚いた」

「それだけ？」

「いや、想像していたよりも、ずっと美味しくて。肉汁が内側から溢れてくるね。家
「家庭料理でも、こんな風に作れるんだ」

「それは粉ゼラチンを混ぜてるからだよ。よくわかんないけど、保水してくれるんだって。ネットに書いてあったの。あと、牛乳の代わりに豆乳を入れてるから、ちょっと健康的なの」

先ほどまでと比べて、わかりやすいほど饒舌に話してくる。初めて料理を褒めてもらった子どものような無邪気さだった。

「料理、上手なんだね。意外だった」

「上手、なのかな。でも、ずっと練習はしてるの。だけど友達はおろか家族の誰にも食べさせたことないから、わかんないや」

珍しく控えめなその言葉の裏には、確かに自信のなさがうかがえる。いつもの彼女だったら、意外って馬鹿にしてるでしょと、揚げ足を取ってくるところだ。耳に入らないほどに感想が気になっていたらしい。

しかしこれは、おそらく誰に食べさせても美味しいと言われる出来だろう。

「そんな恐る恐る訊ねずに、自信持っていいと思うよ」

「持てたらいいんだけどね。今まで自分のために作ってたから、私の好みの味付けがみんなの好みとは違わないかなって、ちょっと不安で。まあこれからも、誰かのために作ることはないんだけど。とりあえず、杉浦くんのお口に合って良かったよ」

ホッとしたように言ってから、ようやく遅れて料理に箸を付けた。なんだか今日の彼女は、どこか遠慮がちで、自身なさげで、ほんの少しだけよそよそしく見える。この家に入ってから、隠れていた弱さが露呈したような、そんな感じだ。

「こんな美味しい料理だったら、毎日食べたいくらいだよ」

「そう言ってもらえるのが嬉しいことなんだって、今日初めて知った。お世辞でも、ありがとね」

決してお世辞なんかじゃなかったけど、それを言ってしまえば今の言葉が愛の告白に捉えられてしまうような気がして、訂正はしなかった。

最後の一口まで味わい「ごちそうさま」と伝える。すると彼女は動かしていた箸を止めて、空になった茶碗の上へと置いた。

そのあらたまった所作に、何か大切な話を切り出されるんだという予感を覚えた。

「もし大事な話があるんだったら、食べ終わってからにしなよ。せっかくの美味しい料理が、終わった頃には冷めるかも」

「杉浦くんは、案外鋭いね」

「君ほどじゃないよ」

俺が春希じゃないと気付けたのは、天音だけだったから。

それからしばらく、お皿の上の料理がなくなるまで、これからのことを考えていた。

目下の不安は、修学旅行の日までに春希に戻らなければ、俺が参加しなければいけないということだ。旅行へ行くぐらいなら、この場所で少しでも手がかりを探していたい。けれどそれは、同じ修学旅行のクラス委員をしている天音に迷惑を掛けるということだから、自分の目的を優先させるわけにもいかない。

思案していると、天音は手を合わせて「ごちそうさまでした」と、食事終了の言葉を口にした。

「ところで、麦茶飲む？」

「長くなるならお願いするよ」

一旦落ち着かせるための小休憩を挟んだから、先ほどよりも緊張感のようなものは取り払われていた。けれど麦茶を持ってきて再び向かい合った時、思い出したように背筋を正してくる。

茶化したりせずに、俺も話を聞く体勢を取った。

「話してなかったんだけどさ」

「うん」

「今、恋人のふりをしてるのは、私の個人的な都合のためでもあるの」

「それはもしかして、橋本のこととか？」

言いづらそうにしていたから核心を突いてみると、当たったのかぎこちなく笑った。

「やっぱり、気付いてたんだ」

「気付いてたというか、今予想した。天音に都合の良いことがあるとすれば、仮の彼氏を作ってそういう目で見られないようにすることぐらいだったから」

「そういう目で見られないようにというか、もっと単純に言うと彼に諦めて欲しかったんだよね。私に恋人ができたら、また前みたいに普通の友達に戻れるかもって思ったから」

「願望を否定するようで申し訳ないけど、無理だと思うよ。橋本はたぶん、さっさと別れろと思ってる」

「うん。だから、迷惑掛けてごめんねってこと」

手持ち無沙汰になったのか、居心地が悪くなってしまったのか。天音は無意味に机の上で指先をいじり始めた。しかしすぐ後に、意を決したのかお祈りをするように両手を握り合わせる。

「昨日のバスケの試合を見てたら、さすがに申し訳なくなったの。だから、私から始めておいて、とても勝手なのはわかってるけど、君が続けたくないって言うなら、それに従おうと思う。またいじめられたりしないように、私も頑張るから」

「頑張るって、何を？」

「たとえば春希くんのいいところを、みんなにわかってもらう、とか」

肝心な時に、いつもの行き当たりばったりが出てきて苦笑する。なんだか久しぶりに思えて、懐かしさすら感じた。

「いいよ、別にこのままで。今の君にはいろいろ思うところがあるのかもしれないけど、一番最初は、いじめを見て見ぬふりしてるのが嫌で始めたんだろ？　それがたまたま、天音の方にも益があったってだけなんだから。利害関係が一致したって考えればいいじゃん」

「なんで。昨日は、もうやめたいって言ってなかった？」

「言ったっけ、そんなこと。まあいいや。君にバスケを教えてもらったし、次に試合をする時は、そこまで一方的にやられないよ。もしそんな情けないことを本当に話してたなら、たぶんいけ好かないあいつにむしゃくしゃしたんだ。たぶん、きっと、それだ。忘れてよ。男として恥ずかしいから」

我ながら、苦しい言い訳を並べたと思う。けれど、ここまで必死に彼女のことを擁護して、この関係を繋ぎ止めようとしているということは、やっぱり俺も今のままがいいと心のどこかで考えているんだろう。だから今だけは自分に嘘を吐かないでいようと決めた。

「それにさ、中途半端にやめるなら、なんでストラップ買ったんだよ。俺、家に帰ったらさっそく付けるつもりだったんだけど。俺だけ楽しみにしてたの？　馬鹿みたいじゃん。初めて君からもらったものだから、嬉しかったのに」

つい、言わなくてもいいことまで口走ってしまったことに、気付く。まくしたてるように言ったから聞き逃してくれても良かったのに、耳ざとく細かい彼女は、ちゃんと言葉尻までを捕らえていた。驚いたように目を見開いたのが、何よりの証拠だった。

「……嬉しかったの？」

「いや、そんなこと言ったっけ……」

「言った、絶対言った。嫌そうだったのに、ほんとは嬉しかったんだ」

「だから、人の揚げ足ばかり取るのやめろよ。細かいんだよ、天音は」

「それじゃあ、このままでもいいの？」

期待のこもった綺麗な眼差しで見つめられて、首を横に振れる人なんているのだろうか。少なくとも俺には、無理だった。

「……いいよ。元に戻るまでの間だけど」

「やった！」

先ほどまで握り合わせていた両手でガッツポーズをしてくる。子どもかよ。

最後はなんだか言わされたような気がして、どことなく腑に落ちない。天音のことだから、最初からこうなることを予想していたんじゃないかと疑ってしまう。けれど、さすがにそこまで都合の良いことはないだろう。

「好きな人ができたらちゃんと言えよ。その時は、一方的にこの関係も解消するから」

「好きな人ができたらって、私こう見えて好きな人ちゃんといるよ？」

高揚したテンションがそうさせたのか、彼女は珍しく自分のことを話した。しかもその内容は、俺がまったく予想もしていなかったもので。

自分が動揺しているのがわかった。その理由までは、よくわからなかった。

「……そうなの？」

「まあね。私も、こう見えてちゃんとした感性持ってるし、何より華の女子高生だから。でも安心してよ。今すぐどうにかできるような話でもないから」

「……その相手って、一応聞いてもいいの？」

完璧な天音が、好きになった相手。純粋に、興味があった。わざわざ仮の恋人を立ててるんだから、そういうことには疎いんだろうと勝手に想像してた。

意中の相手がいるなら、こんなことをしていていいのだろうか。

「杉浦くんは、口が堅いから」

あらためて確認するように言った天音は、今日は二人だけの空間だというのに、囁くようにその名前を言葉にした。

「私の好きな人は、工藤春希くんなんだよ」

恥じらいながら口にしたその名前を聞いて、今すぐにどうにかできる話じゃないという言葉の意味を理解した。


気付けば、時計の短針が五の数字を回っている。動揺していると時間の感覚を失ってしまうようで、あれから彼女と何を話したのかも忘れてしまっていた。そもそも俺は、なぜ動揺しているのか。その理由すらも、よくわかっていなかった。

天音の好きな人が、春希だと聞かされただけなのに。

「……杉浦くん?」

確認するような、うかがう声。テーブルに落としていた視線を上げると、俺を心配する顔がそこにはあった。

「……ごめん、ぼーっとしてた」

なんだか、頭が気怠い。半日運動をしたからだろうか。天音と何か大事な話をした気がするが、それがぽっかり頭の中から抜け落ちているような感覚があった。

「ちょっと、疲れたのかも。さっきから生返事してたなら、ごめん……」

「それは別に、いいんだけど……」

それから少しの間を置いて。

「たくさん運動して、疲れちゃった？」

「楽しかったけど、疲れたよ」

もしかすると、そろそろ天音の家族が帰ってくるのだろうか。体が重いけど、早めに退散しなければ鉢合わせそうだ。

「ごめん、もっと早く帰るつもりだったのに。長居しちゃって」

「それは別にいいけど……送ってこうか？」

「いいよ。歩いた方が、頭が冴えそうだから」

なんとなく、一人になりたかった。

キッチンに置いた皿を洗って帰ると言ったら、「気にしなくていいから」と止められる。お礼を言って、手伝いはせずに今日は帰らせてもらうことにした。

玄関へ行っても、不安げな瞳をたずさえた天音が、しきりに顔を確認してきた。俺は、作った笑顔を浮かべる。

「大丈夫だって」

「やっぱり、途中まで送る」

「家族が帰ってくる前に、片付けときなって」

その瞬間だった。俺が鍵を開けて出て行くはずだった扉が、前触れもなく開いた。

夕焼けが隙間から差し込み、天音が眩しさで顔を伏せた。

「天音くん」

驚きの色が含んだ、大人の男性の声。

よそよそしい言い方だったから、父親ではないんだろうと咄嗟に思った。けれども
俺を見ると「今日は、娘と遊んでくれてたんだね」と、優し気な声で言った。

あらためて突然の来訪者を見やるが、あまり天音には似ていなかった。気弱そうな、
スーツ姿の男性。この人が、父親。高槻家の複雑な家庭の事情という言葉が頭をリフ
レインしたけど、この人に何か問題があるようには見えなかった。

むしろ、普通に優しそうで……

「君は……」

こちらを見て、天音の父はなぜか薄らと反応を示す。首を傾げると、今まで黙って
いた天音に背中を押された。

「体調、悪いんでしょ？」

「え？　あぁ、うん……」

「それじゃあ、帰らなきゃ」

有無を言わせぬ気迫があった。なんとなく、ここに居合わせるわけにはいかなかっ

たんだと、察した。

「もしかして、天音くんの恋人かな？」

彼女の押す手が、ほんの少しだけ弱まったのを感じる。聞かれたことに返事はしなきゃと思って「そうです」と、短く肯定した。すると安心するように頬を緩ませて

「そうか。気難しい娘だけど、よろしく頼むよ」と、お願いされた。

押される形で玄関を出る時、天音は後ろを振り返らずに「後で、ちょっと聞きたいことがあるので、いいですか……？」と、父親であるはずの人間にあらたまった口調で話した。正直、何が起きているのかさっぱりわからなかった。

「天音くんが。珍しいね。それなら芳子（よしこ）さんたちが帰ってくる前に、リビングで話そう」

対する父親は、どことなく話し掛けられて嬉しそうだった。最後に軽く会釈をすると、玄関のドアは閉められた。それからしばらく彼女の手に引かれながら歩き、公園のそばで急に立ち止まった。

天音の肩が、震えていることに気付く。

「大丈夫、聞かないよ」

安心させるようにその肩に手を置くと、いつの間にか荒くなっていた呼吸も、徐々に落ち着いていった。

「……ごめん、取り乱して」

「なんというか、上手いこと言えないけど、そういう日もあると思う」

苦し紛れの慰めの言葉を口にすると、天音は薄く笑った。

「君が理解ある恋人で、本当に良かったよ」

「仮だけどね。今見たことは、なるべく忘れる。その方が、いいんでしょ?」

訊ねると、天音は控えめに頷いた。

「結構、複雑なの。もし話したら、今までみたいに普通に話せなくなるし、君にも余計な心配を掛けちゃうから……」

「俺は気にしないよ。でも、天音が話したくなった時はいつでも聞くから」

彼女を安心させられそうな言葉だけを選んで伝えた。それが正しいことなのかはわからなかったけれど、落ち着いてくれたのは確かだった。

「帰って、お皿洗わなきゃ。あの人とも、ちょっと話すことがあるし」

あの人、という他人行儀な言葉に反応を示してはいけない。訊ねれば、天音は困ってしまう。それぐらいのデリカシーは、身につけていた。

けれども、一つだけ。

「虐待とかは、されてないよな?」

訊ねた自分の言葉の端に、小さな怒りを滲ませてしまった。もし彼女が複雑だと言った家庭環境の中に、暴力的な事案が含まれているのだとしたら、鈍感な彼氏を装って見て見ぬふりを続けることはできそうにない。

　実家というのは、一番に心が落ち着く場所であるべきだから。

　しかしそんな想像はまったくの杞憂だったようで、余裕を取り戻した彼女は、息を吐くように小さく笑みをこぼした。

「あの人が、私のことを殴ってくるような度胸のある人に見えた？」

「わからないだろ。酒を飲んで、性格が豹変するかもしれないし」

「杉浦くんが想像してるようなことは、何もないよ。信じられないなら、確かめてみる？」

「どうやって」

「そんなこと、女の子の私に言わせないでよ」

　どうやら、もう冗談も話すことができるらしい。最悪の想像が杞憂だったことにほっとする。

「別に、あの人のことが特別嫌いってわけでもないからね」

「無理に話さなくていいよ。それ以上話してくれるんだったら、口が滑ることを期待しちゃうから」

「優しいんだね。でも私の言葉で勘違いしちゃったら、あの人がかわいそうだから」

彼女にはこれまでもいろいろあったはずで、心中は穏やかじゃないのに相手のことを慮れるのは、それこそ優しい奴だと思った。

「帰るよ。今日は、ありがと」

手を上げた時、ふと思い出して、天音のいつもの癖を真似た。手のひらを開いて閉じると、嬉しそうに同じことを繰り返して、不覚にもかわいいなと思ってしまう。

背を向けて歩き出そうとしたところで、「そういえば」と引き止めてきた。

「そろそろ修学旅行の自由プランの班分けをするんだよ。覚えてる？」

「あーそうだったね」

「予約しておくけど、ちゃんと一緒の班になろうね」

「予約しなきゃ席を取れないほど、人望はないと思うんだけど」

むしろ予約をしなければいけないのはこちらの方だ。

「そんなことないよ。最近、風香とかが前より明るくなった気がするって言ってたし」

「前より明るくなったからって、わざわざ俺を誘ったりしないだろ」

「それもそっか」

あっけらかんと言う。

「他のメンバーはどうするの？　そのテニスラケットの子も誘うの？」

「何？　テニスラケットって」

「だってあの子、テニス部でしょ」

「名前で呼べばいいじゃん」

「別に仲良くもないし。ネームプレート付けてないから、名字も知らない」

「私、同い年の人は名前で呼ぶことにしてるよ。その方が、距離が近くなるし。それに、クラスメイトはみんな友達でしょ？」

「そういうのができるのは天音みたいな女の子だけで、男がやったら気持ち悪がられるんだよ。というより、俺のことは名前で呼んでないだろ」

「それって、今まで呼んで欲しかったってこと？」

　変な返し方をされて、思わず言葉に詰まる。どう呼ぼうと勝手だけれど、揚げ足取りの彼女のことだから、また変な捉え方をしてからかってくるのが容易に想像できた。

　案の定、口元を思いっきり歪ませて、いたずらっぽく微笑んでくる。

「なんだ、かわいいところあるんだね！」

「もう帰るわ」

　また話が長くなることは、これまでの経験で嫌というほど身に染みている。だからこういう時は、無視をするに限る。踵を返して歩き出すと「本当に帰るの!?」と、元気な声が飛んできた。この調子なら、父親と話す時にお通夜みたいな空気にはならないだろう。

自宅に帰って、今日のデートのことを父親から訊ねられ、当たり障りのない言葉を返した。楽しかったよという感想だけは、ちゃんと伝えた。そう、俺はなんだかんだ楽しかったんだ。

夜眠る前、机の上のスマホが振動した。どうせ天音だろうと思って確認すると、案の定『あまねぇ』というふざけ倒したような名前からメッセージが届いている。

《今日はありがと。楽しかったよ》

こちらも素直に「楽しかったよ」と返信した。

運動をして疲れたおかげで、今日はぐっすりと眠れそうだった。

＊＊＊

「今から、一緒に女の子をナンパしに行こう」

病室へ来るなり、ナルミはそんな提案を持ち掛けてきた。ちょうど画用紙に色鉛筆で絵を描いていた春希は、ナンパという小学生にとっては破廉恥な言葉に顔を熱くさせる。

「なんで僕が、そんなことを」

「春希だからだよ。将来を誓い合った女の子がいれば、少しは前向きになるかもしれない」

「そういうのは早すぎるっていうか、無理だよ僕には……」

「無理じゃない。決めつけたら、一生女と付き合えないぞ。この俺が、弱っちい春希のことをなんとかしてやる」

屋上での約束なんて、守ってはくれないと思っていたけど、あれからナルミは宣言通り毎日病室に遊びに来てくれている。荒々しい言葉遣いに、初めは苦手意識を感じていた春希だったが、それも次第に慣れてしまっていた。

「とりあえず、春希の好みの女の子を教えてくれよ」

「嫌だよ、なんでそんな恥ずかしいこと……」

「やっぱり出てるところはちゃんと出てて、優しい女が好きなのか？」

「……知らない」

同い年の友達が皆無に等しい春希にとっては、ナルミから飛び出す単語の一つ一つが刺激的だった。

「そういうナルミくんはどうなの？」

「俺？　俺かぁ。考えたこともないな。とりあえず、一緒に遊んでくれる奴ならそれでいいや」

「そんな適当でいいの？」

「だって、別に女と付き合いたいなんて思わないし。春希と一緒にすんな」

「一緒にしてないし、そもそも付き合いたいなんて言ってないから……」

「というか、俺は話したんだから早く教えてくれよ。卑怯だぞ」

勝手に話しておいて、卑怯も何もあったものじゃないが、話さなければこのやり取りが延々続きそうな気がして、仕方なく思い浮かんだ単語を口にした。

「女の子っぽい女の子が好き、かな」

「は？　意味わかんね。女は女だろ」

「だから、おしとやかで優しくて、髪が長くて、料理が好きそうな……そんな感じだよ。わかんない？」

「それじゃあ俺が言った通りじゃん。男って、だいたいみんなそんな感じの女が好きだよな」

「優しいしか合ってないし、お胸のことは言ってない……」

「もうめんどくさいから、俺みたいな奴とは正反対の女ってことでいいな？」

「いいよ、それで……」

そもそも君は男でしょと思ったが、疲れたから訂正を入れたりはしなかった。春希の好みの女性は、概ねナルミと真反対のタイプだということに間違いはなかった。

「というわけで、今からそういう女を探しに行くけど、体は大丈夫か？」

横暴な奴だけど、こういう時は一応心配してくれる。言葉にはできないけど、春希はそれが嬉しかった。

「そっか。それじゃあ行くか。倒れても大丈夫なように、手を繋いでてやる」

「……今は、大丈夫」

言われるままナルミの手を掴むと、やわらかく温かい感触に全身が震えた気がした。性格も発言も行動も荒々しいのに、手のひらは驚くほどの慈愛に満ちている。まるで自分の母親のような安心感があった。

それから授業を抜け出すように、コソコソと病室を出る。するとタイミング悪く、母親がお見舞いに来たところに鉢合わせた。

「あら、ナルミくん。春希と遊んでくれてるの？」

「おう。ちょっとそこの休憩室でお話しようと思って」

「ありがとね。ナルミくんみたいなお兄ちゃんがいてくれると、春希も心細くないと思うから。戻ってきたら、リンゴ剥いてあげるわよ」

「任せとけって。春希は一人にさせないから。それじゃあ、また後でな」

他人の母親だというのに、物怖じせずに会話ができるナルミを春希は尊敬している。知らない大人には、いつも委縮してしまうからだ。

病室前で別れる時、母親は笑顔で手のひらを開いて閉じてを繰り返した。これは、昔からの癖だった。なんとなく、周りと違うというのは恥ずかしかったけれど、母親に対しては同じ仕草で返していた。

ナルミには見られたりしないように、こっそり手のひらを開いて、閉じた。


春希の入院している病院のB棟六階病棟は、小児科や眼科、消化器内科や消化器外科など、複数の診療科の混合病棟である。その性質から、同じ階には子どもだけでなく大人の患者も入院している。

迷惑を掛けないよう、いつもより縮こまりながら手を引かれて歩いていると、子どもも利用している休憩所に到着した。そこで何をするのかと思いきや、事前の相談など一切なく、ナルミはソファに座って絵本を読んでいた同い年くらいの女の子に話しかけに行った。

「よう彼女。名前なんていうの？」

「ちょっと、ナルミくん!?」

行き当たりばったりすぎるその行動に、制止を掛ける暇なんてなかった。黙々と絵本を読んでいた女の子は、ページをめくる手を止めて先ほどの春希と同じように縮こまる。怯えているようにも見えたが、ナルミはそんなことはお構いなしに、隣の席に座り込んだ。

「ママに、知らない人にはついていくなって……」

「ついてこなくていいから、ここでママが帰ってくるまでちょっとお話しようよ。俺、ナルミっていうんだ。そんでこっちが春希」

椅子に座る女の子を見てみると、ゴツゴツとした大きな眼鏡を掛けていた。それを見つめていると不意に目が合って、彼女は慌てたように掛けていたものを外した。もしかして、恥ずかしかったのだろうか。すると、デリカシーのないナルミが。

「お！　これすげえかっこいいじゃん！」

突然テンションを上げたかと思えば、今しがた外した眼鏡を奪い取り、自分の耳に掛けた。

「なんだこれ、目の前がぼやけるぞ！」

「ちょっとかわいそうだよナルミくん！　返してあげなよ！」

女の子が泣きそうな顔をしていたから、ナルミの顔から眼鏡を取り上げて、返してあげる。すると小さくしゃくり上げながら、「ありがと……」と呟いた。

春希は以前にも、この眼鏡を掛けている患者さんを見たことがある。その時に母親に用途を訊ねていたため、ぼんやりではあるが知っていた。女の子が掛けているのは、眼鏡を作る時に使用する検査用のもので、それを使って何度もレンズを取り換え、視力を測っている。つまり、絵本を読んでいた女の子は目が悪いということで。

　代わりにナルミにそれを説明すると、わかってくれたのか「そうだったのか。つまり、それがないと絵本が読めないのか。ごめんな！」と素直に謝罪した。

「これ、しばらく掛けてみてって、お医者様が。もしかしたら、頭が痛くなるかもしれないから」

「ふーん。確かにそんなに歪んでたら、頭も痛くなるな」

「私は、とっても見やすいけど……」

「変な奴だな！」

「ナルミくん、変じゃないよ。この子に合わせて作ってるんだから」

「あ、そうか。春希は頭が良いな」

　そんなやり取りを聞いていた女の子は、ほんの少しだけ警戒心を解いたのか、「実は眼鏡、恥ずかしくて……」と心情を吐露した。

「なんでだよ。それサイボーグみたいでかっけぇじゃん。似合ってるよ？」

　全然褒め言葉になっていない感想に、乾いた笑みが春希の口からこぼれた。

「これ、いつも掛けるわけじゃないからね。ちゃんとお店で眼鏡を作るんだよ」

「持って帰ればいいのに」

「ダメに決まってるじゃん」

思わず突っ込むと、女の子は初めてはにかんだ。それを見逃さなかったナルミがこの好機に乗らないはずもなく、まくしたてるように会話を繋いだ。

「春希はさ、この子にどんな眼鏡が似合うと思う？　恥ずかしいなら、代わりに決めてやれよ」

「え、僕が決めるの？」

話を振られると、女の子は真っすぐこちらを見つめてくる。その姿にドギマギしていると、不意に眼鏡を掛けながら椅子に座って本を読んでいる母の姿を思い出した。お母さんは大人だけど、その眼鏡を掛けるといつもより数倍大人びて見える。そんな母親のことも、変わらずに大好きだった。

「……黒色で周りが太い眼鏡、かな」

「それじゃあこの眼鏡でいいじゃん！」

「全然違うから。ナルミくんはもう黙っててよ……」

いつもの適当な発言に、ため息が漏れる。けれど女の子は声を出して笑った。いつの間にか、不安に押し潰されそうな表情や、眼鏡を掛けている恥ずかしさなんてものは、綺麗に取り払われたようだった。

「なあ、そろそろ名前教えてくれよ。俺たち、ちゃんと名乗ったんだからさ」

すると、今度は躊躇(ためら)うことなく教えてくれた。

「えっと、ウサミ」

「は？　ウサミミ？」

「ウサミって言ったじゃん。ナルミくん、そういうのデリカシーないって言うんだよ」

「いいじゃんウサミミでも。かわいいよ。ところでさ、ウサミミは料理できる？」

当所の目的をすっかり忘れていた春希は、彼女になってくれそうな子を探していたということを思い出して顔が熱くなった。

「料理？　いつもママが作るけど、たまに手伝うこともあるよ」

「お、将来有望じゃん。体はこれから大きくなるとして、見たところ優しそうだ」

「それって、小さい子ならもう誰でもいいってことなんじゃ……」

「大きい？　優しい？」

ナルミとは違った曇りなき眼に見つめられ、体の中に存在しているすべての罪悪感が噴き出してくる。逃げるように、思わずナルミの手を掴んだ。

「お母さん、リンゴ剥いてくれるらしいから戻ろうよ」

「お母さんより、まずは春希の将来だ。おいウサミミ、頼りない奴だけど、春希と付き合ってやってくれ！」

「付き合う？」

こちらに首を傾げられて、「あはは……」と曖昧に笑った。こんな馬鹿みたいな話、真に受ける子どもはいない。強引に腕を引っ張って退散しようとすると、彼女は急に笑顔を見せて「もう少し大きくなって、お互いに好きだったら、いいよ」と言った。

その曇りなき発言のおかげで、頭の中が真っ白になる。

「やったじゃん、春希。こりゃあ、頑張って病気治さないとな」

「……戻ろうよ」

逃げるように、春希はウサミから離れた。そんな都合の良い話、あるわけがないから。

春希は知っていた。目が悪くてここへ来る人は、入院することなくお家へ帰っていく。仮にここで彼女と仲良くなったとしても、所詮はそれまでの関係なのだ。

また会うことは、たぶんもうない。それをとてもわかりやすくナルミに説明すると、あっけらかんと言った。

「また、どこかで会うかもしれないじゃん。あの子かわいかったし、病気なんて治して今度は健康な状態で会いに行こうぜ」

その前向きさが、羨ましくもあった。どのように生きれば、ナルミのようになれるんだろうとさえ思った。もしかすると、ウサミという少女と再会することがあるかもしれない。そう思わせてくれるような、温かな響きがあった。

病室へ戻ると、母親がリンゴを剥いて待っていた。いつの間にか黒い眼鏡を掛けていて、先ほどの女の子のことを思い出す。もし病気が治るようなことがあれば、また会ってみたいと思ってしまった。

「トイレ！」

元気よくナルミが宣言して、母親が「ついていってあげるわよ」と言った。

待っててねと言われ、春希は行儀よくリンゴに手を付けずにベッドに座って待った。

再び戻ってきた時、お母さんが「ナルミちゃんは、本当にいい子ね」と嬉しそうに言った。

いい子かどうかはわからないけど、一緒にいて楽しいと春希は素直に思った。

断章

「いつも、息子と仲良くしてくれてありがとね」

トイレに向かう時、春希の母親はナルミにお礼を言った。

「別に、俺も楽しいから。春希と一緒にいると」

お願いされたから一緒にいるわけじゃない。自分が春希のそばにいたいから、最近は病室へ遊びに行っている。だからお礼を言われるようなことは何もしていないと思った。

「本当に、ありがとね。一度、親御さんに挨拶させてもらってもいいかな？」

「いいけど、今は弟の病室にいるから」

「病室？　入院してるの？」

ナルミは小さく頷いた。春希には内緒だよと言うように、口元に人差し指を当てる。

母親が小さく頷いたのを見て、あらためて口を開いた。

「ずっと、病気してるんだよ。最近は特に酷くて。寝てる時の方が、長いんだ」

「そうだったんだ……弟くんも入院してるから、いつも病室に遊びに来れたんだね」

「そうだよ。春希には、心配掛けたくなくて言ってないけど。だからここだけの話」

「わかった」

しっかり頷いてくれたのを見て、ナルミは安心する。春希の母親のことは、春希と同じくらい信用していた。同じくらい優しいお母さんに、きっと春希は似たんだろうから。だからお母さんには、特別懐いていた。

「ナルミくんは、学校に行かなくてもいいの？」

ほとんど毎日春希の病室に訪れているから、それは至極当然の疑問だった。

「学校、行きたくないんだよ。いじめられてるんだ」

正直に言うと、お母さんは驚いて目を丸くした。

「そうなんだ……」

「これも、春希には……」

「うん。言わないわよ」

ナルミは安心しつつ、それからぽつぽつと自分のことをお母さんに話した。

やがて、トイレの前に着く。場所は知っているから一人で来ることもできたけど、そうしなかった。いつか話さなきゃいけないことを、お母さんには知っておいてほしかったからだ。

トイレから出た後、最初はやっぱり驚いて目を丸めていたけど、すぐにそれが笑顔に変わった。

初めて家族以外の人間に受け入れられたような気がして、ナルミはちょっとだけ、泣いた。

＊　＊　＊

私が高校二年に上がってから数日経ち、修学旅行のクラス委員を選ぶことになった。けれど誰もそれをやりたがらず、手も上げない。そんな時、誰かが言った。

「工藤とか、適任じゃないですか?」

無責任な言葉だった。クラスメイトの嘲笑が混じる。後ろの席の春希くんが、どんな表情をしているのか、うかがうことはできなかった。

「工藤、やってみるか?」

先生は期待を込めた眼差しで優しく訊ねた。おそらくそれもまた、無責任な言葉なんだろう。

わずかな間の後、春希くんは「……わかりました」と、了承してしまった。

その瞬間から、きっともう誰も相方として手を上げる人なんていないことが、私にはわかってしまった。この後は結局、無責任な推薦やじゃんけんをして、やりたくもない人が選ばれてしまう。それじゃあ、あまりにも彼がかわいそうだ。

だから誰かが何かを言う前に、手を上げた。

「高槻、やります」

クラスメイトたちがどよめく。

言いたいことは山ほどあったけど、ひとまず私はそれを呑み込んだ。彼がいじめられている現状を何とかするチャンスだとも思ったから。

放課後、空き教室に彼を呼び出して「これからよろしくね」と挨拶した。彼はとても困ったように逡巡して、

「……気を使って、手を上げてくれたんでしょ？」

「私、あんな噂話は信じてないから。ここで話したことも、別に誰かに話すつもりもないし。普通にしてていいんだよ」

「……ごめん」

「謝らないで。でも、聞かせて欲しいな。実際に、何があったのか。別に、どんないきさつだったとしても、私は気にしたりしないから」

真実を知るために優しく問い掛けると、彼は話してくれた。

「……たまたま、宇佐美さんが昇降口で男の人に告白してるところに出くわしちゃって。それで、宇佐美さんが泣いてたから、慰めようとしただけなんだ。でも、やっぱり僕も悪いよ。勘違いされるようなことをしちゃったから……」

そんなことだろうなと、最初からわかっていた。優しい彼が、人の弱みに付け込むはずがないんだから。今だって、二人に気を使って康平の名前は出さなかった。

それからしばらく、春希くんと一対一で話をした。その別れ際、覚悟を決めていた

私は彼に言った。

「私が、これからは春希くんの味方でいるからね。だから、安心していいよ。真帆のことも、なんとかできるように私が頑張るから」

「……高槻さんがそんなことをしたら、それこそ僕みたいにいじめられるよ」

「いいよ、それぐらい。君をいじめたりするような友達なんて、いらない」

春希くんは何も言ってくれなかったけど、明日から私は、彼をいじめる人を誰一人として許さないつもりでいた。

そのつもりでいたのに。

翌日から、彼は学校に来なくなった。

後編　初めて恋をした記憶

土曜日が終わり、日曜日が明けて、平日最初の月曜日。バスに揺られながら、通学カバンに付けたストラップを指先で無意味につつく。天音からもらって、なんとなく気に入ってしまったこれが、新たな騒動の引き金にはならないで欲しいと心から願う。

一昨日はなるべく忘れると言ったけれど、昨日は部屋に置いてあった漫画を読みながら、頭の中では天音のことを考えていた。家庭に何か問題があるというのは、おそらく誰の目から見ても明らかで、それを知ってしまったからこそ、学校では何も不安に思うことなく笑っていて欲しかった。

昇降口で靴を履き替えていると「はよ」と、突然挨拶される。春希に挨拶をしてくる奴なんて、この学校では天音ぐらいだが、彼女は面倒くさがって言葉を省略したりはしない。

振り返ってみると、そこに突っ立っていたのは驚いたことに宇佐美だった。不意に、土曜の夜に見た春希の夢を思い出す。とても信じがたい話だが、彼女とも昔、会ったことがあるらしい。

そんな宇佐美から挨拶されたことに戸惑っていると、かつては純粋無垢だった彼女からは想像できないほど不機嫌な表情を浮かべた。

「何、もしかして根に持ってんの。私も、悪かったなって少しは思ってるんだけど」

「……いや、持ってないけど」

「いいね、工藤は。学校一の美人な才女とお付き合いできて」

嫌みのように吐き捨てると、宇佐美も下駄箱を開けて上履きを取り出した。

「前から思ってたんだけど、なんでいつもそんなにカリカリしてんの？」

「カリカリなんてしてないし！」

大声で言い返してきて、一瞬、昇降口に静寂が降りた。それから次第に、喧騒を取り戻していく。

「悪かったって。おはよ、宇佐美」

遅れて挨拶をすると、これ見よがしに大きく舌打ちをして「死ね」と呪いの言葉を放ってくる。随分なご挨拶だと思ったが、会話ができているだけ以前よりはマシだ。

「あんたなんて、また橋本くんにバスケでボコボコにされればいいのに」

「もしかして、宇佐美ってあいつのこと好きなの？」

体育の時間にも思ったことをストレートに聞いてみると、彼女の顔が突如として真っ赤に染まった。返答なんて、わざわざ聞かなくてもわかってしまうほどに。

「そんなこと、ここで聞いてくんな！　それに、わざわざ聞かなくても知ってるでしょ！」

「知らねぇよ、そんなこと」

言い返すと、躊躇うことなく足のすねを蹴られた。鈍い痛みが走って、思わずその場にしゃがみ込む。こらえきれずに、目じりに涙が溜まった。

「死ね！　死ね!!」

いつもより二倍の死ねを浴びせてきた宇佐美は、逃げるように去っていった。いったい何なんだよと思いながら、確かにここで訊ねたのは良くなかったと反省する。蹴り飛ばしてくる方が、もっと悪いけれど。

「工藤、邪魔」

しゃがみ込んだ状態のまま顔を上げると、いつの間にかテニスラケットを持った女の子が立っていた。「ごめん……」と謝罪して、すぐに場所を開ける。

「朝から真帆と喧嘩なんて、本当は仲良しなの？」

「あれで仲良しなわけないだろ」

「あっそ。まあ、天音と付き合ってんだし、今さらまた真帆にアプローチするはずないか」

話し掛けてきたのは向こうなのに、興味なさそうに言って下駄箱を開けた。

「今さらって、どういう意味？」

「男に振られた傷心に付け込んで、真帆にアプローチしたって噂になってたじゃん」

「……そんなこと、するわけないだろ」

以前、明坂も似たようなことを話していたのを思い出す。子どもの頃の宇佐美は純粋無垢な少女だったが、今は悪態を吐いて暴力を振るってくるような奴だ。慰めるようなことはあるかもしれないけど、春希が傷心に付け込むなんてことは、考えられない。

「まあ、私は半信半疑で聞いてたよ。工藤みたいな奴が、そんなことできるわけないと思ってたし」

「そう思ったなら、代わりに弁解してくれても良かったのに」

「嫌よ。私までいじめられるかもしれないし、別にあんたとも仲良くないし。まあ、いいじゃん。天音だけは、最後まであんたのこと悪く言わなかったんだから」

ほんの少しだけど、彼女の浮かべる表情には後悔の色が滲んでいるような気がした。もしかすると、罪悪感を抱いているのかもしれない。それなら、反省の色を示す相手はまったくの見当違いだ。俺は、工藤春希じゃないんだから。

「あんたと付き合い始めてから、天音は前よりもっと明るくなったよ。だから、一応ありがとね。親友として礼は言っとく」

初めて、薄くだけど笑顔を見せてきた。それが意外だったから、俺は言葉に詰まった。

目の前の彼女も宇佐美も、笑っていれば普通の女の子なのに。敵意を向けてこなければ、どこにでもいるような普通の人で、春希をいじめてしまったのも、きっと魔が差したんだろうなと思ってしまう。許してしまいそうになる。

俺は、どこまでいっても第三者でしかないから、そう考えてしまう。


教室へ行くと、いつもより空間がざわついていた
その理由を、俺は早々に理解した。今日は先に登校していた天音の長かった髪が、ショートに切り揃えられていたのだ。そんなことでと思うかもしれないが、長髪に見慣れてしまっていたから、椅子に向かっていた足が止まる程度には動揺した。

恐る恐る近付いて席に座ろうとすると、登校したことに気付いた彼女が振り返って「おはよ！」と元気良く挨拶してくる。瞬間、群がっていたクラスメイトの視線が集まった気がして、何もしていないのに後ろめたい気分になった。

「……おはよ。髪、切ったんだ」

前髪を切ったのを気付かなかったことに激昂されたのを思い出し、とりあえず無難な反応を示しておく。今日の天音は、前髪を切ったというスケールの話ではなくなっているけど。

「うん、気分転換で。どう？　似合ってる？」

似合っている、とは思ったけれど、やっぱり驚きの方が勝った。

「ちょっと若返ったんじゃない？　似合ってるよ」

「若返ったって、それ老け込んでたってこと？」

「だから、揚げ足取るのやめろって」

昨日のテンションで話すと、また少しだけ周りがざわついた。めっちゃ仲良しじゃんという言葉が、どこかから漏れ聞こえた。

「あ、それ」

テニスラケットの女の子が、目ざとく俺のカバンについているストラップを指差した。策士の天音は、周りに見せつけるために購入したそれを、さも恥ずかしそうに手のひらで隠して「わ、ばれちゃった？」と、乙女みたいな反応を見せた。事情を知っているこちらとしては、白々しいことこの上ない。

「ちゃっかりデートしてるんじゃん。仲良しだね」

「風香とも、今度埋め合わせするから」

「別にいいよ。それで工藤に恨まれたら、たまったもんじゃないし」

「そんな小さいことで恨むわけないだろ」

むしろ友達と遊んで天音が元気になるなら、勝手に持って行ってもらって構わない。

それからチャイムが鳴って、友人たちがはけていった。これでしばらくの間は、二人が別れたという噂話をクラスメイトはしなくなるんだろう。天音の読み通りにことが運んで、そんな都合良くいくとは思わないと考えていた俺は、なんとなくだけど悔しかった。

今日も体育の時間はチーム対抗でバスケの試合をする。待機中、明坂が「土曜日のデート、楽しかったか？」と訊ねてきた。

「そういうこと、気になるんだな」

「駅前で見かけたんだよ。どっかの野球チームの応援にでも行ったん？」

思考のレベルがこの明坂と同じだということを知って、勝手に複雑な思いを抱いた。

それから彼は何か言いたげな顔をしていたが、すぐに橋本率いるチームとの試合が始まったため、会話はそこで打ち切られた。

土曜日に天音から習ったことを思い出しながら試合に臨み、俺はそこそこの活躍を見せた。けれどもそれを良くは思わなかったのか、点を入れるたびに橋本の表情がけわしくなっていくことに気付いていた。

そして試合終了の三十秒前。もはや覆せないほどの点差が開いているというのに、俺は悪あがきをするみたいにチームメイトにパスを回し、明坂はそれに応えてくれた。何を必死になっているんだろうと思う。無意味なことに、むきになっている自覚はあった。

ただ、彼女が教えてくれたことを、無駄にしたくなかった。諦めたら、泥を塗ってしまうような気もした。だからブザーが鳴る五秒前に明坂からパスをもらい受けると、教わったことを思い出しながら、床を蹴って跳躍した。手のひらから放たれたボールは、試合終了の合図と共にリングを綺麗にくぐる。

そのことにホッとして、気が緩んだんだろう。後は着地するだけだったのに、最後の最後で足を捻って、無様にもその場に倒れ込んだ。

「春希くん!!」

天音の、悲鳴にも似た絶叫が遠巻きに聞こえる。大げさだと思った。軽く足を捻っただけなんだから。すぐ立ち上がり、捻った右足を地面につく。その瞬間、激痛が走った。痛みをこらえるように歯を食いしばったのを、誰よりも先に駆け付けてくれた天音は見逃してはくれなかった。

「足、捻ったの……?」

「いや……」

思わず、強がる。情けないところなんて、見せたくなかった。夢の中の本当の俺は、春希を引っ張って行けるほど強い男の子だったから。

歩き出そうとすると、膝が震えた。右足首に再度痛みが走って、思わずよろめく。それを天音が支えてくれた時、橋本と目が合った。冷めた目を、向けられていた。

体育の担当教員が遅れてこちらへとやってくる。

「大丈夫か、工藤。保健室行くか？」

「いや、大丈夫です……」

「大丈夫じゃないでしょ！　絶対よろけてたじゃん！」

「そうなのか？」

なんとなく、バツが悪かった。天音は本気で俺のことを心配してくれていて、変に強がったから、余計に過保護になった気がする。本当に、情けなかった。

「私、春希くんのこと保健室まで連れて行きます」

「高槻は保健委員じゃないだろ。工藤を理由にサボろうとするな。保健委員は宇佐美だったな」

「保健委員の前に、私は彼の恋人ですから！　連れて行く義務があります！」

「恋人の前に、ここは学校だ！　余計にダメに決まってるだろ！」

やっぱり、彼女は優しいけれど馬鹿だ。もっと他に、言い方があっただろうに。論破されて、唇を引き結んで、納得できないのか複雑そうな表情を浮かべる。そんな彼女がおかしくて、思わず苦笑した。

先生に呼ばれてやってきた宇佐美は、心底嫌そうに顔を歪めてくる。けれども保健委員の仕事をまっとうしてくれるようで、天音の代わりに肩を持ってくれた。

「なんでまた私が連れてかなきゃいけないのよ」

「ごめんって」

愚痴を言われつつも、その体にはしっかりと力が入っていた。安心して、宇佐美に体を預ける。

そして体育の授業が再開されると共に、彼女に保健室へと連れて行かれた。

保健室の扉を宇佐美はノックしたが、中から返事はなかった。出払っているのだろうか。考えていると、彼女は躊躇なく扉を開けた。

「誰もいないわね」

「待ってたら来るだろうし、宇佐美は戻っててもいいよ」

「なんで工藤なんかに指図されなきゃいけないのよ」

言いながら、保健室の中へと入っていく。俺は、養護教諭が使っている高そうな椅子に座らせてもらった。一息ついていると、宇佐美はどこに何があるのか把握しているのか、棚を開けて湿布や包帯を取り出した。

「勝手に開けたらダメだろ」

「馬鹿ね。怪我ってのは、応急手当が大事なのよ。先生が帰ってくるの待ってたら、回復が遅くなるわよ」

「もしかして、やってくれるの?」

「一応、保健委員だからね」

保健委員にそこまでの仕事は求められていないと思ったが、素直に宇佐美の厚意（こうい）に甘えることにした。歩くだけで痛みが走るし、何よりこういうのは彼女の方が得意そうだ。

必要なものを揃えると、目の前に膝をついた。靴と、靴下を脱いだけれど、なんだか途端に申し訳なさと恥じらいが押し寄せてくる。

「やっぱりいいよ。素足触らなきゃいけないし、体育の後だからくさいだろうし」

「うっさいわね！　気が散るから黙れ！」

思わず口をつぐむ。すると躊躇うことなく俺の足に手を当て、触診を始めた。痛む場所を教えると、慣れた手つきで湿布を貼ってくれる。湿布のひんやりとした感触が、じんじんと痛む患部に染み渡っていく。取れたりしないように、包帯も巻いてくれた。

「……ありがと。慣れてるんだね」

「いつも怪我した時、ママがやってくれてたから」

「へぇ、そうなんだ。ママが」

手当てで出たゴミをまとめると、宇佐美は「よし」と満足げに呟いた。もう一度、「ありがとう」とお礼を言う。すると、どこか照れくさそうに頬を掻いて、そそくさと備品を棚に戻し始めた。

「……運動、得意じゃないんだしさ。なんであんなに無理したのよ」

「ちょっとだけ、頑張りたかったんだよ。格好悪いよな。結局、怪我しちゃったし」

「まあ、それは別にいいんじゃない。ちょっとだけど、格好良かったし」

そんな風に俺のことを評してくれたのが、少し意外だった。顔を合わせれば、悪態を吐かれる毎日だったのに。だからいつの間にか少しだけ心が近付いたんじゃないかと思って、思い切って宇佐美に訊ねていた。

「宇佐美って、なんで俺のこと嫌ってんの？」

「……あんた、知ってるでしょ。前に私が橋本くんに告白したのを見てたんだから」

俺にそんな記憶はないから、春希がその場面に出くわしたのかもしれない。

天音の話していた橋本に告白した女の子というのは、宇佐美のことだったんだろう。

その現場を、タイミング悪くも春希が見てしまっていた。

振られた傷心に付け込んだというのは、どうにも俺の知っている春希からは想像ができなかった。もしかすると、慰めたりでもしたんだろうか。それなら、ありえる話だと思った。おそらくこの誤解は、解いておいた方がいい。

「ごめん。もうわかってたら聞き流して欲しいんだけど、俺、別に宇佐美にアプローチなんてしてないからな。そんな気、まったくなかったし」

「そんなこと……今さらあんたに言われなくても最初からわかってるわよ……」

先ほどまでは威勢が良かったのに、なぜかだんだんと声がしぼんでいった。何か思うことでもあるんだろうか。目を合わせてはくれなかった。だから勝手に納得してくれたものだと判断して、立ち上がる。

「そろそろ行くか」

「……そうね」

歩き出す時、宇佐美は少しだけこちらを気遣うようなそぶりを見せた。けれども手を貸してもらう必要はなさそうだ。ここに来た時よりも、ずいぶん痛みが引いたから。

これは、宇佐美のおかげだ。それだけは、確かだった。


チャイムの鳴ったタイミングで体育館へ戻ると、誰よりも先に天音がこちらへ駆け寄ってきた。

「春希くん、本当に大丈夫だった？」

「ただの捻挫(ねんざ)だし、しばらく安静にしてれば治るわよ」

俺の代わりに、宇佐美が説明してくれる。

「ごめん、心配掛けて」

「いちゃつくのはいいから、早く着替えて戻ろうよ。次の時間は、あんたたちが司会やるんでしょ？　遅れたらダメじゃん」

宇佐美の指摘によって思い出した。次は修学旅行の自由時間に行動する班を決めるのだ。ほぼ何も仕事をしていないから忘れかけていたけど、曲がりなりにも俺は天音と一緒に委員をやっている。今日の進行も二人で務めなければいけないらしい。

「あんたたち、やっぱり同じ班で行動するの？」

「そのつもりだよ。もう春希くんの予約も取ってあるし」

「工藤ごときにわざわざ予約取らなくても、一緒になれると思うんだけど」

いがみ合うような仲だけど、その点では宇佐美は俺と同意見らしい。工藤ごときという言葉は引っかかったが、彼女は春希という人間のことを天音よりも理解している。

「他のメンバーは風香を誘おうと思うんだけど、春希くんはあの子のこと大丈夫？」

「なんでいちいち俺に許可を取るんだよ。天音の決定に従うって」

「そう？　じゃあ、風香は決定ね」

決まった途端、彼女はどことなく嬉しそうにはにかんだ。風香という名前のテニスラケットの女の子とよく一緒にいるところを見かけるから、特別仲が良いんだろう。最近はこちらに対する当たりも和らいできたし、特に異論はなかった。

「一対四は春希くんがかわいそうだから、男友達を誰か誘ってよ」

「じゃあ、明坂でいいんじゃやない？　話したことあるの、あいつぐらいだし」

「それじゃあ、男枠は隼人（はやと）くんで。まだ許可もらってないから、どうなるかわからないけど」

どうやら明坂は、明坂隼人という名前らしい。もしかすると、天音は俺よりも彼と仲が良いのかもしれない。

残るメンバーはあと一人だが、それは後ほど決めようということになった。いつまでも動き出さない俺たちを見て、宇佐美がうんざりした表情を浮かべたからだ。気にせずに、さっさと戻ればいいのに。

一応、怪我をした俺のことを気遣ってくれていたのかもしれない。

勝手だけど、そう解釈することにした。

授業が始まる前、担任教師は椅子に座る俺のところへやってきて、おもむろに足元を見た。靴下を履いていない右足には、宇佐美に処置してもらった時の包帯が巻かれている。

「さっき聞いたけど、怪我したらしいな」

「あ、はい……」

「すぐ治りそうか?」

「どうでしょう……しばらくは痛いままだと思います」

「そうか。それじゃあ、一応修学旅行の時は保健委員を付けておくか」

友人たちと談笑していた宇佐美を担任教師が呼んでくる。なんとなく嫌な予感がしたが、それは外れなかった。

「宇佐美、修学旅行の自由行動の時、工藤と一緒に回ってやれ」

「……はい？」

「保健委員だろ？　何かあった時、助けてやってくれ。保健室の先生から聞いたけど、手当てしてやったんだろ？」

「そうですけど……」

「それじゃ、頼んだ」

事務的に用件だけ伝えると、担任教師は黒板の前のパイプ椅子に座り込み、チャイムが鳴るのを待ち始めた。取り残された俺たちは、お互いに顔を見合わせる。それから弾かれたように、目の前でため息を吐かれた。

「もう友達と約束してるんだけど」

「……悪い」

「なんであんたなんかのおもりをしなきゃいけないのよ……」

そんなことを言われても困るが、たぶん俺が怪我をしたのが悪いんだろう。それからすぐにチャイムが鳴って、とぼとぼと彼女は自分の席へと戻っていった。すべて話を聞いていた天音は、こちらを振り返って苦笑いを浮かべてくる。

「まあ、真帆って本当はいい子だから。決まったからには楽しも」

「……俺は別にいいんだけど」

どちらかというと、彼女がかわいそうだ。さっきまで話をしていた友人たちに詫びている宇佐美を見ていると、申し訳なさが積もった。

「おいおいなんだよこの謎メン。というか宇佐美も姫森も、春希のこと嫌いなんじゃなかったの？」

メンバーが決まった途端、デリカシーという言葉が辞書に載っていることを知らないらしい明坂が、空気も読まずに発言する。初めて知ったけど、テニスラケットの女の子は姫森というらしい。

「私は天音に誘われたから。というか、嫌いなんて今まで一言も言ってない。周りの空気読んでただけだし。だいたい、私はあんたみたいなデリカシー皆無の人間の方が嫌いよ」

言葉の暴力を浴びせられ、泣きそうな顔になる明坂。今のは彼が悪いから、慰めの言葉は掛けなかった。

「……というか、女の子の方が多そうだったから来てやったのに、やべぇ奴しかいねぇじゃねーか。高槻さんは、春希の彼女だしよー……」

「そういう発言するから嫌われるんじゃない？　というか、宇佐美は俺が誘ったから」

「なんで⁉」

「だって、宇佐美がいた方が賑やかになりそうじゃん」

やべえ奴という発言が宇佐美にも聞こえていたんだろう。今にも『死ね』と言い出しそうだったから、一応のフォローは入れておいた。そのおかげかは知らないけど、彼女は矛を収めてくれたのか、代わりにこれ見よがしにため息を吐く。

「最近、保健委員としての仕事が増えたから。誰かさんが発狂したり、倒れたり、怪我したりで忙しいのよ。そのたびに呼ばれてたら、一緒のメンバーになった人たちがかわいそうじゃん」

「工藤も真帆も、前からそんなキャラだったっけ」

「やめてよ。工藤と一緒のくくりにしないで。あくまで仕方なく、だから」

「まあまあ、せっかく一緒のチームになったんだし、仲良くしてこうよ！　ほら、アドレスも交換しとこう！　グループ作ろう！」

必死になって場を取りまとめようとしている天音が、なんだかおかしかった。

それからあらためて、みんなでアドレスを交換する。とはいえ、女子三人は既に交換しているようだ。どうやら三人とも、同じ中学に通っていたらしい。男の俺と明坂が、女性陣にアドレスを教えた。

流れで宇佐美と交換した後、適当なメッセージが送られてきて確認すると、『ウサミミ』というふざけた名前が表示された。

「ウサミミて」

思わず渇いた笑いが漏れる。案の定、宇佐美は眉を吊り上げて「後で殺すから」と、呪いの言葉を吐いてきた。追い打ちを掛けるように、包丁を持ったウサギのスタンプを連打してくる。本当に物騒な奴だ。

「ウサミミって、かわいいからいいと思うけどな」

キレ散らかしている宇佐美とは違って、天音はよほどそのやり取りが面白かったのか、口元を押さえて笑っていた。ということは『あまねぇ』という名前も、自分でかわいいと思ってるから付けたんだろうか。

そして名前をもじっている二人とは違い、姫森は『ひめもりふうか』というシンプルな名前。女子高生とはかくあるべきだと感心していたら、一言コメントに『推しし か勝たん』と書かれている。どういう意味かはわからなかった。

「とりあえず、ちゃちゃっと回る場所決めようよ。時間なくなっちゃう」

言いながら、天音は修学旅行で向かう場所の地図を机の上に広げた。それから教室の隅っこで輪になりながら、当日のプランを決めていった。

本音を言うと、修学旅行へ行くのが楽しみだと思っている自分がいて、なんとなく憂鬱な気分になった。この気持ちは、春希が抱くべきものだからだ。彼の機会を奪っているような気がして、笑おうとするたびに申し訳なさが押し寄せてきた。

そんな複雑な思いを見透かしたのか、そうじゃないのかはわからないけれど、天音はこちらを見つめてきて「春希くんも、一緒に決めようよ。楽しんでいいんだよ」と笑いかけてきた。

「私、このお店のパフェ食べたーい！」

もう気分を切り替えたのか、宇佐美は女子みたいな甘ったるい声で主張する。

そのおかげで、少しだけ元気をもらえたような気がした。


下校時刻になり、今日こそは病院へ行こうと意思を固める。ずっと、一昨日の夢の中で見た、B棟六階病棟が気になっていた。もしそこに同じ景色が広がっているのだとしたら、自分という存在にまた一歩近付けるかもしれない。

「病院、行くの？」

カバンを背負い直していると、天音が足元を見ながら訊ねてくる。それは足の負傷で行くという意味ではなさそうだ。

「渋ってたら修学旅行が始まりそうだから。大丈夫だよ、ちょっと見に行くだけだし」

「悪化したら、どうするの？」

「早めに退散する」

「行ってみて、徒労だったら足の痛みが悪化するだけだよ」

「でも、行ってみないと何も始まらないだろ？」

どうしても行かせたくないのか、今日はしつこく引き止めてくる。それでも曲げない意思を示していると、仕方ないというように肩を落とした。

「私の方で、話を通しといてあげるから。そうすれば無駄にならないし。それと、心配だから私もついてくよ」

「いいの？」

知人が働いてるからと言って、あまり協力的じゃなかったのに。

「仕方ないじゃん。どうしても行きたいって言うんだから。それに足引きずって歩いてる人が病院内を徘徊してる方が、よっぽど迷惑掛かりそうだし」

「……ごめん。ありがと」

素直にお礼を言った。天音には、本当に頭が上がらない。

二人で教室を出る時、宇佐美と目が合った。帰りの挨拶をしようか迷っていると、先に彼女の方から話し掛けてくれた。

「病院行くの？」

こっちは、足のことを言っている。

「天音が付き添ってくれるって言うから」

「どこの病院？」

なんでそんなことが気になるんだろうと思ったが、正直に答えた。

「杉浦病院だよ」

すると宇佐美は、珍しく急に顔をほころばせてきた。

「そこ、子どもの頃に目の検査してもらった病院だ」

知っている。だって俺は、春希と一緒に宇佐美と会っているんだから。

「そういえば、その病院で知らない男の子が話し掛けてきたのよ。元気にしてるかな」

「名前とか覚えてないの？」

「確か、ハルキくんとナルミくんだったかな。ていうか、あんたと名前同じじゃん、ウケる」

そこまで覚えているのに、どうして宇佐美は目の前に立っている人物がその春希だと気付かないんだろう。人の記憶というものは、酷く曖昧だ。

「もっと顔を見とけば良かったなぁ。遠視が酷くて、あんまりわかんなかったんだよね。眼鏡掛けるのも、その時は恥ずかしかったし」

「今掛けてないけど、大丈夫なの？」

「いつもはコンタクトしてるから」

そういえば春希がおすすめしたのは黒いふち眼鏡で、宇佐美がこの前掛けていたのも同じものだった。もしかするとあの時のことを覚えていて、ずっとその形を使い続けていたのだろうか。もしそうだとしたら、こう見えてかわいいところもあるらしい。

「ナルミくんとも、もうちょっと話したかったなぁ。実は私のメッセージの名前って、彼が付けてくれたんだよ。かわいくて気に入ってるの」

「へぇ、そうなんだ……」

それって俺が付けたんだよとは言えなかった。話してしまえば、いろいろ込み入ったことも説明しなければいけなくなるから。

「春希くん」

黙って俺たちの話を聞いていた天音が間に入ってくる。目で『早く行こうよ』と訴えてきた。その彼女の頬は、どうしてかちょっとだけ赤くなっている。

「あ、ごめん。彼女いるのに、時間取っちゃって」

「……別に、いいけど」

なぜかそっぽを向かれる。どこか、意味ありげな反応だった。

「もしかして、嫉妬してたの？」

ほんのり赤くなっていた理由が知りたくて訊ねてみると、珍しく顔を真っ赤にして「そんなんじゃない！」と、抗議の言葉を叫んだ。それは認めてるのと同じだと思ったが、これ以上からかって不機嫌になられると病院に行けなくなるかもしれないから、流すことにした。

「別に、工藤のことなんて取って食べたりしないわよ」

「だから、本当に嫉妬じゃないんだってば……」

「はいはい、わかったわかった」

適当にあしらわれたのが腑に落ちなかったのか、唇を尖らせる。

「……早く行こ」

これ以上何か言われるのを避けたいのか、わざわざ手を握って俺を教室から連れ出す。

昇降口で外履きに替えていると「本当に、嫉妬じゃないからね」と、聞いてもいないのに話を蒸し返してきた。いい加減鬱陶しく思い「わかったから」と適当に返したら、今度は不服そうに頬を膨らませてくる。

「……行く前に、先にアポ取ってくるね」

もう気が済んだのか、それだけ言ってそそくさと離れていった。電話を掛けに行くんだろう。

そういえば病院で働いている人を彼女は知人と言ったが、具体的にはどういう関係なんだろう。想像していると、髪を揺らしながら足早にこちらへと戻ってくる。

ショートの髪形は、未だになんとなく見慣れなかった。

「五時半過ぎたら大丈夫だって」

「そっか、ありがと。ところで、その天音の知り合いってどんな人なの？」

「会えばわかるよ」

なんとなく、この場で話したくないんだろうなという意思が垣間見えた。だから深くは訊ねずに、時間が来るのを待つことにする。

五時半まで時間があったから、病院近くの公園のベンチに座って時間を潰すことにした。ちょうどいいから、二人になったら話そうと思っていたことを打ち明ける。

「昨日、また夢を見たんだ。驚かないで聞いて欲しいんだけど、俺と春希は子どもの頃に宇佐美と会ったことがあるらしい」

「そっか」

何かしらの反応を期待していたけど、思いのほか素っ気なかった。天音は黒く磨かれたローファーの先っぽで、転がっている小石をつまんなそうに蹴飛ばしている。

「もしかして、怒ってるの？」

「別に」

「病院に行くの、そんなに嫌だった？」

「嫌と言えば嫌だけど、放ってはおけないから」

自分の都合より、相手の都合を優先してしまうのが彼女らしい。そんな優しさに、甘えてばかりではいられないけど。

ここで俺が行かない選択を取れば、天音はこんなことでいちいち気を揉んだりしないんだろうが、好奇心には抗えなかった。

「杉浦くんはさ、元の体に戻ることが怖かったりしない？」

脈絡もなく、訊ねてくる。隣を見やると、つま先で小石を蹴る行為を続けていた。

「なんで怖いの？　元の体があるなら、戻りたいでしょ」

「もし、犯罪者とかだったらどうするの？」

「それはないって。犯罪者だったら、名前を調べたら事件がヒットするだろ」

「春希くんが、なんだかんだ向こうの体で楽しくやってたら？」

「俺の体だ。春希には我慢してもらうしかないね」

この問答に、何の意味があるかはわからない。けれど彼女はなぜか、しきりに『元の体に戻った後のこと』を気にしている。もしかすると、何か不安があるのだろうか。

「どちらにせよ戻る以外の選択肢はないよ。そのために、今日は病院へ行くんだから」

「……そうだよね。ただ、もしもの話だけど、元の体に戻った時に杉浦くんが春希くんみたいにいじめられてたり、良くない事情があったりしたら、それはなんだかかわいそうだな。みたいなことをちょっと考えてたの……」

「なんとかして受け入れるよ。俺の人生なんだから」

本心を伝えると、「そっか……」とだけ呟いて不器用に笑いかけてくる。いろいろなものを背負っているかのようなその表情を見ていると、胸が詰まった。

「ごめん。今日は変なことばかり言って」

「いつものことだろ」

冗談めかして言うと、かわいらしく頬を膨らませてくる。少しは元気が戻ったようで、勝手に安心した。

それからしばらくの間、他愛もない雑談をして杉浦病院へと向かった。目的地に近付くにつれて隣を歩く天音の表情はけわしいものになっていくから、何度か「やっぱりやめとこうか」と言ってしまいそうになる。彼女の心労を気にしつつも、それでも退かずに進み続ける俺は、おそらく酷い奴だ。

だからすべて物事が解決した暁には、その時はいくらでも天音の愚痴を聞いてやろうと、勝手に決めた。


エントランスをくぐると、消毒液の臭いが鼻をついた。なんとなく、この臭いは嫌いだ。病気をしていないのに、どこか体が悪いんじゃないかと錯覚してしまう。

「やっぱり、対面した時に驚かれると困るから先に言っておくけどさ、今日ここで会う人って、私のお父さんなの」

「えっ」

「お医者様なんだよね。だから、あんまり来たくなかったというか」

あそこまで渋っていた理由は、それか。彼女の家へお邪魔した時のことを思い返す。親子仲が上手くいっていないのは火を見るよりも明らかで、やっぱりよしておくべきだったかもしれないと、今さらながらに後悔した。

打ち明けたことによって覚悟が決まったのか、それから彼女はきびきびと歩くようになった。ナースステーションへ行き用件を伝えると、何の問題もなく通された。俺が行きたい場所はB棟の六階で、偶然にも今から向かう場所もそこらしい。ということは、その場所でお父さんは勤務しているのだろうか。

天音はこの場所に慣れているのか、俺の足を気にしながらも迷いなく進んでいく。渡り廊下を通り、エレベーターに乗り込む。そして、最上階である六階のボタンを押した。

「今日行くのは、屋上でいいんだっけ」

「それと、子ども用の休憩室も見てみたい。宇佐美と会った場所だから、本当にあるのか気になって」

「わかったよ」

そんな会話をしていると、エレベーターは六階で停止した。扉が開くと、そこにはあの日見た天音のお父さんが、今日は白衣姿で立っていた。にこやかな表情を浮かべている。

それでもやっぱり彼女は、隣で複雑な顔をして俯(うつむ)いていた。

「将来は医者を目指しているんだって？」

どうやらここへ忍び込む口実として、天音はそんな作り話をでっちあげたらしい。嘘を吐かせたのが、なんだか申し訳なかった。

「先輩として、若者がそう考えてくれているのはとても嬉しいよ。今日はいろいろ説明してあげるからね」

とりあえず、感じがいい好青年に見えるように「あはは」と作り笑いを浮かべておいた。彼女のお父さんはこの仕事に誇りを持って取り組んでいるのか、ハキハキと、とても嬉しそうにB棟六階病棟の説明をしてくれる。

夢で見た通り、ここは小児科や眼科、消化器内科や消化器外科など、複数の診療科の混合病棟になっているらしい。その事実を知れただけでも、ここへやってきた甲斐があった。何も収穫がなかったら、天音に申し訳が立たないところだった。

子ども用の休憩室も見せてもらう。年月が経って全体的に色褪(いろあ)せてはいたけれど、そこは間違いなく記憶通りの場所だった。医者になるつもりなんてないけど、夢で見た場所と同じ光景に興奮を覚える。

「僕はね、ここの小児科で働いているんだ。といっても、天音くんからもう聞いてるかもしれないけど」

「知らなかったです」

入院時に使用する子ども用の個室を見学している時に、お父さんが話してくれた。そもそも、病院に勤務していることすら今日教えてもらったんだから、知っているわけがない。天音はあまり家庭のことを話したがらないから。

ここへ連れてきてくれた当の天音は「疲れたから休んでる」と言って、先ほどの休憩室の椅子に腰を下ろしていた。長時間運動しても疲れを見せない彼女が、ここに来るだけで疲労するわけもないから、おそらくお父さんと距離を取ったんだろう。

「君は、工藤春希くんだろう？」

「そうですけど、それがどうかしたんですか？」

「覚えてないかな？　君がまだ小さかった頃、僕が診察を担当したこともあったんだよ」

驚いた。というか、ここへ来ることになった以上、過去に春希と関わりがあった人と会うかもしれないとは思っていた。けれども、それがまさか天音のお父さんだったとは。

「この前、家で会った時にもしかしてと思ったんだ。でも急いでるみたいだったから、聞こうにも聞けなくて。見違えるほど大きくなってたから、最初はわからなかったよ」

「……その節は、お世話になりました」

予想外のことにどういう反応を見せたらいいのかわからなくて、作り笑いしか浮かべられなかった。天音はこのことを、知っていたんだろうか。

「まさか君が、私の娘の恋人だなんてね。嬉しいよ。あの子は繊細なところがあるから、一緒にいると大変だろう」

「いえ、一緒にいて楽しいですよ。いつも笑ってますし」

本心だった。あれを繊細と形容していいのかはわからないけど、家庭と学校では天音の振舞い方が違うんだろう。

おそらくどちらが本物というわけではない。どちらもがその人の一部であって高槻天音なのだ。だけど家庭での一面しか知らないらしいお父さんは、やや驚いた様子を見せた。

「いつも、笑っているのかい？」

「ええ。笑っていない時なんて、珍しいくらいです」

答えると、お父さんはさりげなく廊下の奥へと視線を移した。向こうの休憩所にいる娘のことが気になるんだろう。おそらく、ここでの話し声は彼女の耳には届かない。

お父さんもそれを察して安心したのか、柔和な笑みを浮かべる。それは間違いなく、父親の表情だった。他人の家のことだというのに、俺はどこか安心していた。天音にも、ちゃんと心配してくれるお父さんがいるんだということに。

「よければ、詳しく教えてくれないかな。あの子が、学校でどんな風に過ごしているのか」

「それは本人に聞きましょうよ。家族なんですから」

「知っているかもしれないけど、あの子は学校が終わったらアルバイトを頑張っているんだ。僕の休日にも入れていることが多くて、話す機会があまりないんだよ」

それは言い訳だ。家族なんだから、一緒の家にいればいくらでも時間を作ることができる。いくら仕事が忙しくても、たとえば自分に息子や娘がいたとしたら、睡眠時間を削ってでも会話するだろう。それが、家族というものだから。

「今日は、アルバイトはないみたいですよ。僕、もうすぐ帰るので、やっぱり彼女に直接聞いてみてください」

お節介かもしれない。けれど娘のことをお父さんが大事に思ってくれているのなら、どちらかが歩み寄ることができれば、少しはいい関係が築けるかもしれない。

だから俺は決して、学校での天音のことは話さない。話をして、家庭の外で娘はちゃんと明るく振舞っていることを知ってしまうと、その事実に安心して余計に会話を放棄してしまうかもしれないから。

「……上手く、話ができないんだよ。これも娘から聞いたかもしれないけど、僕と天音くんは……」

「それ以上、言わないでください」

冷静に、お父さんの言葉を中断させる。

「家庭のことは、僕は何も聞いてません。彼女が何も話したがらないからです。だからお父さんから今ここで聞いてしまうのは、間違っていると思います。失礼なのは承知ですが、彼女にとっては恋人にも話すことができないほど、思いつめていることなんですから」

「やっぱり、そうだったか……」

何も知らないとは言ったものの、天音の母親を知っている橋本から、あの人は『毒親』だと聞いてしまったことがある。耳を塞いでおけば良かった。当人が隠していることを話されるのは、どちらにとってもいいことはない。むしろ自分のあずかり知らぬところで隠し事を吹聴（ふいちょう）されていることを天音が知れば、傷付いてしまう。

「いや、本当に申し訳ない。春希くんの言う通りだ。私が勝手に話したと娘が知れば、もう口もきいてもらえなくなるところだった」

「いえ。若輩者が、わかったようなことを言ってすみません」

謝罪をすると、大の大人に頭を下げられてしまった。なんとなく居心地が悪くなって「屋上って、行けたりしませんか？　新鮮な空気が吸いたくて」と、さりげなくお願いしてみた。お父さんは、快くこちらのお願いを承諾してくれた。

屋上を見に行ってから、天音のいる場所へと戻る。待ちくたびれたのか、スマホでクロスワードパズルを遊んでいた。

「帰ろう、天音」

「ん」

適当すぎる返事をして、スマホをカバンの中にしまう。それから俺の隣に立っているお父さんのことを、横目でうかがうように見た。

「今日は、遅くなるんでしたっけ」

「いや、早めに帰ることにするよ」

「お母さん、今日はお父さんが遅いから輝幸と一人でご飯食べに行くってメールで言ってましたよ」

「それはもう間に合いそうにないから、お母さんに言わなくてもいいよ。たぶん天音くんの方が早く帰るだろうから、もし良かったらご飯を作っておいてくれないかな」

その発言が意外だったのか、固まったまま目を丸くした。

「……別にいいけど、珍しいですね。いつも買ってくるか外で食べるのに」

「彼氏には、前にご飯を御馳走したんだろ？　お父さんは食べたことがないのに、ずるいじゃないか」

父親が冗談を言うと、天音は薄くだけど笑った。まだ家族の前でも笑えるんだということに、俺はホッとしていた。

「わかったよ。それじゃあ、なるべく早くお仕事終わらせてきてね」

「ああ。春希くんも、今日は本当にどうもありがとう」

案内をしてもらったのはこちらなのに、あらたまってお礼を言われると、なんと返せばいいのかわからなかった。だから「いえ……」と、曖昧に言葉を濁しておいた。

帰り道、天音は恐る恐る「お父さんから、いろいろ聞いたの？」と訊ねてきた。そのいろいろが、病院ではなく家庭のことを言っているのは、容易に想像できた。

「聞かなかったよ」

嘘偽りなく答えると、彼女は安堵したのか短く息を吐く。

「杉浦くんのそういうところ、私好きだよ」

「やめろよ、勘違いするだろ」

冗談めかして言うと、天音は吹き出して楽し気に笑った。

「別に勘違いしてくれてもいいのに」

「元の体に戻ったら、春希と泥沼になるから嫌だね。三角関係なんて、ろくなことがない」

「三角関係にならなければ大丈夫なんだ」

彼女はまた、お得意の揚げ足を取ってくる。元気になったようだから、仕方なくしばらくの間は付き合ってやることにした。

今日、杉浦病院に行ってみて、わかったことがあった。それは夢の中で見たB棟六階病棟も、宇佐美と初めて出会った休憩所も、確かにあの場所に存在しているということ。そして屋上から見た景色は、年月の変化によってところどころ細部は変わっていたけれど、間違いなく春希がナルミと出会った時に見た杉浦市の光景だった。

自宅まで付き添ってくれた天音は、そのまま真っすぐ帰るのかと思いきや「ちょっとお邪魔してもいい？」と訊ねてきた。理由を訊ねると「お母さんに、手を合わせたいから」と言った。

あまり迷わず、家の中へと上げた。父親は帰っていないようで、真っ暗だったリビングに明かりを灯す。いつも男だけの空間にクラスメイトの女の子がいるというのは、なんだか変な感じがした。

「男の人の二人暮らしなのに、案外片付いてるね」

「一応言っておくけど、それ普通に失礼だからな」

第一声を注意すると「ごめんごめん」と笑った。本当に、失礼だという自覚があるんだろうか。

普段はリビングに母親の写真が置いてあり、そこに向かって手を合わせていたけど、今日はそれを奥の仏壇が置いてある和室へと持って行った。いつも父親が綺麗にしているから、問題はないだろう。

作法なんてものはわからないが、とりあえず仏壇のわきに春希の母親の写真を置く。天音は手前に置いてあった座布団の上に正座した。俺は足を負傷しているため、胡坐(あぐら)をかかせてもらう。

「俺、春希の母親とも会ったことがあった」

「そうだったんだ」

「春希の病室で、リンゴを剥いてもらったんだ。たぶんそこら辺のスーパーで売ってるリンゴだったんだろうけど、夢の中の俺が美味しい美味しいって言いながら食べてた」

思い出すと、悲しくなってくる。目の前の写真の中にいる女性とは、もう一生会うことができないんだから。

天音は置かれていた短い棒を手に取り、お椀の形をした鈴を優しく叩いた。心安らぐ高い音が、室内にこだまする。ろうそくも、お線香もなかったけれど、手を合わせて目を閉じた彼女の姿は、とても様になっていた。

俺も、徐々に消えていく鈴の音を聞きながら、目を閉じて手を合わせる。この世界で、二人だけになってしまったかのような静けさに、それも案外悪くないなと思った。

「私、春希くんのことが羨ましいの」

音が止んで完全な静寂が訪れた頃、話を切り出してくる。

「お母さんを素直に愛せているのが、羨ましい」

「どうして？」

たぶん、今なんだと思った。茶化したりすれば、もう一生こんな風に身の上話を切り出してはくれない。そんな予感がしたから、珍しく自分の話をする気になった天音のために、今日は聞き役に回ることにした。

「なんとなく、もうわかってると思うんだけど、うちは両親が離婚してるの」

「それは、空気でわかったよ」

「本当は、それも悟らせないつもりだったんだけどね。あんなにも早く、お父さんが帰ってくるなんて思わなかったの」

そして、あんなに長く俺があの場に留まることを、想定していなかったんだろう。

どうしてあの時間まで部屋にいたのか、振り返ってみてもよくわからなかった。

「それで昔さ、家庭内でいろいろなことがあって、二人のストレスが溜まっていって、お父さんの方が先に我慢の限界がきて、出て行く決断をしたの。私はその時、まだ小学生だった。どちらについていくかお母さんに聞かれて、言っている意味がよくわからなかった。答えが出ずに迷っていたら、お父さんが言ったの。しばらくしたらお前を迎えに行くから。その時になれば、また三人で一緒に暮らせる。だから今は、お母さんの元で暮らしなさいって」

思い出したくもない過去だろうに、声は酷く平坦だった。少しは声を詰まらせたり、悲しみで涙を流してもいいものなのに。

だからこれはもう、彼女の中では完結している話なのかもしれない。

「お母さんは？」

「お母さんと暮らすって言ったら、その時は泣いて抱きしめてくれたよ。お父さんが言ったことは、絶対にお母さんには話すなって言われてたから、話さなかったけど。でもそれからしばらくして、私の心の整理がつかないままお母さんは今の人と再婚して、結局お父さんは帰ってこなかった。子どもだから、わかってなかったんだよね。あの時言ってくれた言葉はただの方便で、私を置いていくためについた嘘だったたってことに。それに気付いたのは、中学生の時だった。さすがに悲しくなって、思わず泣いちゃった」

言葉とは裏腹に、薄く笑みを浮かべる。その瞬間から、口だけの人と嘘が彼女は嫌いになったのかもしれない。想像していたよりも、ずっと悲しい経緯に心を痛めた。

一度身の上話を打ち明けると、せき止めていた心のダムが決壊したのか、矢継ぎ早に話を続ける。必要以上に重苦しい雰囲気にしないためか、無理に笑顔を見せようとする姿が、とても痛々しかった。

「……家族仲が上手くいかないのはね、半分以上は私のせいでもあると思うの」

「どうして？」

「いつまでも、私があの人に心を開かないからだよ。いきなり他人同然の人が家の中に入ってきたら、誰だって戸惑うでしょ？」

「まあ、そうなのかも」

「ごめんね、こんなこと聞いて。とにかくさ、私はスタート地点から友好関係を築くのに失敗して、あの人とは今までずっと、なんとなく距離があるのよ。それもあって、お母さんとも上手くやれてない。なんというか、ただの反抗期が周りの子より随分早くにやってきて、今もずっと続いてる、みたいな。笑っちゃうよね、こんな話」

「笑えないよ」

天音は反抗期だと言って片付けたけれど、それはこれまでの数年間、ずっと片時も手離すことなく抱えてきた大きな悩みだ。本来、一番心の休まるべき場所であるはずの空間が、ある日を境に一変したんだから。笑えるわけが、なかった。

「……これでもさ、環境を変えるためにいろいろ頑張ったんだよ。高校生になってからアルバイトを始めたのも、それが理由。たくさん遊びに行くのは、一分一秒でもあの家から遠ざかりたいから……それでも、嫌いなわけじゃないの。ただ、再婚相手の子どもが生まれた時からずっと、私の居場所はあそこじゃないって強く感じるの……本当に、みんなのことが嫌いなわけじゃないのに、弟だって幼稚園に通うようになって、宝石みたいにかわいいのに、心がずっとモヤモヤしてて、上手く振舞えなくて。あの家は、高槻の人の家なんだって思うと、とっても辛くて……」

「もういいよ」

優しく、肩に手のひらを乗せた。壊れた機械のように次々と言葉を発していく彼女の姿を、これ以上見ていることができなかった。半分乱れていた息を、彼女は整える。もう、とっくに壊れかけているんだろう。彼女の世界も、心も。それに気付いてあげられなかったのが、悔しかった。

「……ごめん。お母さんの前なのに」

「きっと、春希に彼女ができたって喜んでるよ。たぶん、そういう人だから」

心配はしているかもしれないけど。

「たぶん、正解なんてないんだよ。世の中にはいろんな家庭があるから。だから隣の家をうらやんで、無理に自己否定しなくていいと思う。過干渉気味で、放っておいて欲しいと思う子どもだって、それこそどこにでもいると思うんだ。このままじゃダメだと思って、ずっと家族のことを考えている天音は、そういう意味では立派だと思うよ」

「……立派、なのかな。全然、そうは思えないけど……だって、一刻も早く家を出て、一人立ちしたいって考えてるから。すごく、親不孝な娘だよ……」

「考え方を変えてみなよ。別に、親孝行なんていつでもできるんだから。それこそ、天音がいろいろなことを許せるようになって、もっと大人になった時とかさ。その頃になれば、きっとあのお父さんは、二十を超えた娘とお酒を飲みたいなと思ってるよ。弟は学生になってスポーツを始めてるかもしれないから、もしそうならたまの長期休みに帰った時は、天音がわかりやすく教えてあげればいいんだ。お母さんだって、久しぶりに娘の顔を見れたら、きっと嬉しいと思う。上手く言えないけどさ、家族ってそういうものなんだよ。きっと」

なんでいつもポジティブなのに、自分のことになると途端に自信をなくすんだよ。天音にそう言ってやりたかった。

あれだけ一緒にいたのに、彼女の本質に気付いてあげられなかった自分を、殴りたかった。

「……君は、私のお母さんのことを悪く言わないいんだね。康平から、あんな説明をされてたのに」

「なんだ、聞いてたのか。地獄耳だな。知らないふりして隠してたのが、馬鹿みたいじゃん」

「……康平は、人の悪口を話す時は声が大きくなるから」

必要のない言葉なんて、人の耳に届かなければいいのに。

「親なんだから、いい大学へ行って、いい会社に就職して欲しいと思うなんて、当然のことだろ。別にあれだけ聞いて、そりゃあちょっとは大丈夫かなって気にしちゃうけど、見たこともない人の判断なんてできないよ。家族ですら、長年一緒にいてもわかんないことがあるんだから」

だから自分の目で見て判断しないと、とんでもない勘違いを起こしてしまうこともある。それでも、わからないことだってある。大好きな人の救いになりたいがために、錯覚で悪を作ってしまったりだとか。信用していたのに、裏切られたりだとか。

決して、目で見えることや聞こえることだけがすべてというわけじゃない。誰の心の中にも、その人なりの正義という名前の大切なものが存在するんだから。

「とりあえず、今日はもう帰りなよ。お父さんの夕食、作るんだろ？」

「あ、そうだった」

「忘れてたのかよ、しょうがない奴だな。言っとくけど、作り終わったら一緒に食べるんだぞ。自分の分だけ持って自室に引きこもるとかなしだからな」

「え、なんで……？　一緒にいても私、あの人とは上手く話せないし」

「そっちこそ、なんでだよ。何も酷いことされてないのに。クラスのみんな、友達なんだろ？　それなら、いつも通り振舞ってれば、何も問題ないじゃん」

「だってあの人は、友達じゃなくて家族だから」

「そんな風に、心の中で決めつけるのが良くないんだって。まずは友達からって、よく言うだろ？　みんなのお父さんとお母さんだって、最初はそういう関係だったんだからさ。自分なりのペースで、自分なりのやり方でゆっくり距離を縮めていければそれでいいんだよ。それこそ、正解なんてないんだから」

　このアドバイスが正しいかなんて、無責任だけど俺にはわからない。けれど病院でお父さんと話をした限りでは、天音に害をもたらすような人には見えなかった。だから本当に、どちらかが歩み寄れば解決する程度のことで。ここで俺があれこれ彼女に吹き込まなくても、お父さんの方から今日は動き出すんだろう。

　けれど機が訪れるのを待っているんじゃなくて、天音には自分から動く意思を持って欲しい。待てば相手が変わってくれることを覚えてしまったら、一番大事な時に動くことのできない人になってしまいそうだから。そんな情けない奴には、なって欲しくない。

「……正解なんてない、か。確かに、君の言う通りだね」

いつの間にか天音の瞳には、決意の色が芽生えていた。

それから比較的落ち着いた彼女を見送るために玄関へ行くと、ちょうどスーツを着た春希の父親が帰ってきた。俺たちを見て、案の定目を丸くする。

「言ってくれれば、天音さんの分もご飯用意したのに」

「いえ、お言葉だけありがたく受け取っておきます。今日は、家に帰って親孝行をしたいので」

「親孝行か。それなら、無理に引き止めるわけにはいかないね。今日はお母さんに手を合わせてくれたの？」

「はい。来られて良かったです」

「ありがとね。今度はご飯を御馳走するよ」

「その時はまた、お言葉に甘えさせていただきます。もしよろしければ、お墓にも手を合わせさせてください」

余所(よそ)行きの大人びた笑顔を見せた天音は「それじゃあ、また明日学校で」と言って、いつものように手のひらを開いて閉じるという独特の挨拶をした。こちらも同じように返して見送った後、お父さんが「あの子は、どこかお母さんに似ているね」と言った。

「どこが？」

「仕草がお母さんと一緒だっただろう？　それに、どことなく雰囲気も」

そういえば夢の中で、お母さんは春希に同じ仕草を見せていた。雰囲気が似ているのかまでは、俺にはわからないけど。

翌日学校で見た天音は、いつも明るいけど、今までよりほんの少しだけ憑き物が落ちたようにすっきりとした顔をしていた。姫森も気付いたのか、珍しくわざわざ彼女がいない時を見計らってこちらへとやってきた。

「天音、もしかしてなんかいいことあったの？」

「知らないけど。新しい友達でもできたんじゃない？」

「また？　一緒に遊べる時間がもっと少なくなっちゃうじゃん」

「心配しなくても、天音にとって君は十分特別な人だと思うけどね」

「そ、そう？」

思いのほか今の言葉が嬉しかったのか、恥じらいを隠すように指先で頬を掻いた。

「まあ、あんたが天音と付き合い始めたせいで、私との時間も減って残念だったんだけどね。けど、あの子にとっては良かったのかも。明るくなったし、私には与えられないものを、与えられてるみたいだし。ただの根暗だと思ってたけど、案外人付き合い上手だね」

「それ、いいこと言ってるように見えて、普通に失礼だからな」

「いいじゃん別に。天音のこと、これからもよろしくね。あの子は強いから、人に頼るって言葉を知らないのよ。たまに、相手さえよければ自分のことを顧みなくなる時があるから。そういう時は、ちゃんと守ってあげなさい」

「何それ、君は俺の母親？」

「気持ち悪いこと言わないで。どちらかというと、私は天音の母親だから。それじゃ、修学旅行は同じグループ同士、楽しみましょ」

ひらひらと手を振って、姫森は自分の席へと戻っていく。

次の授業の準備をしていると、チャイムが鳴って天音が戻ってきた。その足は、リズムを刻んでいるかのように軽やかで、機嫌良く鼻歌まで歌っている。

きっと、学校以外にも自分の居場所ができたんだろう。こちらにまで、彼女から湧き出ている喜びが、届いてきそうだった。

空港に向かうバスの中で無駄にテンションの上がっていた明坂は、機内に乗り込む前の手荷物検査の際に、青ざめた表情を浮かべていた。

「飛行機、落ちたりしねーよな……？」

「落ちるわけがないだろ」

周りを不安にさせるような発言はやめて欲しい。案の定、それに触発された宇佐美が「こ、怖いこと言わないでよ。この前、修学旅行の飛行機が墜落する小説を読んだんだから！」と、珍しく怯えた様子を見せた。

馬鹿にしているわけじゃないけど、いつも気丈に振舞っている彼女が非現実的なことに怯えているのを見ると笑ってしまう。天音は、まったく怖くないのか涼しい顔をしていた。

「こういう時、私もこわーいって言った方が、春希くんは気を使ってくれるの？」

「やめろよ、気持ち悪いから」

「ひどい！」

耳のそばで響いた抗議の声にうんざりしていると、教師陣が「順番に機内に乗り込むぞー」と号令を掛けた。ちょうどいいやと思って、うるさい天音のことは無視して歩き出す。

搭乗通路を渡って機内に入り、事前に割り振られたシートに座った。

「よっこいしょっと。短い間だけど、よろしくね！」

天音が隣に座っているのは偶然などではなく、二人一緒に修学旅行のクラス委員をやっているからだ。俺たちは出席番号や男女の割り振りなど関係なく、強制的に前方の教師陣に近い位置へ配置された。

それから二人で点呼を取って、全員搭乗しているのを教師に報告する。後は離陸するだけという時になって、シートベルトを締めていると天音が「……落ちたりしないよね？」と、明坂みたいなことを訊ねてきた。

「一日に何便飛んでると思ってるんだよ。偶然、今日俺たちの乗る飛行機が墜落するわけがないだろ」

「だよね」

「なんだよ。怖いのか」

「ほんの少しね」

強がっているのか、不器用に微笑んでくる。手元が覚束ないのか、装着しようとしているシートベルトが何度か空振りしていた。仕方ないから、代わりに差し込んでやる。

「怖かったなら、最初から強がるなよ」

「だって、さっきまでは大丈夫だったんだもん。それに怖いって言ったら、気持ち悪いって思うんでしょ？」

「なんでそのままの意味で受け取るんだよ……もう離陸するから、手でも繋いどくか？」

「……そうする」

そんな話をしていると、焦る天音を急かすように、機長からもうすぐ離陸しますというアナウンスが入った。それが余計に不安な心を刺激したのか、軽く握っていただけの手の力を強めてくる。

握り返すと、少しは震えが収まったような気がした。しばらく後に、飛行機がゆっくり動き出す。窓際の席に座っているから、機体が地上を離れる瞬間が視覚的にわかった。やがて空へと上昇していき、体にわずかな重力がかかる。深い水の底にいるような、耳の奥の微かな不快感が押し寄せてくる。しかし、気付けば機体の揺れも収まっていて、雲の上を飛行していた。

それでもしばらくの間は手を握っててやると、慣れたのかもう諦めたのかは知らないけど、いつの間にか握りしめてくるのをやめていた。

「窓の外、見てみなよ。綺麗だから」

おっかなびっくりではあったけど、天音は窓の外へと視線を移す。そうして、感嘆の息を漏らした。

「綺麗……」

当たり前だけど、雲の上は見渡す限りの青空だった。まるで天国へとやってきたみたいで、亡くなった人はお空に昇って行くという比喩も、あながち間違いではないのかもしれないと思った。

「もう大丈夫？」

「ありがと。雲を見てたら、なんだか逆に落ち着いちゃった」

「どうして？」

「天国みたいだなって」

俺と、同じことを考えていた。

「春希くんのお母さんも、この空のどこかにいるのかな」

「どうだろうね。でもこんなに広かったら、どこかを自由に飛んでたりするのかも」

「もしここにいるんだとしたら、残された私たちは安心できるよね。だって、こんなにも綺麗なんだから」

雲海を見下ろす瞳は憂いを帯びていて、哀愁が漂っていた。他人事ではないんだろうなと、その目を見て察する。いくら優しい彼女でも、クラスメイトの母親のことを思って、こんなにも寂し気な表情を浮かべたりしない。

だから春希の母親を思うその瞳には、名前も知らない別の人の笑顔も映っているんだろう。今すぐ俺を押しのけ、澄み渡る雲海へと身を投げ出すんじゃないかと思えて、咄嗟に手を掴んだ。

　飛行機の窓なんて、空の上で開くわけがないのに。

　結局、飛行機は墜落することなく目的地へ到着した。空港を出ると、眩い日差しに目を細める。普段より随分南の地域のせいか、気温も何度か上がっているような気がした。

「やっぱり、どうせ行くなら東京が良かったわ。なんでまだ春なのに暑いのよ」

　青空を見上げながら、宇佐美はここでも悪態を吐く。東京へ行けば、今度は人の多さに文句を言いそうだ。結局どこに行っても不満はあるんだろう。

　なんだかんだで目的地に到着してしまったが、俺は未だに工藤春希のふりをしている。正直なところ楽しみではあったけど、申し訳なさもあった。

「せっかくの旅行なんだから、いろいろ気にせずみんなで楽しもうよ」

　浮かない顔をしていたらしく、天音が気遣うように肩を叩いてくる。

「何？　楽しみじゃなかったの？」

　俺たちの様子を見ていた宇佐美が、口を尖らせながら不満げに言った。

「いや、楽しみだったよ」

「それならもっと楽しそうにしなさいよ」

彼女は彼女で、和ませようとしてくれているんだろう。どうやら自分で考えているよりもずっと、気分が落ち込んでいるらしい。病院へ行ってから天音と今後のことを話したけど、結局打つ手なしという結論が出てしまったからだろうか。

一生このままなんじゃないかと思う時もあったが、とにかくあまり考え込まない方向へ意識をシフトした。俺が考え事をしていると、気にしてしまう人がいるから。申し訳なさも、それが最近まで一人だけだったのに、いつの間にか二人に増えている。二人前だった。

「ごめん、ありがと。宇佐美も」

「別に、あんたのために言ったんじゃないから。これから野外炊飯なのに落ち込んでる奴がいたら、空気が悪くなると思ったのよ」

気持ちを切り替えて、俺たちは再び観光バスへと乗り込んだ。初日は山にあるキャンプ場で野外炊飯を楽しんで、午後はラフティングを行う。要するにボートに乗って川下りをするのだ。野外炊飯も川下りも、基本的にはクラス内で決めた自由行動のグループで行う。

キャンプ場へ着くと調理場所の説明がされ、各グループに鍋やまな板や包丁などの必要器具が配布された。この日本には、ガスボンベを差せばスイッチ一つで点火できる文明の利器が存在するというのに、自然の過酷さを実感するためなのか、薪と新聞紙も同時に配られた。案の定、宇佐美は面倒くさそうに薪の束を見つめる。

「私たちは調理の方を頑張るから、男は火おこし頑張りなさいよ」

「おいおい、楽な方を選ぶなよ」

「楽じゃないから。だいたい明坂なんかに任せて美味しいカレーが作れると思ってるの？」

　失礼だが明坂じゃ無理だ。女性陣の中には天音がいるから、まず失敗することはない。こういう時は、大人しく従っておいた方が無難だと思い、明坂の肩に手を置いた。

「明坂には無理だ。サッカー得意なんだろ？　それじゃあ、薪割りも得意だよな」

「いや、意味わかんねぇよ。薪割りとサッカーに何の関連性があるんだよ」

「とにかく、力仕事は男の役目だろ。面倒くさいかもしれないけど、俺たちが包丁握ってる隣で天音たちが薪を割ってたら、さすがに罪悪感抱くだろ？」

「まあ、そりゃあそうだけどさ……」

「それじゃあ、一緒に頑張ろう」

　上手く丸め込み、二人の言い合いを打ち切ることに成功した。明坂も宇佐美も、気は合わないくせに売り言葉に買い言葉で話すところは共通しているから、誰かが緩衝材（しょうざい）にならなければ延々と口喧嘩してしまう。それを天音も理解していたのか、教師陣からもらったニンジンを持ちながら苦笑いを浮かべ「ありがとね」とお礼を言ってきた。

言い合いをしているうちに、姫森はピーラーで皮の付いている食材を剥き始めた。

「ほら、俺たちが火をおこさないと料理が止まるから、早く行こうぜ」

「わかったよ……」

納得はしてなさそうだったが、明坂を連れて薪割りの仕事へ急いだ。


あらかじめ場所取りをしていた地点に行き、薪を割って見様見真似で手順通りに組んでいく。簡易的な窯の一番下に置いた新聞紙にマッチで火をつけ、うちわで適度に風を送り込んでいると、予想していたよりも簡単に火が燃え上がった。

「俺ら天才じゃね？」と、機嫌の良くなった明坂が尊大なことを口にする。

「これなら、無人島とか過去の世界に放り出されても二人で生きていけるだろ」

「無人島とか、ずっと昔の世界にはマッチなんて存在してないからな。一番面倒くさい工程を省いてるから簡単なんだよ」

「そういうことね。結局文明に頼ってんじゃん。なんか中途半端だな、徹底的にやればいいのに」

そんなことを言ってしまえば、食材を切るための包丁やその他いろいろなものを自分たちで用意しなければいけなくなる。それなりに苦労をして成功体験を積めるこれが、ちょうどいい塩梅なんだろう。

適度に薪を追加しながら女性陣を待っていると、ボウルにカットした食材を入れてやってきた。

「お、ちゃんと上手くできてるね。二人ともやるじゃん」

姫森がやる気の出ることを言ってくれる。対する宇佐美は「これくらい、できて当然でしょ」と、素っ気ない。

鍋を宇佐美が設置している時「料理できるの？」と何げなく訊ねてみた。

「今日は大したことしてないけど、まあそれなりにね。ママのを手伝ってるから」

「そっか。仲良いんだな」

彼女の口からは、何度か『ママ』という単語が出てくる。だからただの感想のつもりだったけど、急に宇佐美は頬を赤らめてきた。

「……あのさ。ママ、ママって、私子どもっぽいかな？」

「別に気にしなくていいだろ。他の人はどう思うのか知らないけど、そんな風に慕ってくれてた方が、宇佐美のお母さんは嬉しいんじゃないの？　周りがどう思うかより、お母さんのことを気にしろよ」

「工藤、いいこと言うじゃん」

切った野菜を天音と一緒に鍋へと投入していた姫森が、今の話を聞いていたのか口を挟んできた。

「私なんて、素直になりたいけど反抗期の時にいろいろ迷惑掛けちゃったから、いつも気まずいんだよ。だから、普通に真帆が羨ましい」

「私も」

驚いたことに、たった一言だけだったけど天音も姫森の言葉に同調した。

「でもさ、親と二人で買い物行ったり外食してるの見られたら、普通に恥ずくね？」

いい会話の流れだったのに、空気を読まない明坂が余計な言葉を挟んでくる。姫森は、途端に目を白けさせた。

「お父さんとお母さんのおかげで毎日ご飯食べれてるんだから、買い物くらい手伝ってあげなさいよ。あんた、親に買ってもらったスマホで、親に月額料金払ってもらってるのに、ＳＮＳに親うぜーとか書き込むタイプの人間でしょ。マジ最低だわ」

「隼人くんがのびのびサッカーできてるのも、優しいご両親のサポートがあるからなんだよ。ちゃんと感謝しなきゃ」

「死ね、明坂」

女性陣から突然の総スカンを食らった明坂は、ほんの少し体が縮こまったような気がする。かわいそうだと思ったが、今の罵倒(ばとう)も的を射ているため、フォローを入れることはできなかった。

それからグツグツと野菜を煮込んでいる天音の姿を眺めていると、隣にいた宇佐美が服の袖を軽く引っ張ってきて「……あのね、工藤。さっきはありがと」と囁いた。

先ほど明坂に怨嗟(えんさ)の言葉を吐いた人間とは思えないほどに、素直な言葉だ。今でもこんなあどけない表情を浮かべられるんだなと、少し意外に思う。強がっているだけで、本質的な部分は幼い頃から変わっていないのかもしれない。

「カレーって、とろみつかない時あるわよね。なんかコツでもあるのかな」

「スプーンを使って何度も味見したりすると、唾液の中のアミラーゼっていう成分と混じって上手くいかないことがあるらしいよ」

「へぇ、さすが天音。詳しいね」

「ネットにそう書いてあったから。予備のジャガイモもあるし、もしシャバシャバになったらすり下ろして入れれば何とかなると思うよ。失敗はしないんじゃないかな」

料理に関して、何も心配はいらなそうだ。あれから宇佐美も隣で炊いているご飯をじっと見守っている。なんだかんだまとまりのあるグループで、今さらながらに安心した。

できあがったカレーを盛り付ける係は、俺がやらせてもらう。火おこしは力仕事とは言えないほどに簡単な作業だったから、ここで料理の恩を返しておきたかった。明坂は椅子に座り込んで「まだかよー」と催促するだけだったけど。

誰が作ってもカレーは失敗しないとは言うけれど、三人が作ってくれたカレーはとても美味しかった。炊飯器を使えないから難しいはずなのに、ご飯はふっくらとしていていつも家で炊いているものと遜色がないでき上がりだった。

「とっても美味しいよ」

素直な感想を口にすると、姫森が「そりゃあ、天音がいるからね」と誇らしげに持ち上げる。

「風香と真帆が手伝ってくれたからだよ」

「私、お米の係しかしてないし」

「ご飯も美味しいよ。宇佐美が水加減にちゃんと気を使ってくれたからだ」

「そ、そう？　まあ、ここに来るまでにコツは調べておいたし、当然よ」

「明坂も、美味しいって思うだろ？」

黙々と食べている明坂に話を振ってみた。

「まあ、うまいな。もうちょっと辛い方が、俺好みではあるけど」

本当に余計な一言が多い奴だ。

俺たちの周りには、和気あいあいと盛り上がっているグループが多かった。それに比べてここは落ち着いているけれど、このメンバーで良かったと思う。今だけは、ここに春希がいればとは、考えないようにした。

食後、キャンプ場からしばらくバスで移動し、ラフティングを行う川の上流へとやってきた。インストラクターから簡単な説明を受けた後、支給されたライフジャケットを羽織る。ボートは八人乗りのようで、インストラクターが一名と、生徒は七名乗るらしい。一グループは五名しかいないため、追加の人員を確保するために、一時的にいくつかのグループが解体された。

幸いにも俺たちのグループはばらけることなく、別グループの人たちが人数合わせで入ってくることになった。予想外だったのは、橋本と一時的に同グループになってしまったことだ。

こちらへ合流した途端、橋本に軽く睨みつけられる。空気を悪くしたくないから離れていると、俺が近くにいないのをいいことに、天音のそばへ行き仲睦まじげに話し始めた。カレーは上手く作れたのか？だとか。明坂がいるから、大変だっただろう、とか。お前は料理が上手だから、俺も食べたかったよ、だとか。聞こえてくる会話の一つ一つに、なぜだか無性に腹が立って、そんな自分のことを気持ち悪いと思った。

「工藤でも嫉妬とかするんだ」

宇佐美は一人になった俺の話し相手になってくれるらしい。

「してるように見えた？」

「今すぐ天音を橋本くんから引き離したいって顔してる」

「そんな顔してたのか。気持ち悪いな、俺」

「いいじゃん、彼女のこと大事に想ってて」

「そういう宇佐美も、嫉妬するんじゃないの？」

「まあ、ちょっと、ね」

複雑そうな表情を見せた宇佐美は小声で「でも、もう振られてるから」と、寂しそうに言った。どうやらまだ吹っ切れてはいないらしい。

「馬鹿だよね。叶わない恋を、諦められないなんて」

「別に。誰を好きになるかなんてその人の勝手だろ。好きなら、好きでいいじゃん」

思ったことを口にすると「……そう言ってくれると、ちょっと助かる」と、礼を言ってきた。

それからも天音は、みんなと頑張ったから、美味しいカレーが作れたよ、だとか。隼人くんも春希くんと一緒に火おこしを頑張ってくれてたよ、だとか。私だけじゃなくて、みんなのおかげだよ、だとか、グループのメンバーのことを立ててくれていた。

八人乗りのボートに乗り込む前に、インストラクターの方から簡単な説明を受けた。初心者でも、パドルは全員で漕がなければ川面を進まないため、掛け声を決めようと天音が提案する。いくつか案が出たが、結局一番無難な『イチ・ニ・イチ・ニ』に決定した。いざボートへ乗り込むと、常に安定している地上とは違い、足を乗せるだけでぐらついた。体重がかかるから、水面にボートが沈むんだろう。

「きゃっ」

一番前の席に座ろうとした天音が、軽くバランスを崩したのがわかった。咄嗟に体が動いて助けに回ろうとしたが、俺は後方にいるため間に合うはずがない。だから近くにいた橋本が、彼女の肩を掴んで支えていた。

「落ちたら危ないぞ」

「ごめんごめん」

「お前は本当に、たまにおっちょこちょいだな」

また不自然に、心が揺れた。どうしてこんなにも、感情が揺り動かされているのか自分でもわからなかったけれど、宇佐美の言う通り、嫉妬しているのかもしれない。

俺は、天音の彼氏じゃないだろ。そう自分に言い聞かせる。勘違いをすれば、痛い奴になるだけだ。彼女は春希のことが好きだから。俺から向けられる好意なんて、ハッキリ言って迷惑でしかない。それなのに、なんでこんな場所で自覚させられなきゃいけないんだって、思った。

一定のリズムで周りと合わせてパドルを漕いでいると、水面を滑るようにボートは前に進んだ。想像していたよりも忙しく、掛け声を発しながら腕を動かしているため、運動不足の体が悲鳴を上げる。しかし疲れを見せているのは俺と隣にいる宇佐美だけで、後のメンバーはテニス部、サッカー部、バスケ部、運動神経抜群の天音という精鋭揃いのためか、一様に涼しい顔を浮かべていた。

「一番前の嬢ちゃん、漕ぐの上手いね！　もしかして経験者？」

「初めてですよ！　ちゃんと説明をしっかり聞いてただけです！」

運動神経の良さは、どうやらここでも発揮されているらしい。現役運動部のメンバーを差し置いて、一番上手いと太鼓判を押されていた。

「ちょっと、工藤と真帆、大丈夫？　死にそうな顔してるけど」

「だって私、運動部じゃないし……吹奏楽部だし……」

「吹奏楽部も肺活量鍛えるために、校内走ってるじゃん」

「最近はサボり気味だったのよ！　悪い!?」

そんなことを、声を荒げながら言われても困る。

「ほらほら兄ちゃん、もっと頑張れ。そんなんじゃ、女の子にモテないぞ。後のみんなは涼しい顔して漕いでるじゃないか」

気合を入れさせるためか、インストラクターが後ろから背中を叩いてきた。正直呼吸も乱れていたため、余計に体に負担がかかる。

「お兄さん、そいつもう彼女いますよ。目の前に座ってる、一番かわいい女の子です」

「なんだと。君、見かけによらないな！」

　何が嬉しいのか、笑いながらまるで太鼓のように肩を叩いてくる。疲労で声も上げることができなくて、ただただ痛みだけが体に蓄積されていった。

　しばらくすると流れの速い地点までやってきて、パドルを漕がなくても前進していくようになった。

　けれどみるみるうちにボートの速度が上がっていき、まるでジェットコースターのように右へ左へと揺られながら川を下り始めた。女の子たちが悲鳴を上げる。

　これは危ないんじゃないかと思ったが、インストラクターの人が後ろで方向を調整してくれているようだ。水しぶきを上げながら進むボートの上でも態勢を整えて導く姿は、さすがにプロだなと感嘆のため息を漏らした。

　飛び散る水しぶきの向こうで、橋本が天音の肩に手を添えているのが目に入ってしまう。しかしその刹那(せつな)、意識はまったく別の方向へと吸い寄せられた。

「きゃー！　水が目に入った！」

　宇佐美の、楽し気にはしゃぐ声。それだけならまだ良かったけど、そのすぐ後に彼女は冷静になって「やば、コンタクト外れた……」と呟いたのが耳に届いた。

　探してあげようかとも思ったけど、こんなにも揺れ動くボートの上じゃ身動きも取れないし、そもそも川の中に落ちた可能性だってある。どう考えても、ボートを降りるのを待つ以外に選択肢はなかった。

「片目だけ外れたの？」

しがみつきながら、宇佐美に訊ねる。

「両方落ちた……」

それは一大事だ。確か彼女は酷い遠視を持っているから、既に視界不良に陥っているかもしれない。

「とりあえず、降りるまで我慢してて」

「うん……」

インストラクターも察してくれたのか、急流地点を過ぎてからボートを漕ぐのを手伝ってくれた。

岸辺に降りる時、宇佐美の手を握ってあげた。どうやら補正器具がないとまともに歩くこともできないようで、「足、ゆっくり上げて」と指示を出しながら彼女を手助けする。

「ごめん、工藤……」

地上へ降りて、宇佐美は謝罪した。別に謝ることじゃない。ただ、手を離すと危なそうだったから、みんなが周りにいたけれど繋いだままにしておいた。

「真帆、大丈夫？」

一番前にいたが、ちゃんと状況を掴んでいた天音は真っ先にこちらへ駆け寄ってくる。

俺と手を繋いでいることには、何の反応も示さなかった。

「コンタクトないと、ほんと何も見えないんだよね……」

「眼鏡、持ってきてないの？」

「あるけど、バスの中の荷物に入ってるから……」

しばらくは、補正器具なしで歩かなければいけないということだ。

どうしようか思案していると、橋本が近寄ってきて「少しの間くらい、なくても大丈夫だろ。そんなに離れてないんだしさ」と、とても無責任な発言をした。こいつには、人を思いやる心はないんだろうか。

「工藤さ、そのまま手繋いでてやれよ。宇佐美のことが好きだったんだろ？　チャンスじゃないか」

そして、ここぞとばかりに以前のいざこざを持ち出してくる。天音はまったく動じていない様子だったが、宇佐美の顔は羞恥で真っ赤に染まっていた。自分から手を離そうとしてきて、けれど俺は力を緩めることができなくて。

そうこうしていると、代わりに声を上げてくれた奴がいた。

「春希って、高槻さんと付き合ってんだけど。もしかして知らねーの？」

「は？」

「俺、二人が休日にデートしてるところ見たことあるぞ。めっちゃ仲いいのに、今さら宇佐美を好きになるはずないじゃん。姫森もそう思うだろ？」

「まあ、そうね。というか、浮気してたら私がぶん殴ってるし」

助け船を出してくれたのか、素でやっているのかは知らないけど、とにかく明坂のおかげで宇佐美の気分は少し落ち着いたようだ。けれど納得してない奴が、一人だけ。

「おいおい、なんだよ。お前たちも知ってるだろ。宇佐美が俺に振られたショックで落ち込んでる時に、工藤が弱みに付け込むみたいに慰めてきたって。気持ち悪いって、宇佐美も言ってたじゃないか」

「……そうだけど」

図星だったのか宇佐美の手の力が徐々に弱まる。本当に、感情の起伏が激しい奴だ。

「お前だって、聞いたことあるだろ？　忘れてないよな、天音？」

「知ってるし、聞いたこともあるけど、春希くんはそんなことしない人だって、私は何度もみんなに説明したよ。康平にも、何回か言ったことあると思うんだけど。忘れたの？」

恐ろしいほどに、冷めた声だった。明らかに怒っていたけど、この期に及んで、やはり橋本一人だけがわかっていないのか、鼻で笑っていた。

「天音がそう思っていても、実際みんな工藤をいじめてたじゃないか。ということは、やっぱり勘違いしてたんだよ」

「みんなの言ってることが正しいから、私の言ってることは間違ってるだなんて、よくもそんなことが平気な顔して言えるね。嫌いになれるほど、康平は春希くんのことを見てきたの？」

「そんなの知らないよ。他の全員が言ってるんだから、実際そうなんだろ。なあ、宇佐美？」

俺のことが好きだったんだろ？とでも言いたげな、人を見下して利用しようとする目だった。宇佐美の口元は震えていて、いたたまれない気持ちになる。彼女は今でも彼のことを想っているのに、その心を利用しようとするのが許せなかった。そして、宇佐美の怯えた姿を見ていると、ざまあみろだなんて、思えなかった。

ここで橋本を殴れば大人しくなって、場が収まるのだろうか。そうすれば、宇佐美も天音も余計な感情を抱かなくて済む。人の心の傷を平気で抉（えぐ）ってくるような奴には、一度痛い目を見てもらう必要があると思った。

こんな奴に一発食らわせるぐらい、何も抵抗はない。けれど引き止めるように宇佐美が俺の手を固く握ってくるから、勝手に思いとどまってしまった。振りほどくこともできたけど、そうすれば定まらない視界の中に彼女を放り出してしまうことになる。

「とりあえずさ、真帆は工藤にちゃんと謝っときなよ」

そんな膠着（こうちゃく）状態で口火を切ったのは、今まで静観していた姫森だった。

「あんたの勘違いだったんでしょ。振られたショックなんかで動揺して、みんなにあることないこと吹聴しなかったら、工藤もいじめられなかったんだしさ。橋本はみんながどうこうとか言ってるけど、真帆が一番悪いからね。工藤は天音みたいに優しいから気にしてないのかもしれないけどさ、あんた面と向かってちゃんと一回謝ったの？　いろんな人に、誤解を解く努力をしてきた？　してないよね？　だって、ここに一人だけ勘違いしてる奴がいるんだから。勝手に許されたって思ってるなら、とんだ最低女だよ」

最初、姫森は橋本の肩を持っているのかと思ったけど、違った。どうすればこの場が収まるのかを理解していたのは、俺や天音ではなく彼女だった。知らなかったけど、春希がいじめられる原因を作ってしまった諸悪の根源は、今俺が手を握っている宇佐美だったらしい。なんとなく、そうじゃないかと薄々察してはいたけれど。

みんなが言っているからという言葉を免罪符にして思考を停止させている橋本を黙らせるには、そもそも最初に勘違いがあったことを認めさせた方がいい。そのためには、やはりきっかけを作ってしまった宇佐美を矢面に立たせるしかなくて、天音も本当はそれがわかっていたのかもしれない。でも彼女は優しいから、宇佐美を傷付けるような選択肢を選ぶことができなかったんだろう。

だから代わりに、姫森が罪の所在を明らかにした。宇佐美一人を犠牲にすることによって。

「私……」

その声は、震えていた。

別に、宇佐美の謝罪なんていらない。だって俺は、工藤春希じゃないんだから。最初こそはいがみ合っていたけど、関わりを深めていくうちに彼女のことを理解していった。心の底から憎まなきゃいけないような奴じゃないんだって、思った。だから、宇佐美が真に謝らなければいけないのは春希だけで、本当に、彼女の謝罪は俺なんかが受け取っていいものじゃない。

「……いいよ、もうわかったから。勘違いだったんだろ？　この前、保健室で話したじゃん。今さら俺から言われなくても、最初からわかってたって。宇佐美がわかってるなら、別に何の問題もないだろ」

今の宇佐美はきっと、春希をいじめたことを後悔している。それだけで、もう十分だ。それなのに、手を握っている彼女は唇を震わせて、謝罪の言葉を口にしようとしている。

見ていられなかった。気付けば俺は「眼鏡、取りに行くんだろ？」とだけ言って、手を引いて歩き出していた。なんでこんな、寄ってたかっていじめるようなことをしなきゃならないんだよ。いじめの主犯格だったからって、公開処刑みたいに傷付けていい理由にはならないだろ。

天音なら理解を示してくれると思った。だから宇佐美と歩きながら、後ろは振り返らなかった。

修学旅行のしおりで場所を確認しながら、バスが停めてある近くの駐車場まで宇佐美を連れて行った。

道中、足がもつれて思わず転びかけてしまう。その拍子に治りかけの右足をついてしまったせいで、瞬時に痛みが足首から脳の方へと昇って行った。

「工藤!?」

宇佐美は目が悪いから、見えているはずがない。だから強がって「大丈夫だって。左足で受け身取ったから」と、嘘を吐いた。それから、足を少しだけ引きずりながら、なんとかしてバスまで辿り着き、そばでタバコを吸っていた運転手に事情を説明してドアを開けてもらった。

宇佐美の席に置いてあるカバンを代わりに開けて、赤色の眼鏡ケースを取り出す。手渡すと、中の黒いふち眼鏡をすぐに掛けた。

「やっぱり、似合ってるじゃん」

「……馬鹿」

宇佐美は視界が良好になった途端、カバンの中を漁り始めた。取り出したのは、市販の湿布と包帯。

「だから、大丈夫だって」

「隣にいるんだもん。足引きずってたのぐらい、普通にわかるから」

目が見えないくせに、察していたらしい。とんだ恥をかいてしまった。宇佐美はあの日と同じように、俺を座席に座らせて足に湿布を貼ってくれる。散々歩いて汚い足に、手を添えて。

「……私、最低だよね」

湿布の上に包帯を巻きながら、呟く。

「何が？」

「あんたのこと、いじめてたから」

「今はもう反省してるんだろ？　それなら、それでいいじゃん」

「それでも、ちゃんと謝っておくべきだった……そうじゃなきゃ、都合が良すぎるもん……」

「都合がいいなんて、そんなこと思わないよ。誰だって、間違えることはあるんだから。気付いた時に素直に反省できれば、それでいいんだよ。なんでそんな自分は悪いって、意地を張るんだよ」

少しだけ言い合いのようになってしまって、思わずといったように宇佐美は涙を溜めた。いたたまれなくなって、彼女の肩に手のひらを乗せる。

「……もしかして、なんかあった？　最近の宇佐美、ちょっとおかしいよ」

「……ごめん」

以前までの宇佐美は、こんな風に素直に謝るような奴じゃなかった。俺なんかに、涙を見せる奴でもなかった。今は怯えたように、足元からこちらを見上げてくる。

「……私、考えたこともなかったの。いじめた相手にも、優しいパパやママがいるんだって……ううん、考えないふりしてた……」

もしかすると、保健室で父親と会った時のことを言っているのだろうか。

「あの時から、ずっとそんなこと気にしてたのか」

「そんなこと、なんかじゃないよ……」

言葉にすると、彼女の瞳から一筋涙がこぼれ落ちた。深く思い悩むようなことでもないと思ったけど、考え込んでしまうのは、きっと宇佐美がお父さんとお母さんを愛していつからなんだろう。

「もし私がいじめられたら、きっとパパやママも傷付くもん。工藤のパパに謝らなきゃと思ったけど、怖くて逃げ出したの……あんたは真っすぐ優しい人間に育ったのに、私はまるで逆のことをやってた……誰かを傷付けて、ようやくわかった……人は、決して一人じゃ傷付かないし、誰かを傷付ければ、大切な人の顔にも泥を塗ることになるんだって……」

その事実に気付けただけでも、彼女は偉いと思った。本当にどうしようもない奴は、人を傷付けても痛みを感じたりしないし、いつかはなかったことにして忘れてしまうだろうから。

だけど宇佐美は、都合の悪いことだと切り捨てたりはしなかった。等身大の自分の感性で、どこが間違っていて、何がいけなかったのかを自問自答した。だから、本当にもういいんじゃないかと思ってしまう。

けれども罰してくれないと気が済まないのか「気にしないで」と言っても、納得してくれない。どうして言葉にしているのに、伝わらないんだろう。微かな苛立ちを自分に対して覚えた時に、俺が嘘を吐いているからだと理解した。他の誰でもない俺自身が嘘を吐いているから、宇佐美はずっと勘違いをしているんだ。

目の前の少女は、俺のことを工藤春希だと認識している。だからいじめられたことを謝りたいと思うんだ。少し考えれば、わかったはずなのに。

彼女を苦しめているのは、他ならぬ自分だった。

だから、解決方法は一つしか思い浮かばなかった。

「……ごめん」

「……どうして、工藤が謝るの？」

「ずっと、宇佐美に嘘を吐いてたから」

「嘘……？」

「俺、本当は工藤春希じゃないんだよ」

宇佐美が俺に罪の意識を持たず、一番穏便にこの場を収める方法は、これしかない。

間違っていたことに気付いて謝罪してくれた相手に対して、俺もこれ以上嘘を吐き続けることはできない。

「……工藤春希じゃない？　どういう意味？」

「そのままの意味だよ。ある日目が覚めたら、体が入れ替わってたんだ。こんなこと、信じてくれないかもしれないけど」

「ちょっと待って、ほんと、マジで意味わかんない……」

意味のわからないことを言ったおかげか、とりあえず宇佐美の涙はぴたりと収まった。

「天音は、ずっと前に信じてくれたんだ。俺が、工藤春希じゃないって」

「天音が……？」

「付き合ってるのも、実は嘘なんだ。春希がこれ以上いじめられないように、気を使ってくれたんだよ。俺が元の体に戻る方法も一緒に考えてくれてて、だから公然と一緒にいられた方がいいから、みんなのことを騙してた」

開いた口が塞がらないとはまさにこのことで、宇佐美は呆けたような表情で話を聞いている。今の言葉を脳が処理するまで、彼女のことを待った。

「……映画の設定とかじゃないんだよね？　ふざけてるとかでも」

「こんな場面でふざけるわけないだろ」

「そっか……」

「信じれない？」

「ううん。でもなんか、腑に落ちたかも。工藤、別人みたいだったし……」

落ち着いた宇佐美は不器用に笑って「工藤じゃないんだったね」と、自分の発言を訂正した。こんなにもあっさり信じてくれるとは思わなかった。それほど、俺と春希は性格や仕草が違うということなのかもしれない。

「そういうわけだから。宇佐美が俺に謝ることないよ。その謝罪は、春希が戻ってきた時に聞かせてやってくれ」

「だから、私に謝らせたくなかったの？」

「そうだよ。俺、別にいじめられてなかったから」

それと、泣きそうになっている宇佐美を、見てみぬふりすることができなかった。

「あんたの本当の名前は？」

素直に話せば、それも聞かれるだろうと思っていた。覚悟はしていたから、うろたえたりはしなかった。

「杉浦鳴海。それが、俺の名前。といっても、ほとんど記憶は忘れてるんだけど」

「鳴海……？」

「覚えてるだろ？　病院のこと」

どんな反応を見せるのか、楽しみではあった。久しぶりと、笑ってくれるのをどこかで期待していた。けれど実際に見せた表情は、俺が予想していたどれにも当てはまらなくて、宇佐美は固まったまま、顔を真っ赤に染め上げていた。

「え、鳴海くん……？　ということは春希って、もしかして本当に工藤だったの……？」

「今さら気付いたのかよ。鈍い奴だな」

「だってそんなの、わかるわけないじゃん……小学生の時だよ？」

「眼鏡のことはちゃんと覚えてただろ。春希が勧めてくれた奴。まあ、俺も宇佐美を思い出したのは、つい最近なんだけど」

　小顔の宇佐美にしては少し大きすぎるふち眼鏡のフレームに、優しく人差し指で触れる。彼女の体が、びくりと震えた。

「……ほとんど記憶を忘れてるって、どういう意味？」

「言葉通りの意味だよ。杉浦鳴海としての記憶が、なくなってたんだ」

「そんな……」

「でも昔、春希と友達だったことは思い出したから。なんで入れ替わったのかまでは、わからないけど。でも天音は、そのうち元に戻るんじゃないかなって言ってる」

「……それじゃあ、工藤は今どこにいるの？」

「それがわかったら、少しは解決に向かうのかもしれないな。見当もつかないから、探しに行けないんだよ」

　話せば話すほど、どうしようもない八方塞がりの現状に呆れてくる。

「とにかく、今話したことは他の誰にも言わないで欲しい。忘れてくれても構わないから」

「忘れられないよ……」

「それじゃあ、今まで通りに接してくれ。ごめんな、こんなこと話して」

「……どうして、私なんかにそんな大事なことを話してくれたの？」

「宇佐美のこと、信用してるからだよ」

嘘偽りない本心だった。最初こそ印象は最悪だったけど、本当は素直でいい奴だってことが、だんだんとわかってきた。何度も宇佐美と会話をして、この目で見てきたんだから間違いはないと思った。

「……でも私、工藤がいじめられるきっかけを作ったんだよ。橋本にふられて、そんな時にたまたま工藤に慰められて……あいつには、たぶん百パーセントの善意しかなかったのに。私は捻くれてたから、当てつけみたいに友達にあることないこと話しちゃって……やっぱり私、最低だ……」

「そう感じるなら、春希が戻ってきた時にごめんって言ってやれ。それでさ、姫森が言ったように、今から誤解を解く努力をしなよ。間違えたら、そこで終わりってわけじゃないんだからさ」

「……今からでも、やり直せるのかな」

「ああ。そのためには、宇佐美が思う正しいことをやればいいんだ。そうしていれば、きっと周りや工藤にも宇佐美なりの誠意が伝わるよ」

「……わかった」

曖昧じゃなく、確かな意思を持って頷いてくれた。それに安心して、俺も少しだけ肩の荷が下りたような気がした。

眼鏡を掛け直した宇佐美と、もう一度みんなのところへ戻る。その途中で「鳴海くんにも、謝っとかなきゃ」と、思い出したように言った。

「なんで？」

「私、君にも酷いことたくさんしたから。上履きだって、なくなって困ってたでしょ？」

「あぁ、あれ宇佐美がやったのか」

「みんなの悪ノリに乗せられて……っていうのは言い訳だよね。だって周りには友達がいたけど、結局は私が下駄箱から取っていってゴミ箱に捨てたんだもん。ほんと、馬鹿だ。調子乗ってた。死ねって、何回も言っちゃってたし……」

「やったことを全部いちいち振り返っても仕方ないよ。反省するなら何やってもいいってわけじゃないけど、後先考えて行動することを今後の課題にしたらいいんじゃない？」

「……そうする」

それから宇佐美はぽつりと「天音は、たぶん気付いてたんだよね……」と話した。

たぶん、俺もそう思う。あの時、遅れて教室へやってきた彼女は、今思えば明らかに怒っていた。

初めから、全部知っていたんだろうか。振り返ってみれば、橋本が二年の終わりに告白されたという話も最初は天音の口から聞いたけど、あまりいい話じゃないからと言って詳細は明かさなかった。宇佐美が告白したと明かしてもいいはずなのに。クラスメイトの、ほとんど全員が知っていることなんだから。

それでも何も知らない俺にあえて教えなかったのは、宇佐美をかばいたかったからだろうか。先ほど宇佐美は上履きをゴミ箱に捨てたと言ったけど、それも思い返してみれば、あの時は落ちてたよと説明していた。

天音はもしかすると、宇佐美が性根の部分までは曲がっていないことを知っていたのかもしれない。もしくは、信じていたのか。

「天音と話してると全部見透かされてるみたいに思えて、ちょっと怖い」

「それは俺もたまに思うけど、天音の良いところなんだよ。正直、かっこいい」

「誰かの助けなんて、いらないのかな」

そんなことはない。天音は自分という存在をわきまえていて、同世代の誰よりも自己を確立している。けれど、そのせいでかえってすべてを抱え込む悪癖がある。そういう意味ではとても不器用な、普通の女の子だ。

川辺へ戻ると、ラフティングの終わった生徒が徐々に集まり始めていた。天音たちの元へ向かうと、既に橋本の姿は見えなかった。

「自分のグループに戻ったの？」

「うん。工藤と真帆がいなくなった後、天音がキレて追い返した」

「ちょっと風香、キレたって言い方は語弊があるからやめてよ。次、春希くんに噛みついてきたら絶交するよって釘を刺しただけなのに」

「めちゃくちゃキレてるじゃん」

思わず突っ込むと、不満げに頬を膨らませてくる。

「お、ていうか宇佐美の奴、眼鏡似合ってんじゃん。偏差値十くらい上がったような気がするぜ」

「それ、普通に馬鹿にしてるでしょ」

と言いつつも、似合っていると言われてどこか嬉しそうだった。

「真帆」

姫森が宇佐美の名前を呼んだ。先ほど、場を収めるためとはいえ、思っていることをストレートにぶつけた後だったから、メンバーの間に不穏な空気が流れる。仲裁した方がいいのだろうか。口を開こうとした途端、天音と目が合って制止させられた。大ごとにはならないと、確信している表情をしていた。

「私が言ったこと、間違ってるとは思ってないからね」

「……うん。ありがと、ハッキリ言ってくれて」

「それでさ、私も自分が間違ってたって思う。人のことを言えるような立場じゃなかったから、ごめんなさい」

筋は通すと言わんばかりに、姫森はこちらにも頭を下げてきた。

「全部勘違いだったって、宇佐美に聞いたから」

それが姫森の立てた、この場を収めるシナリオのはずだった。

「違う。勘違いじゃないよ」

けれど宇佐美が、そのシナリオを壊した。天音がほんの少し、目を見張ったのがわかった。

「私が子どもだったから。慰められた時に腹が立って、イライラをぶつけたかったの。最初にいじめを始めたのも、上履きを捨てたのも全部、私」

「それでいいの？」

天音が短く訊ねる。そんなことを流布(るふ)してしまえば、今度は宇佐美がいじめの標的にされてしまうかもしれない。それを案じているんだろう。

けれど覚悟の決まっていた宇佐美は「それが本当のことだから」と答えた。もう、嘘は吐きたくないという目をしていた。

「私、とりあえず橋本に全部説明してくるね」

それから止める間もなく、彼女は橋本を見つけて走っていった。

「なんだか、さっぱりしてたね。春希くんが慰めてあげたんだ」

「別に、何もしてないよ。ただ思ってることを素直に言っただけ」

「そっか。でも本当にいいのかな？　今度は真帆がいじめられるかもしれないけど」

「そんなことになったら、俺たちが宇佐美のいいところを、みんなにわかってもらえるように説明すればいい、だろ？」

いつだったか誰かさんに言われた行き当たりばったりすぎるセリフを吐くと、意表を突かれたのか目を丸くして「それは行き当たりばったりすぎ」と嬉しそうに返してくれた。

「あ、殴った」

なんだかんだ心配だったのか、宇佐美の方を観察していた姫森が物騒な発言をする。俺がそちらに目を向けた頃には、既に彼女は怒り足でこちらへ戻ってくるところだった。

「真帆、思い切ったね」

楽しそうに姫森が言う。

「だって、むかついたんだもん」

「なんて言われたの？」

「俺に振られたから、落としやすい工藤に鞍替えか、って。さすがに、手のひらで叩いちゃった」

「うわ、それは冷めるね」

「一応好きだったんだから、悪く言うのはやめてね。私も、振られたからって酷いこと言いたくないし」

「真帆は、なんで康平のこと好きになったの？」

単純に疑問だったのか、天音が腕を組みながら訊ねた。

バスケで活躍している姿を見てとてもうっとりしていたから、さぞ高尚な理由があるんだろうと俺も予想していたけど、宇佐美が答えたのはたった漢字一文字で「顔」だった。想像はしていたのか、納得したように「イケメンだもんねー」と苦笑いを浮かべつつも天音が同意する。すると、明坂が。

「マジかよ、世の中やっぱり顔かよ……」

「私は外見だけで選ばなかったけど」

天音が意味ありげにこちらを見つめてきたから、なんとなく顔をそらした。

「外見より、内面が大事なんだって学んだよ。私的には、前向きな失恋だったかな」

「良かったんじゃない？　前向きならそれで」

「ごめんね、たくさん迷惑掛けて」

そんな話をしていると、最後のグループがラフティングから戻ってきた。これからまたバスに乗り込んで、今度は今日宿泊するための旅館へと向かう。初日だというのに、最終日のような疲れ具合だった。残りの二日間、体力が持つか不安だ。

せめて、先ほどのような事件はもう起きないでくれと思いながら、今日の最終目的地へ向かうためのバスに乗った。


宿泊する旅館は、修学旅行のための貸し切りとなっているらしい。フロント前を通る時に軽く従業員に会釈をして、既に運び込まれてロビーに置かれている着替えなどが入った大きい荷物を受け取った。

修学旅行前日、天音に「お揃いのストラップはちゃんと持ってきてね」と釘を刺されていたから、一応こちらのカバンに付けておいた。外れていないことを確認して、そのまま階段を上がって指定された宿泊部屋へと向かう。

生徒の使用する部屋はだいたい三人から四人ほどが割り振られている。事前に教師陣の方でランダムに決めてあり、今まで考えないようにしていたけど、間が悪いことに橋本と同部屋なのだ。

大人しくしてさえいれば、何の問題も起きないだろうと思っていた頃が懐かしい。ラフティングの時にいざこざがあったから、部屋の前で鉢合わせた時に気まずいことこの上なかった。そしてもう一人のメンバーも、これは運命のいたずらだろうか。偶然にも、一応の当事者である明坂だった。

部屋に入り、和室の隅っこに荷物を置かせてもらう。何か言われる前に、さっさと夕食会場へ向かおうと考えていたら明坂が「ま、いろいろあったけど仲良くしようや」と、橋本の肩を叩いた。

「黙れ」

やはり慣れ合う気はないようで、橋本が明坂の手を乱暴に払う。それから荷物をがさつに投げ捨てて、早々に部屋を出て行った。

「なんだよあいつ、感じ悪いな」

「さっき喧嘩みたいなことしたんだから仕方ないって。あまり刺激しないでおこう」

とはいえ、おそらく一番彼を刺激しているのは俺だ。天音と一緒にいることに腹を立てているんだから。橋本が彼女を諦めない限り、きっとこの関係は永遠に続く。それを思うと、一途すぎる彼のことだから、しばらくは絶対に和解することはないだろう。それを思うと、憂鬱な気分が押し寄せてきた。寝不足のまま明日を迎えそうだ。

「俺たちも、早く行こう」

「ちょっと待てよ、春希」

玄関の方へ歩き出そうとしたところを呼び止められる。明坂はいつの間にか棚を物色していたようで、男物の茶色い浴衣を持っていた。

「せっかくだから着ていこうぜ」

「仕方ないな」

　せっかく旅館に泊まるんだからと思い、彼にならって浴衣に着替える。

　それからあらためて、夕食会場の大広間へと向かった。


　不純異性交遊防止のためか、男子と女子が寝泊まりする部屋は、お互い離れた棟にある。三階にある大広間に向かうまで、すれ違った人が男しかいなかったせいか、階段を降りて浴衣姿の女の子を見つけた明坂は「やっぱ修学旅行と言えばこれだよな！」と、無駄にテンションを上げて興奮していた。

　どうやら女性用は色を選べるようで、他の生徒に紛れて到着した天音はピンク色の浴衣を着ていた。隣にいる宇佐美は、水色を着ている。

「二人とも似合ってるね」

　以前天音に文句を言われたから、とりあえず感想を口にしておいた。けれど実際、本当に二人とも浴衣が似合っていて、決して義務的な発言ではない。

「はいはい、お世辞とかいいから。天音の隣にいたら、劣等感しか湧かないわよ」

「真帆も似合ってると思うけどね、眼鏡とか」

「浴衣関係ないじゃない！」

　背の低い宇佐美が、同年代の女の子と比較して身長が高めの天音と並んでいるのは、見劣りはしないまでもどこか姉妹のように見える。もちろん天音が姉で、宇佐美が妹だ。

それから遅れてやってきた姫森は、黒色のスウェットパンツにナチュラル色のオーバーサイズなスウェットを着ていた。

「浴衣とか動きづらくてかなわないわよ。見てる分にはいいけど、ぶっちゃけトイレするのもいちいちめんどくさいし」

それを男のいる前で正直に話すのが彼女らしい。いい意味で、男女の距離感というか壁が薄い気がする。そもそも男として認識されているのかは怪しいけれど。

「春希くん」

草履をはいた足で、天音がトコトコこちらへとやってくる。その姿は高校生ながらとても品があって、綺麗だと思った。

カーテンのように垂れ下がった袖口から伸びる真っ白い手が、俺の着ている浴衣の袖をちょこんとつまむ。こんなことをされて、動揺しない男子高校生なんていないんじゃないだろうか。事実、俺は不覚にも視線を明後日の方へ向けていた。

「……どうしたの？」

内緒話だろうと思い、声を潜める。案の定、彼女は会話を聞かれないように、体を少しだけこちらに寄せてきた。

「真帆に話したんだね」

浮かれていた心が、すっと冷えていくのがわかった。彼女の発した声が、なぜか真冬の湖面のように凍っているみたいに思えた。表情を確認しようとするが、顔を俯かせていて覗き見ることができなかった。

「……そうだけど。俺は春希じゃないし、謝って欲しくなかったから……」

何も、悪いことはしていないと思った。それなのにどこか怒っているようで、悲しんでいるようにも思えて、つまり彼女の真意を推し量ることができなかった。言い訳じゃないけど、言い訳のようになってしまった俺の発言を聞いた天音は、答えを得て満足したのか途端に身を引いた。

「真帆、それじゃあご飯食べに行こっか。風香も」

先ほどまでの様子を感じさせないような、明るく溌剌とした声。俺はもしかすると、天音に何かしたのだろうか。まったく、見当もつかなかった。

「夕ご飯は自由席らしいし、工藤たちと固まろうよ。いいよね？」

宇佐美が一緒に食べようと提案してくれて、こちらにも確認を取ってくる。その視線を、意図してやったのかわからないけど、天音が体で塞いだ。

「今日は私、女子会の気分なんだよね。だから、三人で食べようよ」

「そう？　私は別にいいけど」

壁になった天音の肩先から、モグラのようにひょっこりと宇佐美が顔を出す。それでいいのか訊ねてきているようだったから、とりあえず頷いておいた。

「明坂と食べるよ」

「そ」

宇佐美はどこか残念そうに肩を落としながら、三人一緒に大広間へと入っていった。

「なんか怒ってるみたいだったな」

普段適当なことしか言わないくせに、どうしてこういう時は鋭いんだろう。

「なんかしたの？」

「いや、知らない」

「それじゃあ、あれじゃね。いきなり生理が来たとか」

「一回女の子に殺された方がいいと思うよ、君」

デリカシーという言葉を知らない彼を置いて、俺も大広間へと足を踏み入れた。

偏見かもしれないが、旅館の料理は高校生の自分の舌に合うものがあるのかいささか不安だった。しかしそれは杞憂だったようで、おそらく今時の若者が問題なく食べられるような料理に変更されていた。その中でも豚肉のすき鍋が絶品で、食後の抹茶のムースも控えめに言って最高に美味しかった。

食後、風呂の用意をするために一度部屋へと戻る。橋本が先に大広間を出て行くのを見かけたから、もう既に戻っていると思ったけど、部屋にはいなかった。一足先に、大浴場へと向かったのだろうか。

「それにしても、不用心な奴だな」

突然、明坂がぼやく。

「何が？」

「鍵、閉めてないだろ。あいつが持って行ったのに」

そういえば大広間へ行く時も、橋本が先に部屋を出て鍵を持って行ってしまった。本来なら鍵を掛けなければいけないのだが、一本しか支給されていないから、開けっ放しで俺たちは向かったのだ。

「普通、一番最後の人に鍵を預けるよな。ここオートロックじゃないんだし」

「食事した後、さっさと戻って着替えを取りに行きたかったんじゃない？」

「それにしても、一言声を掛ければ済む話だろ」

それはそうだ。

「本当に、団体行動ができない奴だな」

「もう気にしても仕方ないよ。人のものを盗る奴なんていないだろうから、また開けっ放しで大浴場に行こう」

これ以上空気が悪くなるのも嫌だったから、明坂のことは適当にあやしておいた。けれど珍しく不機嫌だから、カバンから急いで下着を取り出す。その際に、ほんの少しだけ違和感のようなものを覚えたけど、用意の終わった彼が「早く行こうぜ」と急かすものだから、注意深くいろいろと確認することはできなかった。

「今行くよ」

一応電気を消して、一緒に部屋を出る。やはり今日は満足に眠ることができるのか心配だ。部屋の前を通過していくクラスメイトたちは、こっそり深夜に抜け出して夜通し遊ぶ計画を練っていた。

いつも入っているお風呂より何倍も広い温泉に浸かり疲れをほぐした後、明坂は脱衣所に備え付けられているバスタオルで体を拭きながら「覗きに行こうぜ」と、また意味のわからないことをぬかした。

「いい加減、節操ってものを覚えないといつか捕まるぞ」

「そうじゃなくて、風呂上がりの女子ってなんかいいじゃん。色気あるっていうかさ。入り口のところの椅子に座って、休憩してるのを装って拝もうぜ」

「馬鹿じゃないの。勝手に一人でやってなよ」

素っ気なく言って、髪を乾かすべく洗面台へと向かった。しかし諦めが悪いのか、髪を拭きながら後をついてくる。

「なー付き合ってくれよ。高槻さんのも見れるんだぜ？」

「興味ないよ。それに、なんか今不機嫌そうだから、あんまり刺激したくない」

「なんだよ、つまんねー奴だな。宇佐美のも、興味ない？」

「最近関係が良好になったのに、またこじらせたくないね」

明坂の下心が透けて見えたら、どうせまた『死ね』と言われるに決まっている。

「姫森は？」

「そんなの、同上に決まってるだろ」

ようやく諦めてくれたのか、がっかりしたようにため息を吐いた。俺は本当に、そのうち彼がセクハラや猥褻行為で新聞の小見出しに名前が載るんじゃないかと思って、勝手にも不安になった。その時は春希が、いつかやると思ってましたとインタビューで答えなければいけないのだろうか。

落胆していたのがかわいそうだったから、明坂の着替えが終わるまで待ってあげる。それから二人で脱衣所を出ると、たまたま偶然にも天音たち御一行と風呂上がりのタイミングが被った。

先に気付いた宇佐美が、二人と会話していたのを中断して「今から卓球しようかって話してたんだけど、工藤たちも来る？」と、またわざわざ誘ってくれた。返事に窮（きゅう）していると、なぜか天音と一瞬目が合って、そらされる。

今日は断ろう。そう思っていたら。

「ごめん真帆、私やっぱりパスしとくね。春希くんたちと楽しんできて」

天音が先に、宇佐美へお祈りを伝えた。

「えー、なんで？　乗り気だったじゃん」

「なんか、ちょっとのぼせたかも」

「のぼせたって、あんた誰よりも先に脱衣所戻って涼んでたじゃん。五分も浸かってなかったよ」

「じゃあ、汗掻きそうだから」

じゃあってなんだよと、笑顔で言い放った彼女に思わず突っ込みそうになる。同じことを思ったのか、宇佐美も呆れたように口を半開きにしていた。もっとマシな言い訳を考えられないのだろうか。

それから当然のように姫森も「天音が行かないって言うんならパスするね。ごめん、真帆」と、右に同調した。なんだか、宇佐美がかわいそうだ。しかし本人はそれほど気にしていないのか「それじゃあ今の話、全部聞かなかったことにして」と、一応記憶喪失の俺に記憶の忘却を強制してくる。

結局お三方は、仲良く部屋へと戻っていった。

「なあ、春希」

「なに」

「やっぱり高槻さん、色気あっただろ？」

いつの間にか、明坂の鼻の下が伸びている。そんなことを確認している余裕のなかった俺は、いい加減彼のことを無視して部屋へと戻った。

部屋のドアは幸いにも開いていた。しかし出て行った時と同じく、橋本の姿はない。大浴場で友人たちと温泉に浸かっているのを見たけど、俺たちよりは先に上がっていた。ということは、別の友人がいる部屋に遊びに行っているのだろうか。それならしばらく顔を合わせることもないだろう。

テレビを付けてスポーツ番組にチャンネルを合わせ、自分の家のようにくつろぎ始めた明坂を横目に、ひとまず散らかさないよう自分の荷物を整理することに決めた。そうしてカバンのチャックを開けようとしたところで、あることに気付く。

「……ない」

天音とお揃いで買ったボーリングのピンのストラップが、いつの間にか消えていた。ひとまず周囲を確認したが、畳の上にそれらしきものは落ちていない。

「どしたん？」

「……いや、ストラップを付けてたんだけど、どこかに行ったみたいなんだ」

「あー高槻さんとお揃いの奴な。あいつ、盗ったんじゃないか？」

「決めつけるのは良くないだろ」

「今まで散々因縁付けられてきたのに？」

頷く。所詮橋本の行動は、天音への行きすぎた好意が招いていることだから、こんな直接的な窃盗行為をする奴だとは思いたくなかった。嫉妬はすれど、最低限の良識は持ち合わせていると信じたい。

「落としてないか、探してくるよ」

「俺も行こうか？」

「いや、いい。休んでなよ」

旅館に来た時には、確かに付いてた。ということは、部屋に向かう時に外れて落とした可能性が高い。とりあえずフロントまで戻るだけだから、一人で十分だ。

本当に失くしたのなら買い直せばいいだけだけど、あれは天音から初めてプレゼントされたものだ。替えが効かないし、落として失くしたと言ったら彼女も悲しむかもしれない。

どうか、落ちていますように。それだけを祈りながら、部屋を出た。

初めに通った道の端から端をくまなく確認したけど、ロビーに着くまでにそれらしきものは落ちていなかった。いったい、どこへ行ってしまったのか。明坂は、橋本が盗ったんじゃないかと言っていたけど、やはり信じたくない。

勘違いのせいでいじめられてしまった人のことを、知っているから。俺自身が、同じ過ちを繰り返すわけにはいかない。

ひとまず、落とし物のことに詳しそうなフロントに向かった。

「すみません。少しお時間いいですか？」

若い男の従業員に声を掛ける。フロントで作業をしているところだったけど、話し掛けたら手を止めてくれた。

「どうしました？」

「この辺に、ストラップ落ちてませんでしたか？　ボーリングのピンの形をしたものなんですけど」

「いや、見てませんね。まだ届いてないだけかもしれないけど」

わざわざ落とし物ボックスも確認してくれた。けれども、そんなストラップは届けられていないらしい。

すると、夕食の際に料理を運んでくれていた若い女性の接待さんがフロント前を横切った。

「あ、太村さん。ちょっといい？」

「なんですか、川端さん」

「この子がストラップを落としたらしいんですけど、見てないかな？」

「あー、知らないですね」

　思わず、肩を落としてしまう。すると太村さんと呼ばれた女性の接待さんが。

「大事なものなの？」

「……はい」

「彼女さんにプレゼントされたとか？」

「まあ、はい。そうですね……」

「それってもしかして、今君の後ろにいる子？」

　言われて、思わず後ろを振り返る。そこにいたのは天音じゃなくて、幸いなことに宇佐美だった。小動物みたいに首を傾げてくる。

「いや、この子じゃないです……」

「そっか。私も探してあげたいのは山々なんだけど、明日も君たちの朝ご飯を用意するために早起きしなきゃいけないから。一応、他の接待さんにも聞いといてあげるね」

「ありがとうございます」

　お礼を述べて、頭を下げた。太村さんは仕事終わりで疲れていたのか、あくびを噛み殺しながら「青春してていいなぁ」と呟いて、帰って行った。

「どしたの？」

「いや、ちょっと落とし物を探してて」

「大事なもの？」

「まあ。天音からプレゼントされたものなんだ」

正直に答えると、途端に宇佐美の目の色が真剣なものに変わった。

「超大事じゃん。私も探すの手伝うよ」

「いいよ。落ちてそうな場所は、もう全部回ったし」

「それでも、見落としがあるかもしれないじゃん」

一人より二人だと、彼女は言った。その厚意を無碍にすることができなくて、それから一緒に落とし物を探した。しかし人数が一人増えても、ストラップは見つからなかった。目につく場所のゴミ箱も開けてみたけど、捨てられたような形跡はない。

捜索が徒労に終わってしまったのが申し訳なかったから、一階奥のゲームセンターにあった自販機で飲み物を奢った。それから、近くの椅子に座って休憩する。

「ごめんね、見つけてあげられなくて」

「宇佐美が謝ることじゃないだろ」

コーラのプルタブを開けたことによって、プシュッという炭酸の抜ける音が静けさの漂う館内に響いた。従業員も生徒の姿も、館内の奥まった場所だからか一人も見受けられず、話し声すら聞こえなかった。

「鳴海くん、天音と喧嘩でもしたの？」

そういえば、宇佐美は二人きりになったら俺のことを名前で呼んでくる。なんだかんだ天音には名字で呼ばれているから、新鮮だった。

「覚えはないけど、なんとなく避けられてる」

「……私が天音に話したことと関係があるのかな。もしかしたら、話さない方が良かったのかも」

「宇佐美が気に病むことないよ。俺も口止めしてないし、そもそも二人きりになったら話すつもりだったから。でも、話した時はどんな顔してた？」

「別に、普通だったと思う。あ、聞いたんだ、みたいな。反応が薄すぎて、逆に拍子抜けしたというか。そのまま、わかったよって言われて会話も打ち切られたし」

天音の態度が急変した原因が、わかったような気がした。

彼女は何かを誤魔化したり会話を打ち切りたい時、あるいは堪忍袋の緒が切れた時、それまでとは打って変わって冷めた口調になる。

だからといって天音が怒っているとは思えないけど、俺が宇佐美に話したことに、何か思うところがあるというのは確かだ。体が入れ替わっているという不可思議な現象を他者と共有して、二言三言で会話を終わらせるわけがないんだから。

「天音のことは、こっちでなんとかするよ。宇佐美は気にしてないふりしてて」

「いいの？　間に入らなくても」

「そうだな。あいつが全然話してくれなくなったら、たまに話し相手になってくれると嬉しいかも」

「それ、私の得意分野じゃん」

歯を見せながら、笑いかけてくる。

赤色のコーラの缶を両手で包み込むように持つ宇佐美は、残りをあおるように一気に飲み干した。

それからしばらくの間、何も話さない無言の時間が続く。まだお互いのことをよく知らなくて、探り探りに会話を繋いでいたあの頃が少し懐かしいと感じた。今も、宇佐美のことをよく知っているとは言えないけど。この空白の時間を気まずいと思わなくなるくらいには、距離が縮まったということだろう。

「鳴海くんはさ」

囁くように宇佐美がまた話し始めたから、耳を傾ける。

「なに？」

「……天音のこと、好きなの？」

「は？」

瞬間、右肩に微かな重みを感じる。驚いて隣を見ると、宇佐美が頭を乗せていた。なんでそんな思い切ったことをしてきたのか疑問に思ったけど、理由は明白だった。気持ち良さそうな寝息が、わずかに開いた口元から漏れ聞こえてきたから。

「このタイミングで寝るかよ、普通」

いろいろあって、疲れていたのかもしれない。俺も今すぐ布団に入って寝入りたいくらいには、疲弊していた。けれど今しがた寝てしまった宇佐美を叩き起こせなくて、せめて消灯時間まではそっとしておくことに決める。

「天音のことが好きなの？か……」

正直、考えたことがなかったと言えば嘘になる。少し前までは、俺を杉浦鳴海だと知る唯一の人物で、問題解決のために協力してくれて、偽の恋人も演じているんだから。そのおかげもあって、少しだけ弱みを見せてくれるくらいには打ち解けて、完璧ではない部分を支えてあげたいと思って……時折どうしようもないくらいに胸が焦がれる。

特別な感情を抱いていることを、認めたくなかった。認めてしまえば、一定のバランス感覚で保たれていたお互いの関係性が、一気に崩壊してしまう。なぜなら、天音はこの体の宿主である、工藤春希のことが好きだから。

「いったい、いつまでこんな状況が続くんだよ……」

弱音を吐いても、現状は変わらない。

けれど、もし偶然でも何でもなく、この状況が誰かの望んだことなのだとしたら。

一生このまま、工藤春希として生きて行かなきゃいけないのだとしたら。

いつか必ず、間違いを起こしてしまう予感があった。

消灯時間の十分前に宇佐美を起こすと、気持ちよさそうなあくびと共に「……ごめん」と謝ってきた。

「私、なんか変なこと言ってなかった？」

「別に、何も。あんまり男の隣で無防備に寝たりするなよ」

「それ、心配してくれてるの？」

「まあ、一応。寝顔とか、写真で撮られたりするかもしれないしさ」

俺は明坂じゃないから、ストレートには言わず言葉を濁す。

「撮らなかったよね？」

「撮るわけないだろ」

「そ。まあ、鳴海くんは天音のことが好きだからね」

いきなり断定口調で言われて、言葉に詰まった。

「……ふりをしてるだけだよ」

「あんたを見てたら、本当に好きだってことぐらいわかるわよ」

女の勘って奴だろうか。だとしたら、認めたくはなかったけど、本当はずっと前から恋に落ちていたのかもしれない。

「ほんっと、しょうがないわね」

呆れたように言って、宇佐美は立ち上がる。それから腕を組んで、椅子に座っている俺のことを見下ろしてきた。

「全部解決したら、機会ぐらいは作ってあげるわよ。工藤と鳴海くんと天音と私で、どっか出かけよ」

「なんだよそれ、ダブルデートみたいじゃん」

「それもいいかもね。私、幼い頃に工藤と変な約束しちゃってたみたいだし」

自分で言っておいて、なぜか恥ずかしそうに目をそらしてくる。

「春希みたいな根暗は、嫌いなんじゃなかったのかよ」

「忘れてよ。今度からはちゃんと人と向き合おうって決めたんだから。それに私、よく考えたら嫌いになれるほど工藤のことを知らなかった」

照れ隠しの裏側に、ほんの少しの後悔が見える。

人を好きになることも、嫌いになることも短絡的に決めていたらしい宇佐美だが、どうやらいつの間にか変わったらしい。いいことなのか、それとも悪いことなのかはわからないけど、今の彼女は前より清々しい表情をしていた。

「まあ私、おしとやかじゃないから、工藤の好きなタイプの女の子じゃないけどね。料理は、そこそこできるけど」

「別に、出てるところも特にないしな」

冗談のつもりだったが、宇佐美は顔を真っ赤にしながら「うっさいっ!!」と叫んで赤いコーラの缶をぶん投げてきた。頭に当たって、コツンという小気味の良い音が鳴る。

『死ね』と言われなかったことが、嬉しかった。

消灯時間に一度だけ橋本は部屋へと戻ってきたけど、点呼が済むと早々に出て行った。どうやら睡眠時間であっても慣れ合う気はないらしい。気にしないことを覚えた明坂は「早く寝ようぜ」と言って布団の中へと入って行き、俺もそれにならった。

その日は旅の疲れのおかげか、よく眠ることができた。

しかし翌朝、自然に目が覚める前に体を揺すられて、強制的に意識を覚醒させられる。目を開けた途端、視界いっぱいに明坂の顔があって、正直言うとこれまでの中で一番最悪の目覚めだった。

「おい、起きろよ。気持ち良く寝てる場合じゃないぞ」

「起きてるよ。明坂のせいで、気分は最悪だけど」

「それは悪い……でもとにかく大変なんだよ」

「……寝坊でもした？」

部屋の掛け時計を見たが、まだ起床時間の三十分も前だった。安堵していると、明坂は持っていたスマホの画面をこちらに見せてくる。

「これ」

その画面に映っていたのは俺と、俺に寄り掛かって寝ている宇佐美の姿だった。

「盗撮してたのかよ。最低だな」

「違う、俺じゃないって。クラスのみんながいるグループメッセージに送られてたんだよ」

「……なんだって？」

起きがけでまどろんでいた意識が、途端に覚醒する。

それは、まずいんじゃないか。こんな場面を見たら、勘違いをする奴がいてもおかしくない。慌ててグループのメッセージを確認したけど、時既に遅しと言うべきか、クラスメイトの半数ほどの既読が付いていた。画像が投稿されたのは、深夜の二時だというのに。

「寝とけよ、深夜なんだから……」

「みんな浮かれてるからな。起きてたんだろ」

話をしている間に、既読の数が一つ増える。大ごとになる前に、投稿した奴に消させるべきだと思った。誰がこんな週刊紙の記者染みたことをしたのか確認すると、驚くことにそいつは橋本だった。

「知らないアドレスから送られてきたって書いてるけど、そんなんぜってー嘘だろ。てかさ、この写真も本物なわけ？　さすがに作り物だろ」

「いや、本物だよ……」

明坂に昨日の経緯を説明し終わると、いつの間にか起床時間になっていた。すると玄関のドアが開き、あくびをしながら橋本が部屋へと入ってくる。その能天気な姿に苛立ちを覚えたのか、明坂は彼に掴みかかった。

「おいお前、マジで最低だな」

「は？　何の話？」

とぼけたように返す。明坂は持っていたスマホを彼の顔の前に突き出した。

「こんな写真バラまいてさ、楽しいかよ」

「あぁ、寝ぼけてたみたいだ」

「はぁ？」

「宇佐美に送るつもりだったんだよ。これ、本当にお前と工藤か？って。知らないアドレスからメールが来てたから」

「そんなん言い訳にならねぇぞ」

「本当だよ。信じてくれないと困る」

明坂は俺のためにヒートアップしてくれているようだが、ここで言い争いを続けても埒が明かないし意味はないと思った。真実はわからないけど、現状どうするのが一番なのかを考えなきゃいけない。

「とりあえず、それ消してよ。それぐらい、今すぐできるでしょ？」

「できるけど、意味ないと思うぞ。もうクラスメイトの半分以上が見ちゃってるからな」

「それでも、消して。そんな写真がいつまでも残ってたら、悪気はなかったのかもしれないけど、君まで趣味の悪い奴だって思われるから。嫌だろ？　勘違いされるのは」

一応彼の心配をしておくと、それが癪に障ったのか苛立ちを隠しもせずに舌打ちした。しかし、画像はこちらの要望通り消してくれるみたいだ。

「ほらよ、これで満足か」

「そうだね。それでいいよ」

「ところで、さっきの写真は本当か？　高槻天音っていうかわいい彼女がいるのに、根暗野郎じゃなくてとんだプレイボーイだな」

「よく、どこの誰に送られてきたかもわからない写真のことを、そこまで気にしていられるね。自分のアドレスが流出したことを、真っ先に心配した方がいいんじゃない？」

「なんだと？」

「それと一応言っておくけど、ただ話をしてただけだから」

「こんな館内の奥まった場所でか？　寄り添い合ってて、密会みたいに見えるけどな」

「よくこの写真だけで、どこで撮られたものなのかがわかったね。まるでその場で見てたみたいだ」

天音のように揚げ足を取ると、橋本はもう一度舌打ちした。毎度のごとく天音に付き合ってあげている俺は、もしかするととんでもなく優しい奴なのかもしれない。

「行こう、明坂」

「ちょ、春希。いいのかよ」

「やってないって言ってんだから、責め立てるのも良くないだろ」

「でもさ……」

納得しない明坂の手首を掴んで、玄関を出ようとした。するとまだ何か用があるのか、橋本は「おい」と呼び止めてくる。

「これ、ゴミ箱に捨てられてたぞ」

橋本は、汚れでくすんだボーリングのピンのストラップを投げてきた。取り付けるための紐は無造作に千切れていて、心が痛んだ。

「これ、どこのゴミ箱に捨ててあったの？」

「この階のゴミ箱だよ。たまたま深夜トイレに行った時見つけたから、拾っておいてやったんだ」

「そうか、ありがとう。何度も確認して、それこそ宇佐美にも探すのを手伝ってもらったんだけど、見つからなかったんだ。失くしたって言ったら、天音に怒られるところだった」

「そんなことより、もっと別のことを気にした方がいいんじゃないか？」

「そうだね」

短く返事をして、明坂と共に部屋を出た。何か言いたげな雰囲気だったが、無視をする。

すれ違うクラスメイトたちから、奇異の視線を向けられた。懐かしいなと、思った。

勘違いをされるのは、これで二度目だった。

朝食会場に着くと、宇佐美が泣きそうな顔で「ほんとにごめん……」と謝ってきた。

その隣には、天音がいる。同部屋だから、おそらく辛かっただろう。期せずして三人が揃ったことによって、周りから「マジ、修羅場じゃん……」という声が聞こえてきた。割合的に宇佐美を貶す言葉が多くて、彼女の表情は青ざめている。

俺からあらためて経緯を説明しようとすると、天音は「真帆から全部聞いたよ」と、先に教えてくれた。

「気にしなくてもいいよって言ってあるんだけど、この通りで。落としたストラップを一緒に探してくれてたんでしょ？」

「まあ、うん。一応、見つかりはしたんだけど……」

橋本からもらったという言葉を添えて、ポケットの中から黒ずんだボーリングのピンのストラップを取り出す。申し訳なさで心が痛んだ。ついでに、聞いた話をかいつまんで話す。

「そっか。ゴミ箱に捨てられてたんだ」

「橋本が言うには」

「春希くんは、康平が言っていることを信用してる？」

問われて、言葉に詰まる。正直なところ、八割くらいはどちらも彼がやったことだと思っている。ストラップに関しては二人でゴミ箱の中も確認したし、そもそも購入してまだ数か月も経っていない。経年劣化によって紐が千切れるにしては、あまりに映っていたのは、撮る時に拡大でも写真に関しては、もはやボロが出すぎていた。映っていたのは、撮る時に拡大でもしたのか、俺と宇佐美が椅子に座っている部分だけだった。

その考えを、素直に天音に伝えても良かった。けれど、伝えてしまったら最後、彼女は橋本康平と確実に縁を切るだろう。二人の関係性がどうなろうと興味はないが、たとえ許せない相手だとしても、彼女が誰かを明確な敵と断定するのは嫌だった。

放っておいても、いずれ崩壊する関係だとしても。

今度は彼が、天音に牙を向けるかもしれないから。

それに、二度も誰かが傷付くのも、傷付けられるのも、見たくなかった。

だから俺は、言った。

「信用、したい」

天音は、天音だけは最後まで、春希のことを信じていたから。たとえ偽善でも、信じる人が馬鹿を見る世の中だったとしても、彼女が信じようとしているものを俺も信じてみたいと思った。春希に向けられた勘違いを解くことも、宇佐美の心だって、変えることができたんだから。

答えに満足したのか、天音は急に笑顔になって「信用したい、か」と、噛みしめるように俺の出した言葉を唱えた。

「酷いことされたのに、それでもやってないって信じるんだ」

「だって、クラスメイトはみんな友達なんだろ。天音の友達を信じるの、ダメかよ」

「ううん、嬉しい。わかったよ。それじゃあ、真帆と春希くんの誤解を解くことから始めなきゃね」

「どうするか、決めてるの？」

訊ねると、天音は当然だと言わんばかりに胸を張った。昨日から感じていた違和感は、いつの間にか綺麗になくなっていた。

「私たちが真帆のいいところを、みんなにわかってもらえるように説明すればいい、でしょ？　そうすれば、人の彼氏を寝取るような人じゃないって、みんながわかってくれるよ」

今度は一本取れたと言うように、したり顔を浮かべてくる。かなわないなと、思った。そして同時に、俺はやっぱりこの女の子が好きなんだということを、ハッキリ自覚させられた。

それから、寝坊でもしたのかあくびをしながら姫森がやってくる。宇佐美の死にそうな表情と、周囲の視線で察したのか、天音に小声で「もしかして、何かあったの？」と訊ねる。

「風香はさ、真帆が人の彼氏を寝取ろうとする人には見えないよね？」

「は？ いきなり何言ってんの？」

「春希くんが、浮気するような人だと思う？」

周りの人たちにも聞こえるように、いつもより声を張って言った。

「真帆はともかく、工藤はそんなことできるほど器用な男じゃないでしょ」

「真帆も、実はそんなに器用じゃないよ」

「まあ、そっか。真帆って高校デビューだったもんね」

「高校デビューって何？」

知らない言葉に口を挟むと、申し訳なさで沈黙していた宇佐美の頭に姫森が手のひらを乗せた。

「中学では目立たなかった人が、高校生になってから一念発起でイメチェンをして明るくなろうと頑張ることかな。中学の頃の真帆って、どちらかというと暗かったし、コンタクトじゃなくて今みたいに眼鏡だったし、まあ工藤みたいな奴のことだね」

「へーそうなんだ」

宇佐美にも、そんな過去が。だから根暗が嫌いだったんだろうか。同族嫌悪って奴かもしれない。やはり仲良くなったつもりでいても、知らないことばかりだ。暗い過去は隠しておきたかったのか、宇佐美は頭に手を乗せられたまま顔を赤くさせる。

「言わないでよ、隠してたのに……」

「みんな知ってるって。知らなかったの工藤くらいだよ」

「なんかごめん、隠してたこと知っちゃって」

ただ、今のは本当に不可抗力だと思う。

「遅かれ早かれ、というか数分後には黙ってても耳に入ると思うから先に私の口から説明するけど、昨日真帆が春希くんに寄り掛かって寝てたんだって」

「へぇ、そんなことが」

「それをわざわざ盗撮した人がいるみたいで、浮気してるって二人とも疑われてるの」

「なるほどね。だからそんなこと聞いてきたんだ。というかそんな大変なことになってるなら、起こしてくれれば良かったのに」

「だって気持ち良さそうに寝てたから」

「危うく寝過ごすとこだったよ。それでまあ、浮気してるとかいう話だっけ。本当に浮気してるなら、私が工藤のことぶっ殺すけど」

「してないって」

物騒な発言が聞こえてきたから、慌てて訂正した。

「それじゃあ、真帆はどうして寄り掛かって寝ちゃったの」

「ねむたかったから……」

子どもかよと、呆れる。天音も苦笑いを浮かべた。けれど昨日は怒涛の一日だったから、仕方ないと言えば仕方がないのかもしれない。

「あのさ、工藤だったからまだ良かったけど、真帆はちゃんと気を付けな？　大学生になってからそんなことやらかすと、普通にお持ち帰りされるからね。知らない人の家とかホテルで、裸のまま朝を迎えたくないでしょ？」

昨日は気を使って濁したというのに、姫森の発言はストレートすぎる。もしかすると彼女も、明坂並みにデリカシーがないのかもしれない。俺の気遣いが無に帰してしまった。

「気を付ける……」

「とにかく、言わせとけばいいのよ。だからそんなに凹むな。私はあんたたちがそんなことする奴じゃないって信じてるから、しばらく黙って大人しくしときなさい。そうすればたぶん収まるし、私も真帆の味方でいるから。でもまあ、一応加害者だったんだから、手痛いしっぺ返しが来たんだと思って反省しなさいね。人を呪わば穴二つ、って奴よ」

厳しい言葉だが、節々に宇佐美への優しさが溢れていた。俺の時は、私もいじめられたくないからと言って多数派に合わせていたのに。そう考えるとやっぱり、嬉しくもあった。

「ありがと、風香……」

「俺も俺も」

「明坂も……」

姫森のついでのように言われた明坂だったが、どこか嬉しそうだ。単純な奴だが、そこがいいところでもある。

無事に仲間内での話がまとまったところで、天音は仕切り直しだと言うように手を叩いた。

「それじゃあ、今日はみんなでご飯食べよっか。昨日は女子会だって言って、男性陣を蔑ろにしてごめんね」

理由はどうあれ、いつの間にか機嫌が戻ったようでホッとした。本当に、嫌われたんじゃないかと少し不安だった。

朝食の席は、みんなで話し合って俺と天音で宇佐美を挟むようにして食べた。最初こそ迷惑を掛けるから離れて食べると言って聞かなかったけど「一緒に食べなかったら絶交する」と天音が笑顔で言うものだから、宇佐美の発言権は消失した。

俺たちが仲良く席を囲んだおかげで、周りのクラスメイトたちは一様に首を傾げた。本当に、工藤と宇佐美は浮気をしていたのだろうか、と。それでも宇佐美のことを『尻軽女』だとか、『高校デビューしてから調子乗りすぎ』と揶揄する人は一定数いた。その人たちは、きっと宇佐美のことを何もわかっていない。

真実かどうかもわからないのに、不確かな情報に踊らされる奴らが、とても滑稽に見えた。いったい、何度間違えれば自分たちの過ちに気付くのだろう。

理想論かもしれないが、いつかみんなにわかって欲しいと思った。見てみぬふりをする人も、便乗する人も、すべからく人を傷付ける行為に加担しているということを。

そしてそれは、誰かが勇気を振り絞って立ち上がって手を上げれば、驚くほど簡単に解決に向かうかもしれないのだ。いつか、天音がそうしてくれたように。

朝食を食べ終わっても、まだ俺と宇佐美に軽蔑の視線が向けられていた。当事者意識の低い、日本人らしい奥ゆかしさのある陰湿ないじめのやり方だ。言いたいことがあるなら、ハッキリと言えばいいのに。安全圏から人を叩けるのが、最高に気持ちいいんだろう。

一応の被害者である天音が許しているのに、第三者が非難をやめないという構図は理解に苦しむ。俺たちが周りにいったい何の不利益をもたらしたというのだろう。

もはや考えても仕方のないことだから、さっさと部屋に戻って身支度を済ませ、集合場所であるロビーへと向かった。今日は、みんなで回る場所を決めた自由行動の日。

グループごとに行動する予定なのに、宇佐美は俺たちを避けるように遠くで縮こまっていたから、手を引いて無理やり輪の中へ入れた。手を繋いだ瞬間にまたどよめきが上がったような気がしたけど、いい加減無視した。

「パフェ食べたいんだろ？　それじゃあ、一緒にいないと迷子になって食べれないぞ」

「置いてってもいいよ、迷惑掛けたくないし……」

「それがもう迷惑なんだよ。何も悪いことしてないんだしさ、堂々としてろって」

「そうだよ真帆。それに、真帆が春希くんと幼い頃に会ってたことも知ってるし。幼馴染みたいなものなんだから、別にあれくらいなら気にしないよ」

それから天音は急に真面目な表情を作って。

「気まずくて、離れたいって気持ちもわかる。でも、向き合わなきゃ。逃げてても、いつまで経っても解決しないよ。春希くんは、真帆にちゃんと向き合った。そのおかげで今、みんな一緒にいるの。誰かが変わるのを待ってるんじゃなくて、自分が変わらなきゃいけないの」

「……自分が？」

「そうだよ。真帆だって、本当はわかってるでしょ？　変わりたいって思ったから、一度は眼鏡を外したんだもんね。それを馬鹿にする人もいるけど、私は美しいと思う。変わりたいと思って行動に移せた真帆は、本当に強い。私が保証する。ずっと昔から、真帆が知らないだけで、私は真帆のことを見てたんだから。だから真帆も、春希くんみたいに向き合うことができるでしょ？」

本当に、いつだって天音は正しいことを言う。誰よりも、どんな時だって相手を心の目で見つめているから、気持ちに訴える会話ができるんだ。だから彼女は、きっと誰のことも裏切ったりはしないのだろう。

同い年の高校生たちがひしめき合う中、悪意の視線が絶えず俺たちに降り注ぐ。それでも宇佐美は、今度こそハッキリと頷いた。逃げたりせずに、悪意に立ち向かう覚悟を決めた。その姿に、勇気をもらえたような気がした。

だから俺も、どうしようもない理不尽な現実に直面したとしても、逃げずに戦いたいと思えるようになった。

自由行動が始まれば、そこからはもう安息の時間だった。息苦しかったことを忘れるために、大きく深呼吸をする。南の地域の空気は、ほんのりと潮の香りが漂っているような気がした。海なんて、どこにも見えやしないけれど。

一番初めに向かったのは、戦争の歴史を写真や資料で知ることができる平和祈念館だった。今ここにいるのはただの旅行ではなく、学びを修めるためだから、後でレポートに学習内容をまとめなければいけない。

そのために訪れた歴史的な場所だが、過ぎ去りし時に興味はないのか、明坂は受付をしている時にあくびをするという罰当たりなことをしていた。

「もうちょっとさ、勉強をしに来たって意識を持ちなよ」

「無理だって。俺、暗記科目とか苦手だし。後で写させてくれよ」

「俺じゃなくて、他の人に頼んでね」

まあ、天音はおろか宇佐美も姫森も断るだろうけど。

そんなやる気のない彼だったが、展示されている巨大な戦闘機を前にして「かっけぇ！」と、子どものような感想を口にした。その戦闘機が後に特攻のために使用されたものだということを知ると、無邪気な顔から一転して珍しく険しい表情へと変わった。それからは、まるで人が変わったかのように口を閉ざし、特攻隊員の遺書や戦争の記録を観覧（かんらん）して、まだ新品だったメモ帳に一生懸命文字を書き込んでいた。

「これがきっかけで、少しは勉強に身が入ってくれればいいんだけど」

一通り見て回ったのか、姫森が親みたいな感想を口にする。寝て忘れるような奴じゃなければ、前向きに取り組むだろう。つまり、修学旅行が終わってからの行動次第で、姫森の明坂に対する評価が変わるということだ。いい機会なんだから、せめて歴史の勉強ぐらいは頑張って欲しいと思う。

それから俺も、明坂にならって見たことや感じたことをメモしていく。体が元に戻っても、春希がしっかりレポートに取り組めるよう詳細に書いた。

真面目な天音は、そこら辺を歩いている従業員を引き止めて質問していた。その行動力を少しは見習いたいけど、さすがにそこまで真剣にはなれなかった。

「鳴海くん」

俺にだけ聞こえる控えめな声で、宇佐美が名前を呼んでくる。

「どうした？」

「ちゃんと、もう一回謝っておいた方がいいと思って」

「そんなことより、見て回ったのか？　自分のことで悩んで適当やってたら、レポート書けなくなるぞ」

「明坂が頑張ってるんだから、レポート書けるくらいには回ったよ。風香と一緒に」

なんだかんだ、あいつも面倒見がいい奴だ。

「あの、それで。ごめ……」

「最近さ、宇佐美は謝りすぎ。本当に一番謝らなきゃいけなくなった時に、ごめんねの価値が下がるよ」

「だって、迷惑ばかり掛けてるから……」

「そういう時は、ありがとうでいいんだよ」

月並みな言葉だと思った。この前リビングで父親と観たドラマの主人公も、同じことをヒロインに話していた。けれど、今の宇佐美に一番必要なセリフだと思った。

「……ありがとう」

「うん」

「本当に、いつもありがとう」

「わかったって」

今度はありがとうの回数が増えそうで、おかしかった。けれど言葉を覚えたインコのようにごめんを言い続ける宇佐美よりかは、ずっとマシだ。

「……私、工藤の気持ちが少しだけわかったような気がする。当事者になるまでわかんなかったのが、すごく恥ずかしいけど、誰も味方になってくれる人がいなかったら、死にたくなってたかも」

「そんな物騒なこと言うなよ」

「だって、毎日クラスメイトと顔を合わせるんだよ。学校も、行けなくなるよ……私が、行けなくさせたんだ……」

「また謝るのか？」

宇佐美は必死に首を振った。艶やかで、何色にも染まっていない黒髪も左右に揺れる。

「それは、工藤が戻ってきた時のために取っておく。今の私にできるのは、私がやったおこないを受け止めて、これからどう生きていくか考えることだから」

「そっか。それは見つかりそう？」

まだ、訊ねるのは早かったかもしれない。けれど宇佐美はわずかな間の後に、未だ真面目にメモを取り続けている彼女を見て言った。

「私は、天音みたいな人になりたい」

「行動を見習うのはいいと思うけど、宇佐美は宇佐美だよ。別に、それこそ俺は今の君のままでもいいと思う」

「そう?」

「気付いてないだけで、宇佐美はもう十分変わったよ。変わりたいって思うこと自体は前向きでいいと思うし、もう少しだけ気楽に考えてみたら?」

「……わかった」

それからぎこちなくだけどはにかんで、あらためて「ありがとう」と言った。

きっとこの子はもう、自分から間違った道に進むことはないだろう。

お昼の代わりにパフェを食べて、一行は次の目的地の神社へと向かった。高校二年生で学問の神様のいる場所へお参りに行くのは、いささか急ぎすぎているような気もしたが、これからの成績が伸びるようにお願いするとすれば悪くはないだろう。

成績なんて、結局は自分の頑張り次第ではあるけれど。

鳥居をくぐる時、天音が礼儀良く頭を下げたから、それにならって頭を垂れた。しばらく歩くと、明坂が立ち止まり「なんか、牛の像が置かれてるぞ」と指を差す。

「護神牛って言うんだって。たとえば足の具合が悪かったら、牛の足を撫でた後に自分の足を撫でれば快復に向かうって言い伝えがあるらしいよ」

事前に調べてあったのか、メモ帳を開きながら天音が説明してくれる。

「マジか、すげえ。ここら辺に住んでたら薬とかいらねえじゃん」

こいつはいつか、怪しい宗教に引っかかるような気がした。先ほど少しは汚名を返上したというのに、姫森は呆れたようにため息を吐く。

「そんじゃあ、頭良くなりてーからたくさん撫でとこ！」

「あんた、他力本願だと何も変わんないからね」

「わかってるって。一応、念のためにだよ」

本当に念のためかはわからないけど、とても念入りに頭を撫でているから、もしその手が欲望にまみれているのだとしたら、いつか罰が当たるだろう。

本殿でお参りを済ませた後、各々行きたい場所に行って、しばらく経ってから集まろうという話になった。姫森はお守りを買いに行くと言い残し、明坂は護神牛があと十体いることを知ると、「探してくるわ！」と言って元気に走って行った。

宇佐美はというと、なぜか俺の隣で棒立ちになったままフリーズしたように動かない。

「見て回んないの？」

訊ねると、同じく動き出さない天音と俺とを交互に見つめて。

「三人で回りたいって言ったらダメ？」

「私は別に構わないけど」

一秒も迷うことなく天音は即答する。俺はと言えば、特に回りたいところもないから頷いておいた。

「さっき出店があったから、何か食べたい」

宇佐美が提案してくれたから、とりあえずそこへ向かおうということになって、天音は手に持っていたメモ帳をサイドバッグの中へしまおうとした。そのタイミングで、たまたま彼女の背中が通行人と接触し、こちらへよろめく。俺は、反射的に体を受け止める。けれどメモ帳が地面に落ちた。

「あ、すみません！」

先に彼女が謝った。しかしぶつかってしまった人は、気にした様子もなく歩いて行く。ほんの少しだけむっとしたが、天音は歩いて行った人の方を見つめているだけで、特に気にしていないようだったから忘れることにした。

代わりに、メモ帳を拾ってあげる。拾い上げた時、落ちた衝撃で適当に開かれていたページが目に入った。本当にたまたま、そのページは俺に関してのことが書かれてしいる箇所だった。

杉浦市、汐月町、三船町。懐かしいなと思った。汐月町と三船町が杉浦市に合併して、今の杉浦市となった。俺は過去から来たんじゃないかと、天音が冗談みたいに言って、なんちゃってと、おどけたようにメッセージを送ってきて。あれから少しだけ時間が経ったけど、知らない間に記述が増えている。一人の間にも、考えてくれてたんだろうか。

「鳴海くんの名前、書いてある」

偶然目に入ったのか、宇佐美が横で呟いた。基本的には秘密主義者の天音のことだから、見られるのは心情的に良くないだろうと思い、一応気を使ってページを閉じてすぐに返した。

「ごめんね、ありがと」

「今までいろいろ考えてくれてたんだね」

「何もできないけど、ずっとなんとかしたいって思ってるから」

そう言って、メモ帳をバッグの中へとしまった。

「ねえ天音、DIDって何？」

宇佐美が突然、聞き慣れない単語を口にする。

「なんだよそれ」

「いや、たまたま目に入って」

聞き覚えがないのだろうか。首を傾げるそぶりを見せた後に、「気のせいじゃない？」と天音は言った。

「そう？」

「うん、書いた覚えもないし。それよりさ、私あれ食べたいんだよね。梅ヶ枝餅」

「それ、私も食べたかった奴！」

疑問なんて、餅菓子の前ではたちどころに霧散する。

「行こっか、杉浦くん」

天音に名前を呼ばれて、俺も二人の後をついていった。

ベンチに座って梅ヶ枝餅に舌鼓を打った後、自分がまとめたメモ帳を読み返している天音に「そういえば、どうして昨日怒ってたの？」と、宇佐美が平然とした顔で訊ねた。オブラートに包まず直球で聞いたものだから、緊張で背筋が張り詰める。

「怒ってるように見えた？」

「天音って、怒ったら目が笑わなくなるし」

「そっか、目が笑わなくなるのか」

今の状態を確認するためか手鏡を取り出すと、そこに自分の顔を映し始めた。

「今日は普通だよ」

「杉浦くんも、怒ってるって思ったの？」

「何か含みはありそうだったかな」

「それじゃあ、普通にバレちゃってたんだね」

俺が指摘をすると、案外あっさりと認めた。

「怒ってたの？」

「怒ってたというか、なんというか。乙女心は複雑なんだよ」

歯切れの悪い話し方は珍しいが、冗談を言うのは相変わらずだった。

「二人だけの秘密みたいな感じだったのに、あっさり真帆に話しちゃうんだーとは思ったかな」

「あれだけ一緒に考えてたのに一言も相談しなかったのは、ちょっと申し訳ないなって思ったよ。でも、あのタイミングで言わなきゃ不誠実かなって思ったんだ」

「そっか。そう思ったならしょうがないよね。まあ、なんとなく察してたんだけど。私も、まだまだ子どもってことだね」

「天音は私よりずっと子どもでしょ」

驚くことに宇佐美がそんな発言をして、さすがの天音もきょとんと目を丸くした。

ということは、宇佐美よりは大人だという自覚が天音にもあったということだ。お互いに、とても失礼な奴である。

「どうしてそう思うの？」

二人の背丈の違いを思い浮かべながら訊ねてみると、宇佐美はしたり顔で話した。

「だって、飛行機で怖がってたじゃん。近くにいたから知ってるもん。私、それ見て逆に怖くなくなったし」

「あー」

無邪気な勝ち誇った笑みを見せられ、天音も乾いた笑いを漏らす。そういう程度の低いことでマウントを取ろうとする姿勢は十分子どもだ。思ったけど、口にはしない。

「そっかー真帆は大人だね」

「でしょ？」

「うんうん」

遠からず天音も似たようなことを思ったのか、いつの間にか我が子を見守るような眼差しに変わっていた。この二人は案外、相性がいいのかもしれない。

学問の神様を祀っている神社だからか、それから自然と会話の内容が自分たちの希望する進路の話へと移り変わっていった。とはいえ俺は春希の進む道なんて知ったこっちゃないため、今回は聞く側に回ることにする。天音も、どうせこの件については、はぐらかして話さないだろうと思っていた。それなのに。

「私は、お母さんからお医者様になりなさいって言われてるんだよね」

とてもあっさりと、自分で将来の話を口にしたから驚いた。いいのかよと視線を送ると、もういいのと言うように、彼女は笑った。

「お医者様って、医学部に通わないとダメなんだよね？　すっごい大変なんじゃないの？」

「そうだよ。お金も、すごーくたくさん掛かっちゃうの」

「やっぱそうだよね。私なんか、今から頑張っても普通に無理なとこだ。裕福じゃないし、そもそも学力も足りてないし」

「天音の気持ちはどうなの？」

思わず、訊ねていた。聞いてもいいのかわからなかったけど、今のはお母さんの希望を口にしただけで、天音の本心が含まれていなかった。だから、どう考えているのかが、知りたかった。

「とても素晴らしい仕事だと思うよ。お父さんも、やりがいを持って仕事してるみたいだし。この頃は、二人きりの時によく話を聞いてるの」

「お父さん、お医者様なの？」

「そうだよ。血は繋がってないんだけどね」

カミングアウトの連続に、宇佐美は口を開いたまま放心した。俺はと言えば、それとは違う理由で固まってしまう。あれだけ必死に隠していたことを、次々と暴露していくものだから。

「それって、もしかして……」

「亡くなったとかじゃないよ。離婚して再婚したの。私が小学生の時に」

「マジ……やば……」

俺が思いのほか衝撃の表情を浮かべていなかったからか、宇佐美はうかがうようにこちらを見つめてきて「知ってたの？」と遠慮がちに訊ねてくる。

「まあ、もう天音が話したから言うけど、知ってた。でも、少し前に偶然成り行きで知っちゃっただけ。必死になって隠してたのに、話しても良かったの？」

会話のボールを天音に投げてみると、今度は複雑な表情をたたえながら「今なら、ちゃんと話せるかなと思って」と、これまた行き当たりばったりなセリフを吐いた。

「そんな大事なこと、話してくれてありがと……でも、私なんかが聞いても良かったの？」

「杉浦くんと真帆は特別。どのみち、いずれ二人にはもっと詳しく話さなきゃいけないと思ってたから」

それは、天音と仲良くしているからだろうか。それだけが理由じゃないような気もした。いつも、いつだって天音の発言には、何かしらの裏の事情も隠されているような気がする。

「……天音のお母さんって厳しい人だよね？　何度か見たことあるけど」

「厳しいね。でも、やることやってたら、大抵のことは許してくれるから。放任主義なんだよ、うちは。怒るとヒステリー起こすところが大変だけど。そういえば、お母さんと最後に話をしたの、いつだったかな」

「思い出せないくらい前なの？」

「ううん。今思い出した。四月の、三者面談の時だ」

それはまた、随分前だなと思った。

「一緒にご飯食べる時に話さないの？」

「一緒に食べてないんだよ。私、こう見えて反抗期がずっと続いちゃってて。ちょっと前までは、お父さんのことも避けててね。だって、いきなり知らない人が家にやってきたら、戸惑っちゃうでしょ？」

「笑わないからな」

一応釘を刺しておくと、天音は「ありがと」と礼を言った。宇佐美は笑うどころか、他人の家の話だというのに泣きそうになっていた。俺も初めて聞いた時は、何もしてやれないもどかしさを感じた。

「それで、何の話をしてたっけ」

俺に打ち明けてくれた時よりもハイペースで話しているせいで、心が追い付いていないんだろう。天音の息がほんの少し上がっている。軽くなるように背中をさすってあげると、「ありがと」と言って笑った。

「天音が考えてる、将来に対する気持ちだよ」

「そっか。そうだった」

一度深呼吸をしてから、話を戻した。

「正直、なりたくない。目指すのが大変とか、仕事が大変だからとかじゃないよ。人の生き死にに関わることが怖いの。それに慣れちゃいそうになる自分が嫌だ。血を見るのも嫌いだし」

それはもう、どうしようもないほどにしっかりとした理由だった。なれるなれないよりも、向き不向きの問題だからだ。

「やっぱり、お母さんに言えないの？」

「面と向かって話ができないの。だから、勉強だけはしっかりやってる」

まず、こんなモチベーションですんなり医者という職業に就くことなんて、到底不可能だ。天音ならばそれをやってのけるかもしれないけど。

「天音がやりたいことはないの？」

今度は宇佐美が訊ねた。しかしその質問に首を振る。

「やりたいことがあれば、説得材料になるんだけど。高校二年じゃ、将来やりたいことなんてなかなか見つからないよね」

「まあ、確かに……私も、全然未知だし」

「お父さんは、天音の将来について何か言ってるの？」

「お父さんは、やりたいことをやりなさいって言ってくれてる。でも、基本仲が悪いからね。うちの親」

せっかく再婚したというのに、仲が悪いなんて。これ以上は、きっと踏み込まない方が良いんだろう。天音の問題ではなく、俺から見れば第三者である父親と母親の問題になってしまうから。

次の言葉を探していると、天音は気分を転換するように、自分の太ももを両手で一度叩いた。

「でも、ちょっと前向きになった。真帆のおかげで」

「どうして私？」

「真帆も、逃げずに立ち向かって戦ってるから」

「背中を押してくれたのは、天音じゃん……」

どこか照れくさそうに話す。

「逃げるなって言ったのに、私がいつまでも逃げてたら示しがつかないよ。とりあえず修学旅行が終わったら、一度話してみるつもり」
「いい結果が出るように、応援してるよ」
言葉で励ますことしかできなかったけど、俺とは違って宇佐美は急に立ち上がって
「お参りしとこう！」と高らかに宣言した。これにはさすがに、天音と一緒に呆気に
とられる。
「ここ、学問の神様だよ？」
「いいじゃん。神様なんだから、ちょっとぐらい大目に見てくれるでしょ。それに、
三人分のお願いだよ。絶対にご利益あるって！」
明坂みたいなことを言い出すものだから、軽く吹き出してしまった。天音もそう
だったのか、口元を押さえる。
「それじゃあ、お参りしとこうかな」
天音が同意してくれたことによって、俺たち三人は本殿へと戻ることになった。大
きな綱を揺らして、鈴の下で俺は祈った。
天音の迷い事が、いつかすべて晴れますように、と。
「なんだか頭が良くなった気がするぜ」
集合場所に現れた明坂が嬉しそうにそんなことを言うものだから、逆に頭が悪く

なったんじゃないかと憂う。逆効果だったとしたら、それはご利益がなかったわけではなく、きっと神罰によるものだろう。

持ち直していた明坂に対する株も、一瞬にして底値まで下落した。

「あんたはそのくらい楽観的な方が性に合ってるのかもね」

もはや諦めたように姫森が言う。彼女のカバンには、さりげなく学業成就のお守りが付いていた。宇佐美も偶然同じものを購入していて、同じ場所に付けている。

俺は購入するつもりはなかったけど、天音が鈴の付いた赤青色違いの開運お守りを指差して「これ、お揃いで買おうよ」と言ったから、青色を買った。曰く、破損してしまったストラップの代わりらしい。堂々としていれば別れたと疑う人もいないと思ったけど、今の彼女の中では別の意味が含まれているような気がした。わざわざ口実を使わなかったから、それがなんだか、無性に嬉しかった。

「今度は落とさないようにしなきゃね！」

「気を付けるよ」と、不器用に笑う。ちりんと優しい鈴の音が鳴った。

それからまた各地を転々としながら、短い旅の出発点でもあった旅館へと戻ってくる。到着した頃にようやく思い出したけれど、俺と天音と宇佐美は絶賛修羅場中だと噂されているのだ。

くだらないと思った。宇佐美もそうだったのか、「もう大丈夫だよ」と笑った。夕食の時間も、この五人で席を隣り合わせ集まって食べた。それを笑いものにする奴らがいたけど、もう俺も気にはしなかった。

昨日と同じく、橋本は教師の点呼が終わると別の部屋へと向かった。何かまた嫌みを言われたような気がしたけど、適当に相槌を打っていたから内容は忘れた。

「もう放っとけよ」

言いながら、明坂は布団の中へ潜り込んだ。俺も、明坂に続いて布団に入る。

「明日で終わりだな」

彼が言った。どこか、名残惜しさを含んでいるような響きをしていた。

「もっと遊んでいたかった？」

「ま、案外楽しかったからな」

「同じグループになったこと、後悔してない？」

「なんで」

「なんだかんだ、いろいろあったじゃん。姫森と明坂は、なんというか巻き込んじゃったから」

「それもまた、旅のいい思い出だろ」

珍しくいいことを言う。柄にもなく感傷的な気分に浸っているのだろうか。

いつもとは違う天井で、普段暮らしているところから離れた場所で、クラスメイトと一緒に床に就く。そういうのも案外、悪くなかった。

「俺、春希に誘ってもらえて良かったと思ってるよ。なんというか、なんだかんだみんな、いいところがあるんだなって気付けたし」

「そう？」

「宇佐美とか、男子の俺から見たら、口も性格も悪い奴にしか見えなかったから」

「言いすぎだろ」

「言いすぎじゃねーよ。春希のこと、いじめてたんだから。でもさ、どうしようもない奴でも、変わることってできるんだな。元の印象が最悪だったから、本当はいい奴だったとは絶対に思わないけど、今のあいつは悪くはないなって思うよ」

「そういう嫌なこと、忘れてやれよ」

「忘れねーよ。ああいう奴がいたんだってことを覚えとかなきゃ、いつか俺も同じ間違いをするかもしれねーから。過去はさ、簡単に消せねーんだよ」

普段はふざけていて、何も考えていないようにも見えるけど、明坂にも明坂なりの信念というものがあるんだろう。知らなかった。俺は彼という男を、少しみくびっていたのかもしれない。

「どうしたら、過去の罪は許されるの？」

「春希が許してくれたら、許されるんじゃない？」

「それじゃあ、宇佐美はとっくに許されてるよ」

「お前さ、春希じゃないだろ」

虚を突かれる。暗がりの中、思わず明坂を見た。どういう表情をしているのかは、わからなかった。

「……いつもの冗談？」

「外れってわけじゃないだろ。なあ、杉浦」

驚いた。まさか、名字で呼ばれるなんて。ということは、彼は本当に知っているということだ。

「……天音か、それとも宇佐美から聞いたの？」

「宇佐美も、杉浦のことを知ってんのか」

つい、口を滑らせる。降参だというように、ため息を吐いた。

「気を付けてたつもりなんだけど。一応、どうしてわかったの？」

「駅前で、高槻さんが春希のことを杉浦って呼んでるのが聞こえたんだよ」

「なるほどね。そんな前から知ってたんだ」

「俺、案外知らないふりするの上手いだろ？」

得意げに言ってきて、正直負けたと思った。

「ごめん、隠してて」

「そんなん言ったら、俺だって知ってたこと隠してたんだからさ。あ、別に事情とかは話さなくていいからな」

「なんで。一番知りたいところじゃないの？」

「たぶんそれ聞いたって、馬鹿だからわかんねーと思うし。でも一応、春希はちゃんと戻ってくるんだよな？」

確証なんてなかったけれど、俺は「戻るよ」と口にしていた。戻らなければ、いけないから。

「杉浦は？　春希が戻ってきた後に、ちゃんと会えんの？」

「天音と宇佐美とは、会おうって約束してるよ」

「それじゃあ、俺とも約束な。体育館で、春希も混ぜてバスケしようぜ。俺も、実は春希のことよく知らねーから」

「わかったよ」

いつになるのかはわからないけれど。その約束は、ちゃんと守りたいと思った。

それから目をつぶって、お互い寝ることに集中する。けれど先に入眠してしまった明坂のいびきがとてつもないほどうるさくて、なかなか寝付くことができなかった。

眠いけど、寝ることができないのは苦痛だ。可能ならば別の部屋で寝たいが、俺は橋本のように男の友人が多いわけではないから、選択肢はここしかない。

「さすがに、天音たちと寝るわけにもいかないからな……」

もし彼女たちから許可をもらえても、教師に見つかれば平穏な学校生活は無事に終わりを告げるだろう。

「散歩でもするか……」

体を動かして、少しでも寝られるようにしよう。そう思い立って、こっそり部屋を出た。

日中より薄暗い旅館の廊下は、物陰から幽霊が飛び出してくるんじゃないかと身構えてしまう。少しの物音にも敏感に反応してしまって、自分が案外びびりなんだということを自覚した。

どうにかして人には見つからずエレベーターに乗り込み、一階まで下りる。フロントの方を物陰から覗き見たが、幸い従業員は立っていなかった。

ホッとしたのも束の間、背後から物音がして慌てて振り返る。見ると、エレベーターが二階、三階と上昇していた。誰かが触らなければ、それは動くはずもない。ということは、上階で誰かがボタンを押したということで。もしかすると、一階まで下りてくるのかもしれない。

先生だったらまずいと思い、とにかく知っている道を選んで逃げるように走った。

気付けば、昨日宇佐美とやってきたゲームセンターにいた。愉快なBGMを聞きながら息を整えて、落ち着くために自販機でコーラを買う。プルタブを開けて口に含むと、炭酸の弾ける感触で余計に目が覚めた。

ホッと息を吐こうとした時、やってきた方向から人の気配がした。宇佐美と一緒に休憩していた場所だ。思わず物陰に身を潜めたが、こちらまではやってこない。大人だろうか。見回りに来たのか、それとも俺を見つけて追ってきたのか。どちらにせよ見つかれば、何かしらの責任を負わされそうだ。確か、夜間出歩いているのが見つかったら、廊下に正座させられるんだったか。

部屋は明坂がうるさいから、それもいいかと思ったけど、やはり見つからないに越したことはない。物陰に潜んだままやり過ごそうとしていると、声が聞こえてきた。

「嬉しいよ。こんな時間に呼び出してくれて」

期待のこもった色が、その声には含まれている。遠くからでも、わかった。そこにいるのは、橋本だった。

「なんで橋本が……」

しかし、状況的に一人じゃなくて二人いる。耳を澄ますと、いつも聞き慣れている彼女の声が聞こえてきた。

「私が呼び出した理由、康平はわかる？」

天音だった。驚いて、思わず身を乗り出してしまう。出て行くわけにはいかなかった。でも、耳を塞ぐこともできない。

「それはわからないけど。こんな夜遅くに呼び出すってことは、とても大事な話なんだろ？　それこそ、誰にも聞かれたくないような」

「そうだね。大事な話。特に春希くんに聞かれるのは、本当に困る」

逃げ出したかった。けれどゲームセンターの奥は卓球用の小さな体育館があるだけで、その先は行き止まりだ。戻ろうにも、今二人がいる場所を通らなければいけない。つまりこの会話が終わらないと、俺も解放されないということだ。

「工藤か。そういえば、宇佐美に浮気してたんだっけ」

「みんなそう言ってたね。真帆が色目使ったとも言ってたけど」

「どっちも正解かもしれないね。最近、二人は仲が良いから。自由行動のグループも一緒だろう」

「そうだね」

「昨日は、ラフティングの後に宇佐美の手を引いて行った。君という彼女がいながら、手を繋ぐなんて。俺は、二人は本当に浮気してると思ってるよ」

全部、橋本の勘違いだ。もしくは、都合の良いように解釈してるだけなのか。とにかく、まだそんなことを言ってるのかと腹が立った。

「俺はね、正直彼とは別れた方がいいと思ってるんだ。あんな奴じゃ、君を幸せにはできないよ」

「どうしてそう思うの？」

「だって、引きこもりだったじゃないか。修学旅行の委員も、自分がやりたいって言ったのに全部君に押し付けて。代われるなら、代わってあげたかったよ」

「それじゃあ、先生に言って代わってもらえば良かったんじゃない？　後からああすれば良かったって言うのは、卑怯だと思う」

「俺も、バスケ部で忙しかったんだよ。三年の先輩が引退するからさ、主将を任されるんだ。すごいだろ？」

天音が、わかりやすく大きなため息を吐いたのが聞こえてきた。

俺も、正直ここまでとは思わなかった。

ここまで、人の気持ちがわからない奴だとは。

「春希くんが委員に選ばれたのは、みんなが彼に押し付けたからだよ」

「仮にそうだったとしても、最後にやるって言ったのはあいつだろ？　責任感のない奴は、本当に困る」

「一番責任感がないのは、押し付けた人たちだと思うけど。やる気もないのに責任感って言葉を口にしてる人の方が、よっぽど恥ずかしいって。途中で投げ出したのはいけないことかもしれないけど、それでも誰もやりたくなかったことを引き受けた彼は、褒められるべきだよ」

「お前は、昔から優しいからそう思うんだよ」

「……それやめてって、ずっと前に言ったよね!!」

思わず背筋が凍り付いた。温度のない淡々とした口調ではなく、それは明らかに熱のこもった声音だったからだ。今までは、心の底から本気で怒っているわけじゃなかったんだと、わからされた。

ギリギリのところで自分を押さえていたからこそ、天音はいつも冷静だったんだ。

「おいおい、怒るなよ。なんでそんなに声を荒げるんだよ」

「私さ、人のことをお前って言うのはやめてって、中学の頃に言ったと思うんだけど」

「言ったっけ、そんなこと。ごめん、忘れてた。今度から気を付けるよ」

「このやり取り、一回目じゃないよ。三回目。この際だからハッキリ言うけど、そういうところが私は合わないと思ってるの」

まるで、あなたは口だけだと言っているかのようだ。それは、天音が一番嫌う類の人間であることを意味する。

「これからは気を付けるって」

「ほんと、康平は……」

出掛かった言葉を飲み込んだ。それが、天音の良心だった。そうやって優しさがちらつくから、彼も付け上がるんだ。

「……幸せって、与えられるものじゃなくて、自分で掴むものだと私は思う。もちろん与えられる幸せもあるけど、大切な人と一緒に、同じペースで見つけていくのが、一番素敵なことだと思うの。どちらかが頑張ってても、疲れるだけだから」

「それじゃあ、あいつと一緒にいたら天音がずっと頑張ってなきゃいけないだろ」

「そんなことないよ。みんな、知らないだけ。春希くんは、人の痛みを一緒になって分かち合える人なんだよ」

「天音の悩みに共感できたって、どうにもできなかったら幸せになれないだろ。あいつなんかに、何ができるんだよ。天音のお父さんやお母さんに、ちゃんと意見できるのか？」

「そんなの、康平にだってできないでしょ」

「俺ならできるよ。ちゃんといい大学に入って、その時に言ってやるんだ。あんたの娘は、別に医者になんかなりたくないんだって。天音の両親に宣言するんだ。天音には、天音の人生があるって」

「それ、別にもう私一人だけでも言えるから。修学旅行が終わったら、伝えるつもりでいるし」

「それでも、一度家族以外の人間がハッキリ言ってやるべきだろ！　娘の人生を弄ぶなって！　義理の父親が医者だからって、そんなことまで娘に背負わせるなって！　だって、血も繋がってないんだからさぁ！」

「お母さんが私に医者になって欲しい理由と、お父さんが医者だということは、全然イコールじゃないよ。康平は私を助けたくて、事実を自分にとって都合の良い物語に捻じ曲げてる。だいたい、お父さんは私に医者になって欲しいとは思ってない。それはこの前、ちゃんと話をして聞いたから」

天音の声のトーンが下がっていくたびに、橋本の声に熱がこもっていく様が、聞いていて哀れに思えた。もう、ずっと前から天音は決めているんだろう。天音は決して彼の恋人にはならないし、そんな彼女にいくら自分が有用な人間だとアピールしても、それは一生届くことはない。

「そんな風に一生懸命私のことを考えてくれてるのは嬉しいけど、康平の望むようなものを私は何一つあげられないよ。それに、もうあなたが思ってるほどかわいそうな女の子じゃないの、私は。だから、ごめん。今までずっと、ハッキリ言わなくて」

「なんだよそれ……」

「そういうわけだから」

話は終わったんだろうか。片方の足音が、遠ざかっていくのが聞こえる。聞き耳を立ててしまったのが、ちょっとだけ申し訳なかった。明日、天音には正直に謝ろう。

そう考えたところで、声が響く。

「ちょっと待てって！」

鬼気迫る声だった。彼が発した、天音を引き止めるための言葉だ。その直後、「離して！」と、彼女が叫んだ。反射的に、俺の腰は浮いていた。

「なんで、なんでだよ！　あいつ、浮気してたんだぞ⁉　天音のお母さんや本当のお父さんと同じで、浮気してたんだ！　許せるわけがないだろ‼」

「お父さんやお母さんと、春希くんは関係ない！　だいたい浮気じゃなかったってこの前お父さんに聞いたし、そもそも春希くんは浮気なんてしてないから！　いい加減、なんでも自分の都合の良いように考えるのやめてよ‼」

「あんなの、どう考えても浮気だろ！　宇佐美の奴が、そこのベンチで工藤に寄り掛かって寝てたんだぞ！　こんな人気もない奥まった場所で！」

まずい。そう思った。信じていたものが、崩れていくような音がした。抵抗する物音が、聞こえなくなった。どちらかが、冷静になったんだ。

気付いて欲しくない。そう祈った。けれど、人の揚げ足を取ることが大好きな彼女が、その言葉で確信を得ないはずがなかった。

「……どうして、ここがその場所だってわかるの。あの写真は、拡大されててどこで撮ったかなんてわからなかったのに」

黙っていれば良かったのに。黙っていれば、もうほとんど真実が白日の下に晒されたけど、気付かないふりをしていられた。そういうところが、彼女は本当に不器用だった。

そして彼も、悲しくなるくらいに、彼女への想いが切実だった。

「そんなの……俺が撮ってやったからに決まってるだろ！　天音はあいつに騙されてるから、誤解を解く必要があったんだ!!」

救いようのない奴でも、変わることができるんだろうか。それは、否だった。彼女が一度は見逃すことを選んだのに、彼は自分の欲望のために真実を話してしまった。そんな奴に、きっともう天音は優しさなんて振りまかない。

「……私、次はないって言ったよね。春希くんに危害を加えたら、絶交するって」

「そ、そんなの冗談だろ……？」

「冗談で、こんなこと言わないよ。それに、康平は真帆のことも傷付けた」

「あいつだって、工藤のこといじめてただろ！　なんで天音は許してるんだよ！」

「真帆は、ちゃんと変われるって信じてたから。私は、ずっと前からあの子のことを理解してるの」

「そんなの、俺だって知ってるよ。中学が一緒だったから。でもあいつも、元は根暗で……」

「もういいよ、話し掛けないで。信じてたのに。そんな良識が欠如してる奴だなんて、思いたくなかった」

「待てよ!!」

その叫び声と共に、何かが床に叩きつけられるような音が響いた。まさかと、心臓が早鐘を打つ。考えるよりも先に、足が前に出ていた。

そこで俺が見たものは、床に倒れた天音と、それを見下ろしている橋本の姿だった。あいつが、彼女を突き飛ばした。危害を加えた。俺も、そんなことはしない奴だと信じていたのに。

何も気にせずに、走っておけば良かったと後悔した。

打ち付けた場所が痛むのか苦悶（くもん）の表情を浮かべ、天音はそれでも俺が現れたことに気付いて、目を見開いた。

「……春希くん？」

「なんだと……？」

理性を失った瞳がこちらを射抜く。驚くほどに、俺の心は冷え切っていた。天音が怒っている時もこんな感じだったのだろうかと、ふと思った。

「……一応聞くけどさ、ストラップも君が捨てたの？」

答えがどうあれ、俺がこの後に起こす行動は決まっていた。ただ、加減をするかどうかというだけで、しかしどうやらその必要はないようだった。

彼は、自分の功績を自慢するように、笑った。

「当たり前だろ。お前が、いつも調子に乗ってるからだ」

信じていたものが裏切られた時、口の中に錆の味が広がるらしい。とにかく、怒りのせいでどこかが切れてしまったみたいだ。それを舌で味わいながら、彼も同じ目に遭わせてやろうと思った。

近付いて、俺は躊躇うことなく拳を振り上げ、橋本の頬を殴りつけた。そんなことをする勇気が工藤春希にはないとでも思ったのか、彼は驚愕の表情を浮かべた。

残念だけど、俺は工藤春希じゃなく杉浦鳴海だ。

そのふざけた顔に、もう一発拳を入れる。すると無様にも、その場に尻もちをついた。

「何だよお前……！　こんなことして、ただで済むと思ってんのかよ！」

「お前が天音を一番困らせてることに、どうして気付かないんだよ！」

叫んだ。彼がハッとした表情を浮かべていたけど、もう一発殴らなければ気が収まらなかった。宇佐美の分が、まだだったから。馬乗りになって、もう一発だけ殴るつもりでいた。動き出したところで、俺は何か優しいものに後ろから押さえつけられた。

「もうやめて、杉浦くん……！　もう、いいからっ！」

「……は？　杉浦……？」

橋本が呟いた時、こちらに迫ってくる足音が聞こえた。あれだけ、彼が無様に叫んでいたんだ。むしろ、遅いぐらいだ。なんでこんなタイミングで来るんだよと、自分の不幸を呪った。

「お前ら！　そこで何やってるんだ!!」

やってきたのは、担任教師だった。俺を止めるために押さえつけている天音と、二発殴りつけて横たわっている橋本の姿を目撃されてしまう。もう一度倒れ込んだ彼を見てみると、殴った箇所に青痣ができていて、唇から血が滲んでいた。

これはどう考えても、もうダメだ。

天音が俺を解放する。肩で息をしていると、彼女が震えているのがわかった。泣いていた。泣かせたくないと思ったのに、他でもない俺が、泣かせてしまった。

担任教師が、こちらに迫る。

「お前が橋本を殴ったんだな？」

「……」

「原因は、痴情のもつれか」

「……」

「ほどほどにしておけよって、俺言ったよな？」

随分前に、そんなことを言われた気がする。今さら、思い出した。

「先生、違うんです。春希くんは……」

「高槻は黙ってろ。俺は今こいつと話をしてるんだ」

それからあらためて、担任教師は俺を見る。

「理由はどうあれ、手を上げた奴が一番悪いぞ。見た感じ、正当防衛でもなさそうだ。

橋本、間違ってないよな？」

彼も動揺していた。大ごとになるとは思わなかったんだろう。唇が、震えている。

「いや、あのっ……おれはっ……」

「俺は、一発も殴られてません」

ハッキリ、真実を口にした。橋本の目が見開かれる。天音が、一歩前に出た。まずいとでも、思ったんだろう。

「先生。ここでのこと、全部お話します。康平とも、一度話し合いたいです。できれば、三人だけで。私も悪かったから。だから、どうかここは見なかったことに……」

「全部、俺がやりました」

「……ちょっと、黙っててよ春希くんは!!」

その絶叫に、怯んだりはしなかった。俺は、天音を押しのける。それから担任教師を見据えた。

「こいつ、気が動転してるみたいなんで。部屋に戻して、休ませてあげてください。たぶん、そうした方がいいです」

「春希くん!!」

担任教師が、俺と天音と橋本を見比べていく。誰に話を聞いた方がいいか、思案しているんだろう。殴られた橋本は、目の焦点が合ってない。天音は、見るからに取り乱している。加害者の俺は、一番落ち着いている自信があった。そして、俺がやったんだと罪を認めている。

選択肢が一つしかないのは明白だった。

「橋本。保健の先生を起こすから、手当てしてもらえ。高槻は今から、女の先生を呼ぶ。部屋に戻れ。工藤は……」

「先生!!」

納得いかないのか、みっともなく天音が叫んだ。やっぱりこいつは、馬鹿だ。そういうところが本当に不器用だ。大切な誰かを助けたくて、後先を考えないところが。

それからほどなくして、呼び出された女の先生がやってくる。天音は連れて行かれる時にもがいて、俺の潔白を証明しようとしたけれど、その行動は精神状態が不安定だという推測を裏付けるだけだった。橋本は、何も話さなかった。動揺しているのか、罪を背負った俺をあざ笑っているのかは知らないけど、ただ最後まで、何も言わなかった。

俺は、担任教師に連れて行かれる。

楽しかった修学旅行の最後は、とても残念な幕切れで終わってしまった。

使用していない空き部屋に通されて、俺はことの経緯の説明を求められる。言えるわけがなかった。なんで俺が激昂したのか、その理由を話したくなかった。話せば、天音のことも口にしなければいけないから。たとえ、担任教師が彼女の家庭の事情を知っているのだとしても、話したくはなかった。

だから俺は、嘘を吐いた。

「あいつと仲良くしてるのが許せなくて。ついカッとなって、やりました」

担任教師の目には、俺が青臭いガキのように映っているだろう。それで良かった。天音のことを話さなくて済むのなら、それくらいの恥辱は甘んじて受け入れるつもりだ。

「工藤は、この年まで彼女ができたことがなかったんだろう」

「……はい」

「男と女っていうのはな、何度も引っ付いたり別れたりして成長していくんだよ。辛いかもしれないけどな、工藤が経験したことは、大人になればよくあることで、社会に出てから同じことをやったら傷害で警察に捕まるんだ」

「……はい」

「お前なら、先生の言いたいことがちゃんとわかるよな？」

俺は、聞き分けのいい子どものように頷いた。目の前の大人は、未だ子どもの俺を憐れむような目で見つめてくる。

「お前はしばらく学校に来てなかったんだから、あまり親御さんに迷惑を掛けるんじゃないぞ。そうしないと、父も母も悲しむ」

言葉にした後、気まずそうに頬を掻いた。

「……そうだった。工藤のお母さんは、確か今年の冬に亡くなったんだったな。傷を掘り返したみたいで、すまない。たぶん、いろいろ整理ができていないんだろう。不安定だったんだよな」

「はい……」

「工藤は真面目な奴だから、もうあんなことはしないって信じてるぞ。先方の親御さんには、俺から説得しておくよ。保証はできないけど、学校には戻れるようになんとか掛け合ってみるから」

「すみません……」

「それは落ち着いたら、橋本に言ってやれ。謝る相手は、先生じゃないだろ?」

俺は、何も答えなかった。

「とりあえず、しばらくの間は自宅謹慎になると思う。明日は、朝一で先生と飛行機に乗って帰ろう」

「……わかりました」

「それじゃあ、布団敷いてこの部屋で寝なさい。荷物は明日の朝、明坂にまとめさせるから」

最後にそれだけ言って、担任教師は部屋を後にする。俺は、布団も敷かずに畳の上に横になった。何も、考えたくなかった。けれどただ一つだけ。

春希に対しては、本当に申し訳ないことをしてしまった。

何度もポケットの中のスマホが振動したけれど、一晩中それを無視して過ごした。

翌日、担任教師は俺の旅行カバンを持ってきた。みんなは朝食を食べている時間だったから、誰ともすれ違うことはなかった。旅館を出て、空港までタクシーに乗って、飛行機に搭乗する。

思考を停止していると、驚くほどすぐに杉浦市へと帰ってきた。担任教師と自宅へ行くと、事前に報告をしていたのか父親が俺を出迎えた。

「本人も動揺しているみたいなので、しばらくは自宅で過ごさせてください」

「……わかりました。この度は、うちの息子がご迷惑をお掛けしてしまって、本当に申し訳ございません……」

「若者ですから。よくあることですよ。ははっ」

最後に担任教師は俺を見て「反省するんだぞ」と釘を刺し、帰っていった。父親に「とりあえず、入りなさい」と言われて、素直に従った。

リビングには、朝食の匂いが立ち込めていた。見ると、テーブルの上には一人分の目玉焼きと、ウインナーと、ご飯が置かれている。

「先生が、朝ご飯は食べてないって言ってたから」

喉を通りそうだったら食べなさい。優しく言うと、お母さんに「春希が帰ってきたよ」と報告した。

「……ごめんなさい」

「朝ご飯は食べられない？」

「そうじゃなくて……」

平日だというのに、仕事も休ませてしまった。俺は、わかってなかった。誰かを殴ると、いろんな人に迷惑が掛かるということを。

「とりあえず、食べなよ。お腹いっぱいになったら、いろいろ聞いてあげるから」

「……うん」

気分は死んでいるも同然だったのに、人間の欲求に逆らうことはできなくて、出されていたものをすべて胃の中へ入れた。すると今度は、温かいお茶を用意してくれる。

父親はブラックのコーヒーを淹れて、隣に座った。

「まずは、修学旅行の楽しかったことから話してみる？」

優しく笑った。怒ってこないのが、逆に怖くもあった。

「それとも、いきなり本題から入ってみる？」

控えめに頷いた。今楽しかった思い出を振り返ると、虚しさでどうにかなってしまいそうだった。

「それじゃあ、どうしてクラスメイトの子を殴ったの？」

わずかな間の後、口を開く。

「……許せなかったんだ」

「馬鹿にでもされた？」

「……天音を、守ってあげたかった。必死だったんだ。放っておけば、無責任に彼女のことをもっと傷付けそうだったから、黙らせたかった……」

「そっか」

噛みしめるように呟いた後、父親は言った。

「理由はどうあれ、手を上げるのはダメだよ」

「……先生にも言われたよ」

「でもお母さんが傷付けられてたとしたら、お父さんも手を上げてたかもしれない。男って、単純な生き物なんだ」

「……浅はかだった」

「そうだね。可能ならば、話し合いで解決するべきだった」

「話を聞いてくれないような奴だったら……？」

「それでも話をするんだよ。暴力で従わせる解決に、意味はないんだから。天音さんだって、きっとそんなことを望んだりはしないだろう」

当たり前だ。天音はどれだけ苛立ちを覚えても、決して暴力で解決したりしない。けれど、そんな優しい人が、匙を投げるような奴だったんだ。あまつさえ、暴力を振るわれていた。父親が言っているのは理想論で、ただの絵空事だ。

「手を出さなきゃ、きっと今度は俺が殴られてた。あいつは、天音を突き飛ばしたから……天音にだって、もっと暴力を振るったかも」

「暴力を振るった理由はどうあれ、君は無傷だ。第三者だったはずなのに。やり返すとしたら、君じゃなくて天音さんの方だろう？」

「あいつは、暴力なんて振るわないから……だから代わりに、俺が……」

「天音さんはそんなことを望まないって、お父さんさっき言ったよね？」

優しく、諭すような話し方をする。それに苛立ちを覚えてしまう自分が、恥ずかしかった。けれど見ていないからそんなことが言えるんだと、思った。

「……それじゃあ、天音が殴られるのを黙って見てれば良かったって言うの？」

「そうじゃない。本当に大切なら、天音さんの代わりになって説得を試みれば良かったんだ」

「それで上手くいかなかったら、殴られろって……？」

「ああ。殴るより、殴られる方がずっと強いよ」

断言してくる。わけがわからなかった。そんなのは、格好が悪い。

「厳しいことを言うけれど」

一度カップの中のコーヒーを口に含んでから、畳み掛けるように父親は話した。

「誰かのためという理由は、偽善だとお父さんは思う」

「偽善……？」

「もっと端的に言うなら、体の良い言い訳だよ。自分の行動理由を、相手のためだと言い張るのは。人間は往々にして、誰かのために人を殴ったりはしないと思うんだ。お父さんは人を殴ったことはないけれど、きっと手を出す瞬間は誰かのためというよりも、自身の怒りの感情の方が大きく勝っていると思う。無責任なことは言えないからあらためて聞くけれど、君は殴った瞬間に何を考えていた？」

問われて、思い出したくもない昨日の出来事を回想した。二人の話を盗み聞いていた俺は、誰かが倒れる音を聞いて飛び出した。そこへ行くと、橋本が立っていて、天音が倒れていた。許せないと、思った。天音が忠告をしたというのに、彼は聞き入れもせずにそれを無視したからだ。

誰かがわからせないといけないと思った。痛みを伴わなければ、人は理解しようとしない。だから天音の代わりに、踏み出した。

それでも俺は、最後に彼に訊ねていた。ストラップは、お前が捨てたのかと。その返答を聞いて、頭で理解して、血が上って、殴った。

誰かのためじゃなくて、自分自身の義憤を晴らすために。

それに気付いた途端、愚かだったのは自分だったということを思い知った。

「……あの場所で一番強かったのは、天音だった」

突き飛ばされても、天音はやり返さなかった。女のくせに体力のある彼女なら、少しは抵抗することもできたはずなのに。担任教師が来た時も、三人で話し合うことを望んでいた。

それに比べて、俺はどうだ。橋本を恐怖で立てなくなるほど強く殴り飛ばした。誰も来なければ宇佐美の分だと言い訳して、もう一発殴っていたかもしれない。

俺は本当に、愚か者だ。気付いた瞬間に後悔が溢れてきて、涙が頬を濡らした。そんなどうしようもない俺の背中に、優しく手のひらを添えてくれる。

「殴られるのは痛いかもしれない。それでも、やりかえすよりはずっとマシさ。本当に強い人は、暴力で訴えたりしない。誰かを守れるほどの強さがあるなら、受け流すことはできるんだ。だからどんな理由があるにせよ、最初に拳を握ってしまった人は負けだよ」

心のどこかで、上手くやれていると思っていた。春希よりも、工藤春希をやれていると、自惚れていた。彼の守ることができないものを、俺なら守ることができると高をくくっていた。そんな慢心が招いてしまった、本当にどうしようもない間違いだった。

ごめんなさい。いろんな人に、謝らなければいけなかった。一番変わらなきゃいけなかったのは、他ならぬ俺だった。

変わることが、できるんだろうか。

救いようのない、こんな俺でも。

「とにかく、やったことは反省しなさい。反省して、やり直すことさえできれば、君はちゃんと強くなれるよ」

「……はい」

涙が溢れる。後悔のしずくだった。それが、とめどなく流れた。
変わらなきゃいけないと、強く思った。

しばらくの間、自室に引きこもった。気付くと夜が来て、夕ご飯だと言われてリビングへ行き食事をして、また閉じこもった。そうして反省をすることが、今の俺にできる最大限の償（つぐな）いだと思った。

また気付けば、朝になっていた。もうとっくに、みんなもこっちへ帰ってきているだろう。今日は、振替休日。天音からの着信は、昨日から鳴り止まなかった。一時間おきに、かかってきた。自宅謹慎をしているんだから、放っとけよ。今は合わせる顔も、掛ける言葉も見つからないんだから。

お昼に、宇佐美から着信があった。天音の連絡を無視して出るのは気が咎めたが、誰かの声が聞きたくて、応答をタップしていた。誰でもいいから、俺をなじって欲しかった。最初に戻るみたいに、死ねと言われても良かった。けれど彼女の第一声は『大丈夫？』だった。

本当に、宇佐美真帆は変わった。その事実が余計に心を刺激して、涙が溢れてきた。

『ちょ、本当に大丈夫……？』

「……昨日よりも、ちょっとは落ち着いた」

『……そっか。天音からは、一向に電話に出てくれないって聞いてるけど。なんで私には出てくれたの？』

「声が、聞きたかったから……」

電話の向こうの彼女が、赤くなったような気がした。もちろんそんな意味で言ったんじゃない。

『天音には、繋がらなかったって言っておくよ』

「ごめん、ありがとう」

『ごめんはいらないから。鳴海くんが言ったんでしょ？』

そうだった。落ち着いた俺は、思わず苦笑した。

「……天音から、事情は聞いたの？」

『ううん。教えてくれなかった。でも、噂で聞いたよ。橋本を殴ったたって』

宇佐美曰く、突然帰宅した工藤春希と、顔に痣ができている橋本康平と、意気消沈している高槻天音という状況証拠から、そんな噂が広まっているらしい。概ね、間違いはなかった。こんな時だけとても正確なのが、なんだかやりきれないと思った。

『それで、なんで殴ったの？』

「許せなかったんだよ」

『天音がなんか言われたから？』

「……いや、もっと個人的な。どうかしてた。だから今、ちゃんと反省してる」

『そっか』

「引いたよな」

『別に。私も橋本のこと叩いたし。だから仲間だね』

冗談を言う時みたいに、笑みを含ませながら宇佐美は言った。そのおかげでちょっとだけ、元気がもらえた。

「天音、結構参ってると思うから。宇佐美が見ていてあげて欲しい。お願いできるかな?」

『言われなくてもそうするつもりだよ。でも鳴海くんがいなくて不機嫌になられても困るから、早めに戻ってきてね』

「……ありがと。橋本は、どんな感じだった?」

『天音と一緒。怖いくらい黙り込んでた。天音と顔合わせる時もあったのに、一言も会話してなかったし。まるで、人が変わったみたいだった』

「そっか……」

『それが原因で、みんな根拠のない憶測ばかり言ってる。また、ちょっと前に戻ったみたいで、なんか嫌だった。前のは、私が蒔いた種だったけど……』

「今回ばかりは仕方ないよ。俺が殴ったんだから。本当に、春希に申し訳ない。また学校を居心地の悪い場所にしちゃった」

『大丈夫だよ。今度は私が、鳴海くんのことも春希のことも助けてあげるから』

「いいよ。宇佐美もいじめられたら、かわいそうだし」

『それで私がいじめられるなら、一緒にいじめられるよ。というか、私の疑惑もまだ解消されてないし。だから、本当に大丈夫。安心して戻っておいで』

何も大丈夫なんかじゃないけれど、宇佐美の優しさが身に染みた。

「ありがとう」

最後にもう一度だけお礼を言って、通話を切った。スマホを机の上に置いて、ベッドに横になる。いろいろと、考えなきゃいけないことがあった。

春希のことと、これからのこと。それと、どんな顔をして天音に会えばいいのかが、未だにわからなかった。元の体に戻るまでに、やらなければいけないことが増えてしまった。元通りになるまでに、全部それを解決することはできるんだろうか。

考えても、ネガティブな未来しか今は思い浮かばなかった。

＊＊＊

「最近、元気ないね」

緑の色鉛筆を持ちながら、病室に来てからずっと上の空のナルミに訊ねる。いつもなら、その辺を散歩しようと誘ってきて、春希を無理やりにでも連れ回そうとするのに。今日は、その気がまるでないみたいだ。

「ちょっと考え事してたんだ」

「考え事？」

「学校で、ついクラスメイトを殴っちゃったんだ」

ついにしては大ごとすぎる告白に目を丸くする。春希は生まれてから一度も、誰かに手を上げたことがなかった。

「……ナルミくんって、いじめっ子なの？」

「いじめたことはないよ。ただ、俺がいじめられてるんだ」

「なんで？　強いのに」

「強くても、いじめられる人はいじめられるんだよ」

「……何か言われたの？」

「なんというか、服装とか髪型とか。キモイんだよって言われてたから、一発殴った」

別に、服装も髪型もおかしなところはないのにと、思う。ナルミがダメだとしたら、特に何も気を使っていない自分は毎日いろいろ言われるかもしれないと思って、余計に学校へ行くのが怖くなった。

「そんなこと言われても、殴っちゃダメだよ」

「なんでさ。世の中、強い奴が正しいんだぜ？」

「手を出す人が、一番弱いよ」

　春希は珍しく、自分の意見をハッキリ言った。するとナルミは眉をきりりと内側に寄せて、近くのテーブルを思い切り強く叩いた。

「俺は弱くなんかねーよ！」

　驚いて、体が震えた。なんとなく、弱いという言葉がナルミにとっての禁句なんだと察した。けれど気付いた頃にはもう遅く、ナルミは何も言わずに病室を飛び出した。

　怒鳴られた春希は、わけがわからなくなって、勝手に涙が溢れた。

　それからお母さんがやってきて、春希は訊ねた。

「どうして、ナルミくんは怒ったの……？」

　お母さんは、笑顔で教えてくれた。

「それは、ナルミちゃんが強くなろうとしてるからよ」

　でも、春希はお母さんから聞いていた。どんな理由があっても、手を上げる人が一番弱いんだと。そう教わっていたから、事実を言っただけだった。間違っているとは、思わなかった。

「僕も、殴られたりしないかな……」

「大丈夫よ。あの子は、ハルのことが大好きだから。でも、今度会った時はね――」

その時春希は、生きていく上で一番大切なことを教わった。けれど、ナルミはもうここには来ないから、せっかく教わったことも、無駄になる。

そう悲観していたけれど、驚くことに次の日もナルミは病室にやってきて「昨日は、ごめん……」と素直に謝ってきた。赤の色鉛筆を持っていた春希は、目を丸くする。

「僕も、ごめん……」

「そうだぞ。元はと言えば、俺のことを弱いって言った春希が悪いんだから」

謝ってきたのに、逆に自分のせいにされてしまった。苦笑いを浮かべつつも、春希はお母さんに教わったことを実践することにした。

それはとても単純なことで、相手とちゃんと話をするということだ。

「ナルミくんは、どうして昨日怒ったの？」

「は？　ムカついたからに決まってんじゃん」

いつもより乱暴に、丸椅子に腰掛ける。けれど今日は病室を飛び出したりはしない。

「そうじゃなくて、強くなりたいの？」

「だから、俺は強いんだって。同い年の男の子にも、普通に勝てる」

「僕は、それを強いとは言わないと思うんだ」

また、怒るかもしれなかった。けれどナルミは、今日は腕を組みながら「どうして？」と訊ねてくれる。

「本当に強い人は、誰も泣かせたりしないから」

「そんなの、俺だって泣かせないよ。春希がいじめられてたら、俺が守ってやる」

「……そうじゃなくて。嬉しいけど、そうじゃないんだよ」

「なんだよ。ハッキリしない奴だな」

拗ねたように言われて、口元をむぐつかせる。それでも今日は、ちゃんと話をすると決めていたから、自分を奮い立たせるために手を握った。

「……本当に強い人は、誰とでも仲良くなれると思う」

「さっきと言ってること全然ちげーけど」

「そうだけど、そうじゃなくてっ！」

上手く言葉にできなくて、情けなかった。気合いを入れるために自分の膝を叩くと、ナルミは「おもしれー奴」と言って笑った。恥ずかしくて、体が熱くなった。

「聞いててやるから。ゆっくり話しなよ」

「……それだよ」

ナルミは、首を傾げてくる。

「殴った相手とも、ちゃんと話をすれば良かったんだよ」

「そんなの無理だぜ？　だって、俺とは全然違うし。キモイって言われたし」

「……でも、僕とナルミくんは全然違うのに、こうやって仲良くできてるよ？」

思い切って言ってみると、目をぱちくりされた。春希にはこれまで友達がいなかったから、そんな簡単なことを言う時でさえ、心臓がバクバクと鼓動した。仲良くないじゃんと、言われるかもしれないからだ。

けれど。

「そういえば、そうだな！」

ナルミは笑ってくれた。春希はホッと胸を撫で下ろす。

「よく考えたら、春希の言う通りかもな。誰かを泣かせるより、泣いてる人を慰めてやれる奴の方が、ずっと強いのかもしれない」

「わかってくれた？」

「でもそれはそれとして、キモイって言われたのは腹立つけどな」

「僕は、全然キモイなんて思わないけど」

思い切って本音で打ち明けてみると、思いのほかその言葉が嬉しかったのか、ナルミは頬を染めて「そ、そうか？」と照れてくる。

「僕、どちらかというと、いじめられるタイプだし。そんな僕に、いつもこうやって話し掛けてくれるの、すごく嬉しいんだよ。だから僕みたいに、みんなとも話せば今よりずっと強くなれると思うよ」

「や、やめろよ。そんなムズムズするようなこと言うの……」

「言うよ。だって僕、ナルミくんのことが好きなんだもん」

好きだと本音を言ったら、もっと喜んでくれると思った。けれど予想に反して、ナルミの表情から途端に明るさが消えた。

「……嬉しいけど、春希が本当の俺を知ったら、たぶん嫌いになると思う」

「どうして？」

「……だってさ、俺、最近あんまり学校行ってねーもん。行っても、保健室とかだし。春希みたいに、病気だから行けないわけでもないのにさ……」

だからいつも病室に来られるのかと、合点がいった。平日の、それこそみんなが授業を受けている時でも、ナルミはここに遊びに来てくれていたから。

「なんで行かないの？」

「みんなが、俺を馬鹿にするから。……ごめん。実は結構、いつも強がってんだ、俺」

急にナルミが泣き出しそうになって、春希はどうしたらいいかわからなくなった。だからとりあえず、腕を大きく広げる。すると泣き顔から一転して、頭の上に疑問符が浮かんだような気がした。

「……何やってんの？」

「寂しい時とか辛い時とか、いつもお母さんが抱きしめてくれてるから……だから、ナルミくんもおいでよ」

「なんだよそれ」

吹き出すように小さく笑ったが、ナルミは大人しく春希の元へ丸椅子を寄せて、腕の中にすっぽりと収まった。やっぱり、この子の体はとてもやわらかい。それからお母さんのように艶やかで綺麗な髪を撫でてあげた。

「落ち着く？」

「……ありがとう」

「ううん。僕も、いつもこうしてもらってるから」

「……今俺が泣いたらさ、春希は弱くなっちゃうのかな？」

「そういうのは、問題ないと思う」

春希は自分が強いとは思わなかった。

ナルミは声を出して泣いたりはしなかったけど、体が少し震えているのが伝わってきた。優しく、その背中を撫でてあげる。

もしかすると、みんなどこかに弱さを抱えているのかもしれないと、幼い春希は思った。

「一緒に、絵を描いてみない？」

いろいろ気になることはあったけど、春希はナルミに多くを訊ねなかった。一緒に遊ぶことで、少しでもその代わりになると思ったからだ。腕の中で、ナルミは言った。

「俺、絵下手だけど。野球とかなら、得意だよ」

「僕も上手くはないよ。野球は動き回らなきゃだから、今の僕には無理かな」

「……下手でも、いいの？」

「もちろんだよ。どうせなら、絵本みたいに描いてみる？」

そんな女の子みたいな遊びは嫌だと、断られる予想はしてた。けれどいつもより素直なナルミは、頷いてくれた。それから隣に来なければ描きづらいかもしれないと思って、少しだけ右にずれる。躊躇うようなそぶりは見せたけど、最終的に靴を脱いで、春希の隣に腰掛けた。

「僕、病気が治ったらナルミくんといろんな場所に行きたい」

「……いろんな場所って？」

「南の島とか。そういうの、無理なのかなって思ってたけど、ナルミくんのおかげで、生きることに勇気が持てるようになったんだ。野球も、ナルミくんから教わりたいな」

春希は茶色の色鉛筆を手に取ると、ヤシの木の幹を書いた。それから緑色で、葉っぱを着色していく。ナルミが隣で遠慮がちに青の色鉛筆を取って、真っ青な海を描いた。それだけで、真っ白だった画用紙の上が南国の島のように見えた。

「……どうせなら、その南の島にウサミミも連れてこうぜ。だって、春希の将来の恋人なんだからさ」

「会えるかな？」

「会うんだよ。春希の病気が治るまでに、なんとかして友達になっとくからさ。一人より、二人より、三人の方が楽しいだろ？」

「うん……」

ナルミはピンク色の色鉛筆で、拙いながらもかわいいウサギの絵を描いた。そして、なぜか黒色の眼鏡を掛けさせる。南の島に眼鏡を掛けたウサギは、どう考えてもおかしいと思ったけど、別にいいやと開き直った。だって、絵本なんだから。ナルミが書いてくれたウサギの上に、春希が『ウサミちゃん』と名前を書いておいた。

「そういえば、名前聞いてなかったね」

「次会った時に聞けばいいじゃん」

「そっか」

それからナルミは、ウサミちゃんの隣にひ弱そうな男の子の絵を描いた。名前は『ハルキ』。

「上手だね。でも、なんだか恥ずかしいな」

「それでさ、春希は俺のこと描いてくれんの？」

恥ずかしさを誤魔化すように言ってから、期待のこもった眼差しを向けられた。

「あんまりかっこ良く描けないけど、それでもいい？」

「ダサくなければ」

要望に応えて、春希は隣に座るナルミを見ながら、かっこ良いとかわいいの中間ぐらいの男の子を描いていった。そうしていると、病室のドアが開く。入ってきたのは、お父さんだった。

「ああ、ナルミちゃん。来てたんだ」

「あの、お邪魔してます……」

「今日はとっても仲良しだね。二人で絵を描いてるんだ？」

「絵本描いてるの」

ナルミを描きながら答える。お父さんは気を使ったのか、荷物を置くとすぐに病室を出て行った。

「ねえ、まだ？」

「もう少し」

「暇だよ」

「そういえば、ナルミくんの名字ってなんていうの？」

答えるのに、わずかな間があった。春希がナルミを完成させた時に、ちょうど答えは返ってきた。

「杉浦」

「スギウラ？」

「うん」

「この病院と同じ名前だね！」

ナルミはぎこちなく微笑んでくる。完成した絵の上には『ナルミくん』と書き記した。我ながら、かわいい子が描けたんじゃないかと春希は思う。隣に座っている子は、いつもかっこいいけれど、今日はなんだかこの絵のようにかわいく映った。

「なんだよ、めっちゃ女みたいじゃん……」

「言いじゃん別に。男っぽくても、女っぽくても。ナルミくんはナルミくんだよ！」

また照れているのか、ナルミは俯いたまま顔を上げなかった。だからいろんな色を追加して絵本に着色していると「春希みたいな奴が先生だったら、きっと楽しく学校に通えたんだろうな……」と呟いた。

言葉の意味が汲み取れず、首を傾げる。すると、今度は声を震わせながら。

「この絵本、もらってもいい……？」

「いいけど、捨てないでよ？」

「捨てるわけないじゃん……」

「それじゃあ、あげる。絶対になくさないでね」

「うん」

画用紙を受け取ると、ナルミはまるで宝物のようにその絵を見つめた。家族以外に自分の絵を褒められたことがなかった春希は、ただそれが嬉しかった。

「……春希はさ、死なないよな？」

「どうしてそんなこと聞くの？」

「だって、心臓の病気なんだろ……」

「治すためにここに来てるって言ったのは、ナルミくんだよね」

「……そうだった」

今日のナルミは、どこか変だ。けれど幼い少年にはちょっとした機微の違いなんてわかるわけもなく、明日も明後日もなんだかんだここへ来て、仲良くできるんだと思っていた。

「とりあえず俺、明日から学校行ってみる。そんで、いろんな人とちゃんと話してみる」

「えらい！」

「そういうわけだから、今度から来られる日は少なくなるかも」

「それは仕方のないことだから、我慢するよ」

学校へ行くと言ってくれて、自分のことのように嬉しかった。そして今日はもう帰るつもりなのか、画用紙を持ってベッドから降りる。こちらを振り返って、にんまりと笑った。

「ありがとな」

「僕の方こそ」

「それでさ、約束して欲しいことがあるんだけど」

「何？」

訊ねると、視線を右往左往させながら、話してくれた。

「俺がちゃんと学校に通えるようになったら、聞いて欲しい話があるんだ」

「それは、今言えないの？」

「うん。だって俺、あんまり強くなかったみたいだから」

それならと、春希は小指を差し出す。

「指切りしようよ」

あの日、そうしてくれたように。今度は春希の方から、近付いてきたナルミに小指を絡めた。

「指切りげんまん嘘ついたらはりせんぼんのーます。指切った！」

ナルミとの契りは、こうして切られた。

帰り際、ナルミは病室のドアを開けてから振り返って、言った。

「言い忘れてたけど、俺も春希のことが好きだぜ！」

吹っ切れたようなその笑みを見て、この子はもう大丈夫だと春希は思った。これから先も、きっとたくましく生きて行くだろう。

あの日に交わした約束は、いつまでも忘れることはなかった。

けれどあの笑顔を最後にして、ナルミは春希の病室を訪れなくなった。

やがて病状が快復していくと共に、退院の日がやってきた。

それでもおめでとうと言ってくれる大切な人が目の前に現れてはくれなくて。

再開の期待を胸に抱き中学へ進んでも、スギウラナルミという子は同じ学校に入学はしてなくて。

大きな手術をして思う存分野球をできる体になっても、ナルミと再会することは叶わなくて。

そうして春希はまた、いつの間にか一人になっていた。

＊　＊　＊

俺は、どこへ行ったんだろう。久しぶりに見た春希の夢の終わりで、思った。

手がかりは、見つからなかった。あの意味深な態度も、春希に話したかったことも、すべてが想像すらできなかった。いったい、俺は何を言いたかったんだ。無事に、学校には通えたんだろうか。

「春希……」

呟くと、ベッドの上に無造作に置かれたスマホが鳴った。明坂からのメッセージだった。確認すると、それはあの日から学校を休んでる俺を心配する内容だった。

《橋本のこと殴ったって噂流れてるけど大丈夫か？　宇佐美も、ついでに姫森も心配してんぞ》

まさか、姫森も心配してくれているなんて。

天音の様子を訊ねてみると、おそらく授業中であるにもかかわらず、すぐに返信が来た。

《めっっちゃ意気消沈してる。全然話さなくなったし。というか、高槻さんも周りからいろいろ言われ始めてるんよ。橋本に浮気したとか、どうとか。もう、意味わかんねーよ。姫森とか宇佐美が、頑張って励ましてあげてるけどよ。橋本も、なんか学校休みがちになったし》

胸が痛んだ。俺が彼を殴らなければ、こんなことにはならなかった。もし過去をやり直せるなら、思いとどまりたかった。けれど悔やんでも、過去は決して変わらないし、戻ることもできない。

一度、天音に連絡を取ろうか迷った。連絡先を呼び出して、通話ボタンを押そうとしたところで、指が動かなくなってしまった。電話を掛けたところで、何を話せばいいかわからなかったからだ。

彼女のことだから、声が聞けただけでも嬉しいと言ってくれるかもしれない。それでも、怖かった。怒っているかもしれないから。

何より、夢で見た子どもの頃の自分から、結局何一つ変われていなかったことが恥ずかしかった。春希と、約束したのに。結局俺はいつまでも弱いままで、誰かを助けることのできるような人間じゃなかった。春希のことも、あの病院に置き去りにした。

何も理由を告げずに。

天音から、また着信が来た。今度は留守番電話サービスに繋がるまでコール音が響いて、耳にも視界にも入れたくなかったから布団でスマホを押し潰した。

「ごめん……」

本当に、ごめん。日に日に申し訳なさは積もっていくばかりだった。

しばらく日にちが空き、また宇佐美から着信があった。ちょうど学校では、お昼ご飯の時間だったようだ。彼女は謹慎中の俺に定期報告をしてくれている。けれど状況は芳しくはないらしい。毎日飽きもせず、クラスメイトが裏でコソコソ俺と天音と橋本の話をしているんだとか。

言葉にはしなかったけど、現状をどうにかしようと頑張ってくれているんだろう。いつかの天音のように。嬉しいけれど、それが原因で仮に宇佐美がいじめられるようなことがあるなら、もうやめて欲しいと思った。この件に、彼女はまったく関与していないんだから。

今日も、その連絡だろうと思っていた。釘を刺すつもりだった。俺のことは気にするな、と。そのつもりだったのに、電話を掛けてきた今日の宇佐美は取り乱した声で。

『天音が、倒れた……！』

頭の中が、真っ白になる。あの健康優良児の天音が、倒れた。病気とは、まったく縁がなさそうなのに。そんな彼女が、倒れた。

「……どうして？」

『二時間目の体育の時間に、過呼吸起こしてっ……！　理由はよくわからないけど、たぶん、ストレスの限界が来たんだと思う……！』

説明してくれる宇佐美も、今にも過呼吸になりそうなくらい息が乱れていた。だから「宇佐美も落ち着け」と、冷静な言葉を掛けることができた。

呼吸を整えた彼女は『……ありがとう』と、落ち着いた声で答えた。

「それで、天音は保健室に行ったの……？」

『……ううん。救急車が来て、病院に運ばれてった……』

それは、重症なんだろうか。天音に限って、そんなことはないと思いたかった。

「……どこの病院に運ばれたのかはわかる？」

『わかんないけど、たぶん杉浦病院だと思う……』

「そっか。ごめん、一回切ってもいい？」

『天音に会いに行ってくれるの……？』

「そのつもり。会えるかは、わからないけど」

『……それじゃあ、もし会えたら後で大丈夫だったか聞かせてね』

「わかったよ」

電話を切ると共に、久しぶりに外出する服装へ着替えた。自宅謹慎中だから、本当は外出もしたらダメだけど。さっきの話を聞いて、大人しく部屋に閉じこもって反省し続けるのは無理だ。

家を飛び出して、杉浦病院へと走った。久しぶりの運動で体がなまっていて、足がもつれてころびそうになった。それでも、ただ走った。

杉浦病院のエントランスをくぐると、以前もかいだ消毒液の臭いが鼻をついた。嫌な臭いだけれど、そんなことに構っている暇はない。とにかく行き当たりばったりでここへ来てしまったが、向かう場所は決めていた。

ひとまず、ナースステーションへ行く。仮に天音が入院するのだとしたら、お見舞いだと一言伝えれば通してくれるかもしれない。とはいえ、二時間目に倒れたということだから、大ごとになっていたとしたら、今は会えない可能性の方が高い。その時のことは、考えていなかった。

「君、ちょっと待ちなさい」

帰宅する人たちがひしめき合っているロビーで、誰かに呼び止められた。振り返ると、そこには白衣を着た天音のお父さんが立っていた。

「あ、こんにちは……」

「偶然ではなさそうだね。もしかして、お見舞いに来てくれたの？」

ちょうどいいと思った。頷くと、それ以上は何も言わずに「おいで」と手招きされる。おかげでナースステーションをパスできた。病院の廊下を歩きながら、訊ねる。

「天音は、大丈夫なんですか？」

「持病を患ってるとかじゃないからね。疲労が溜まってたみたいで、それが突然爆発したらしい。今は落ち着いてるけど、妻が心配しているから念のため検査入院させることになったんだ」

「そうですか……」

安心した。もう会えなくなるといったような、最悪の事態になっていなくて。

「学校、抜け出してきたの？」

「いや……実は、自宅謹慎中で」

「へぇ、何か悪いことでもやっちゃった？」

「……クラスメイトを、殴りました」

「そうか。もしや、天音くんが最近元気ないのは、それが関係してるのかな？」

鋭い。そして、この人は娘の不調を察せられるほど、最近はちゃんとコミュニケーションを取っているらしい。上手くやれているようで、場違いにも安堵した。

お父さんと一緒にエレベーターへと乗り込み「すみません……」と謝罪する。

「どうして謝るんだい？」

「天音が倒れたのは、たぶん俺のせいです。余計な負担を、掛けてしまったので……」

「残念だけど、それは自惚れだよ。春希くん」

「……どういうことですか？」

「君の今回の件で、瞬間的に強いストレスがかかってしまったのかもしれないけど、そんなことで倒れたりするほど、あの子は弱くないんだ。自分で自覚してしまっているのがとても申し訳ないが、抱えている爆弾を爆発寸前まで持って行ったのは、僕と、それから妻のせいなんだよ。数年間、僕らは家庭で娘にストレスを与えすぎてしまった。いつ爆発してしまっても、おかしくはなかったと思う。君のおかげで、最近は少しだけ持ち直していたみたいだけど」

だから、君だけが悪いわけじゃないんだよ。安心させるように言って、お父さんは右肩に手を乗せた。引き金を引いた事実に変わりはないけれど、少しだけ心が軽くなったような気がした。

「それに、君にはとても感謝しているんだ。今も、昔もね」

「昔、ですか？」

「芳子さん……いや、妻にこの前聞いたんだけど、子どもの頃に君は、天音くんと遊んでくれていたんだろう？」

曖昧に頷く。そんな話は、一度たりとも天音の口から聞いたことがなかった。勝手に、春希とは高校に上がってからの付き合いなんだと思っていた。

「大変だったろう。子どもの頃の彼女は」

「今も、十分大変ですけどね」

今のは失礼だったかもしれない。けれど、笑ってくれた。

エレベーターを降りて、またしばらく廊下を歩く。それから病室の前で立ち止まった。見ると、入院患者のプレートには『高槻』と書かれていた。

「とにかく、君には本当に感謝してる。反省しなきゃいけないことはあるだろうけど、僕は君たちの交際に反対なんてしないから、安心してくれていい。むしろ包み隠さずにちゃんと話してくれて、好感が持てたよ」

「……ありがとうございます」

お礼を言うと、お父さんは病室のドアを三回ノックした。返事はなかったけど「入るよ」と言って、ドアをスライドさせる。うかがうように中を覗き見ると、その部屋のベッドで天音が病院服を着て座っていた。

俺には、まだ気付いていないようだった。

「さっき、病室にお母さんが来てね。すごく、泣かれた」

「へぇ、そうなんだ」

「倒れてしまうくらい、ずっと追い詰められてたんだねって。気付いてあげられなくて、本当にごめんなさいって、謝られた……」

「芳子さんは、天音くんのことを放任してはいるけれど、蔑ろにはしてないよ。少し前までは、どうすればまた話せるようになれるのか、僕に相談してくれていたからね」

俺は黙ったまま、親子の会話を聞いてしまっていた。また、盗み聞きしてしまった。これ以上は、聞かない方がいいのかもしれない。耳を塞ごうとしたら、お父さんが「その話は後で聞くとして。さっき、ロビーで見かけたんだ」と、俺の出るタイミングを作ってくれた。

一度深呼吸をして、少しだけ腰をかがめながら病室の中へと入った。

「……久しぶり、天音」

文字通り、彼女は固まっていた。ぽかんと口を開いたまま。

怒られると思った。また、嫌みを言われると思った。

けれど彼女は、そのまま涙を流し始めた。

だから俺はやっぱり、どうすればいいか、わからなくなってしまった。

天音の涙が止まった頃には、既にお父さんは席を外してくれていた。病院の個室にいるのは、俺と彼女だけ。さっきお母さんが来たと言っていたけど、おそらくもう帰ったんだろう。

何から切り出したらいいのか、何を言えばいいのかがわからなくて、せっかくここまで来たのに頭が真っ白になって、沈黙だけが続いた。顔を合わせれば、どれだけだって言葉が出てきたはずなのに、それが懐かしい過去のように思えて、辛かった。

だから俺は、なんとかして言葉を絞り出す。

「……ごめん。電話に出なくて」

「ちゃんと、ご飯食べてた？」

「……うん。お父さんが用意してくれてて」

「そっか。それなら良かった」

何が良かったんだろう。天音は、ストレスで倒れてしまうほど追い詰められていたのに。俺は、ただ家でのうのうと生きていて、正直、恥ずかしかった。

「……ごめん、天音」

「そんなに謝らないで」

「ごめん……」

「もう」

困ったように笑う。なんでそんなに優しいんだよ。恨み言の一つでも吐けばいいのに。人を殴るような奴とは話したくないと言えばいいのに。なんで、そんなに……。

「私の方こそ、ごめんね。私と康平のことで、杉浦くんが謹慎になっちゃって」

「なんで……」

なんで自分のせいとか言うんだよ。傍目から見ても、どう考えたって明らかに俺が悪かったのに。どうして、こんなどうしようもない奴のことを、かばおうとするんだ。

「だって、私のために手を上げてくれたんでしょう？」

頭の中で、あの日のお父さんの言葉がリフレインした。

人は誰かのために、殴ったりはしない。

気付けば俺は真っ白な布団の上に手を置いて、土下座をするように頭を下げていた。

「違う……違うんだよ天音……！　あいつを殴ったのは、俺のせいなんだ……！　俺がむかついたから、手を出したんだ……！　だから、俺を責めてくれよ！　なんで君が、余計なものまで背負おうとするんだよ……！」

子どものように、みっともなくわめいた。嫌われるには十分すぎるほど気持ちが悪いおこないをしたというのに、天音は俺の頭に手のひらを乗せてきた。あまつさえ、優しく撫でてくれた。

「間違えることは、誰にだってあるよ」

「だから、違うんだ！　俺は、子どもの頃にもクラスメイトの子を殴ったんだよ……！　昔から何も変わってないんだ！　夢で、見たんだ……」

「また、春希くんの夢を見たの？」

「ああ……俺、何も言わずに春希の前から姿を消したんだ……一人ぼっちにした。約束したのに……！　だからきっと、あいつも怒ってるよ……」

「春希くんは、やっぱり怒ってるのかな？」

「怒ってるよ、きっと……」

「それじゃあ、ちゃんと謝らなきゃ」

「無理だ……どこにいるのかも、わからないんだから」

顔を上げると、天音と目が合った。申し訳なさで、胸がいっぱいになる。こんな話をするために、ここまで来たわけじゃないのに。

俺はいったい、何がしたいんだ。どうしてここにいるんだ。なんで、いつまで経っても元の体に戻れないんだ。もっと早く戻れていれば、こんなことにはならなかったかもしれないのに。誰でもいいから、教えて欲しかった。

「ごめん……本当に、ごめん……」

「謝らなきゃいけないのは、私の方だよ」

「だから、なんでそんなことというんだよ……！」

「私は、とんでもない嘘つきだから」

「嘘つき……？」

訊ね返すと、頷いた。天音は、嘘が嫌いなはず。だから嘘つきのはずがなくて、これもまた俺の罪悪感を減らす気遣いなんだろうと思った。

誰かのために吐く、優しい嘘。そう、思っていた。

天音が、その言葉を口にするまでは。

「私、春希くんがどこにいるのか、本当は知ってるの」

飛び出した内容は、罪悪感で押し潰されそうになっていた俺の頭を真っ白に塗り替えるには十分すぎるほどで、一瞬彼女の発した言葉の意味さえ見失っていた。だから、頭の中で唱えるように反芻した。

春希が、どこにいるのか知っている。

「……嘘だろ？」

「本当だよ。実は、修学旅行が始まるよりも前から知ってた」

「冗談だよな……？」

「正直、確証は今もないけど。私なりに、これまでいろいろ調べてたの。杉浦くんには、ずっと内緒で」

「調べてたなら、教えてくれよ……！」

「ごめん。中途半端に教えたら、それこそ混乱するだけだと思ったから」

責めるような言い方になってしまったことに気付いて、また自分を恥じた。本当に俺は、学習しない奴だ。どれだけ彼女を傷付ければ気が済むんだ。

「話を戻すけど、杉浦くんは、春希くんと会わなくなる時までの記憶を、もう夢で見たんだよね？」

「……ああ。俺、何も言わずにいなくなった。本当に、無責任な奴だったんだ……」

「それは本当に、私もそう思う」

ハッキリ言ってくれることを望んだはずなのに、いざストレートに言われると辛かった。消えてしまいたいとさえ、思った。

「……それで、春希はどこにいるんだよ？」

「私が最初に想像していたより、ずっと近くにいたよ。正直なところ、過去から来たんじゃないかと思ってたから」

「そんなの、無理だろ……いや、体が入れ替わるのも無理があるけどさ……というか、そんな近くにいたなら、天音は会ったりしなかったの……？」

「実際に会って、話をしたことはあるね」

いまいち信用できなかった。事実ならとても喜ばしいが、春希と実際に会って俺に話さない理由がわからない。会わせない理由も。隠す必要なんて、ないはずなのに。

そこまで考えて、ある一つの推測が思い浮かんだ。

「もしかして、会わせられない理由があるの？」

「当たらずといえども、遠からずかな」

「……そろそろ、もったいぶらずに教えてくれよ」

催促すると、天音は一度姿勢を正した。それにならって、俺も椅子に座り直す。

「DIDだよ」

「……DID？」

呟いた言葉の意味は、もちろんぴんと来なかった。しかし、最近どこかで聞いたことのある言葉だ。あれは確か、みんなで学問の神様が祀られている神社へ行った時。

宇佐美が拾った天音のメモ帳に書いてあったという、アルファベット。

あの時は、知らないと言ったはずなのに。

「それ、何かのお店の名前？　そこに行けば、春希はいるの？」

「Dissociative Identity Disorder」

とても聞き取りやすい発音で、天音はDIDという言葉を略さず発した。しかし、特別英語が得意じゃない俺には、何のことかわからない。だから、首を傾げると。

「解離性同一性障害」

「……は？」

「多重人格って言った方が、わかりやすいかも」

唖然(あぜん)とした。馬鹿げている。もったいぶった答えに、落胆すらしてしまった。

「多重人格って……ありえないだろ。それじゃあ、俺が見た夢は全部ニセモノだったっていうのかよ？　作り込まれすぎだろ」

「落ち着いて」

「落ち着けるわけないだろ!!」

「それでも、落ち着いて聞いて欲しいの。全部、正直に話すから」

思わず、手近にあったテーブルを手のひらで叩いてしまった。天音の体が、びくりと震える。また、やってしまった。けれど、止まれなかった。さすがに、言っていることの意味が、わからない。

「なあ、意味わかんないよ……俺、笑えばいいの？　ごめん、机叩いて。でも、本当に、何言ってるかわからないんだ。多重人格って、どういう意味だよ……？　夢の中の男の子だって、スギウラナルミって名乗ってたんだぜ……？」

「それ、偽名なの」

「は？　偽名？　なんで、そんなことが天音にわかるんだよ。見てたのかよ。あの場所には、俺と春希しかいなかったんだぞ」

「違う。ずっと、君は勘違いをしてたの」

まさか、こんな大事な時にジョークを言うような奴だったなんて。

錯乱していると、天音が俺の手のひらを握ってくる。暖かいものが、手のひらを通じてじんわりと体の中に広がっていった。

「全部話すって、約束したから。しばらく、私の昔話に付き合って」

気付けば、俺は頷いていた。いつ、そんな約束をしたんだろう。わからなかったけれど、いつの間にかほんの少しだけ冷静になっていた。

だから、彼女の話す言葉にそっと耳を傾けた——

＊　＊　＊

成海天音。

それが、子どもの頃の私の名前だった。当時はお父さんとお母さんと、私と弟の四人で暮らしていた。夫婦仲は、物心のついた頃からあまり良くはなかった。

弟の春音と私はとても仲が良くて、一緒にスポーツをして遊ぶことがよくあった。私の方が歳は上だったから、いつも教える側に回っていた。野球をする時も、ドッジボールをする時も。

けれど、そんな風に外で遊ぶことは、次第になくなっていった。とても単純な理由だった。弟の春音が病を患っていたからだ。病状が悪化したことにより、杉浦病院に入院することになった。とても重い病気だということは、お母さんの憔悴しきった様子で察していた。

治るの?とは、聞いちゃいけないような気がした。お父さんもお母さんも、あまり病気のことを私に話したがらないから。だから、強くならなきゃいけないんだと子どもながらに理解した。二人で背負うよりも、三人で背負った方が、心は軽くなると思った。

けれど、もともと悪かった夫婦仲は、弟の病気の悪化を境に崩壊の一途を辿った。毎日病院へお見舞いに行くお母さんと、現状から目を背け続けるお父さん。心は、いつもすれ違っていた。

当時、私はお父さんが別の女性と仲良くしているのを知っていた。家に帰ってきた時に、お母さん以外の女性の匂いがすることがあったからだ。それを、お母さんが知っていたのかはわからない。ただ、怒る時にヒステリーを起こすことがよくある人だから、お父さんは疲れてしまったんだろうなと、子どもながらに察した。

春音の病気が良くなることはなく、日に日に生命の期限を奪っていくかのように悪化していった。これまでよりも強い薬を体に入れることになって、そのせいで髪の毛がすべて抜けた。ツルツルになった頭を私に見せて、春音は言った。

「僕、頑張るから。病気が治ったら、あまねぇとまた一緒に遊びたい。野球したい」

病気を患っているのに、春音は誰よりも強かった。だから私も負けちゃいられないと思って、お母さんにお願いして、当時伸ばしていた髪を理髪店で剃ってもらった。鏡に映った私は、思いのほか男の子のような見た目をしていた。

翌日、春音にまん丸になった頭を見せると、最初は驚いて目を丸くしていたけど「変なあまねぇ！」と、久しぶりに笑ってくれた。それがただ純粋に、嬉しかった。

女の子のままじゃ強くなれないと思った私は、それから男の子のように振舞うようになった。それがまた春音は嬉しかったらしく、同い年の男友達ができたみたいだと言ってくれた。だからこれからも髪の毛は伸びてきたら切って、男っぽく振舞うことに決めた。

けれど小学校のクラスメイトたちは、そんな風に変わってしまった私を嘲笑して、いじめた。女の子は、女の子らしく振舞っていないとおかしいみたい。頭では理解していたけど、切った髪が一晩で元に戻ることはないし、何より他の誰かのためじゃなく弟のためにしていたことだったから、私は開き直っていた。

それでもいじめに耐え切れなくなって、私はだんだんと学校へ通わなくなった。気付けばいつも、お母さんと一緒に春音のお見舞いに来ていた。お母さんは、『天音が春音のためを思ってやっていることは、絶対に間違ってないよ』と肯定してくれた。だから、自分のやっていることは正しいのだと、疑いもしなかった。

私の仕草や言葉遣いは、日に日に荒っぽくなった。それが強くなることなんだと信じて止まなかった。強さの意味を履き違えていることを、誰も教えてはくれなかった。お父さんは別の女の人を見ていたし、お母さんは私よりも春音のことを見ていたから。健康な私は、誰にも相手にされていなかった。

春音の病気は、現状を維持することはできても、快復には向かわなかった。命の秒針は刻一刻と終わりの時に向かって動き続け、見ていることに耐え切れなくなった時は病院の屋上で新鮮な空気を吸った。春音は起きている時間よりも、寝ている時間の方が多い時もあった。そんな春音はきっと、誰よりも頑張って病と闘っていた。

ある時いつものように屋上へ行ってみると、そこに一人の男の子がいた。屋上の手すりにつかまって、地上を見下ろしている。飛び降りるんじゃないかと思い怖くなって、気付けば私は話し掛けていた。

「おいお前、そこで何してるんだよ」

彼の名前は、春希くん。当時は、男のくせに女の自分よりも弱っちい奴だと思っていた。けれど、初めて同年代の男の子に抱き留められた時、不覚にも心がざわついた。

そんな春希くんに「お前って言うの、やめてほしい……」と言われた。私は初めて、自分の言葉が他人を傷付けるぐらい荒っぽくなっていたことを自覚した。だから、それからは一度たりとも、誰かのことを『お前』と呼ぶことはなかった。

春希くんには、自分の名前は『成海』だと自己紹介した。『天音』と言ってしまえば、すぐに女だとバレてしまうからだ。男みたいな振る舞いをしているのに、名前はどう読んでも女の子にしか見えなくて、当時はかなりのコンプレックスだった。

春希くんに会いに行くのは、春音が眠っている間の暇潰しみたいなものだった。眠っている間は病室にいてもやることがなく、薬剤を体に取り込むための管が弟の体に付いているのを見るのは苦手だった。

彼と話をするのは、当時の私にとっては唯一の心休まるひと時だった。学校のことも、家族のことも、弟のことも考えなくていい、かけがえのない時間だった。

けれどいつかは本当のことを話さなきゃいけなくて、その日が来るのがとても怖かった。春希くんにまでクラスメイトの子たちと同じように嫌われてしまえば、本当に居場所がなくなってしまう。彼は人を容姿で差別しない人だとわかっていても、嘘を吐いていた事実に変わりはないのだから。

私は、春希くんのお母さんのことが大好きだった。もちろん産んでくれたお母さんも大好きだけど、怒らないし、いつもニコニコしているし、前に杉浦くんが言っていたように、他所の家の子だというのにリンゴを剥いて食べさせてくれた。だから、春希くんに本当のことを話す前に、お母さんには事実を打ち明けておこうと決めた。

本当は春音も入院しているから、トイレの場所はわかっていたけれど、知らないふりをしてついてきてもらった。歩きながら、病気を患っている弟がいることを教えると、やっぱり自分のことのように心配してくれた。お父さんは、お見舞いにすら来ないというのに。

だから本当の性別を明かしても、この人なら大丈夫だと思った。女子トイレに入り用を済ませて出てくると、予想通り驚いてはいたけれど、すぐに持ち直して「ナルミちゃんだったんだね」と、笑顔で言ってくれた。その後私は、お母さんに抱きしめられながら、ちょっとだけ泣いた。

病室へ戻る時、春希くんに隠していることを全てお母さんに打ち明けた。相槌を打って、真剣に話を聞いてくれたから、世の中には自分のことを気持ち悪いと思わない人もいるんだということを知った。当たり前のことだけれど、当時の私の世界では、家族しか私を認めてはくれなかったから。

同い年の子の中にも、春希くんのお母さんのように話を聞いてくれる人がいるかもしれない。だから、ずっと休みがちだった学校へ復帰することを決めた。

けれども久しぶりに学校へ行っても状況は変わらなくて、むしろ腫物を扱うように接された。上履きを隠されたり、ノートに落書きされたり。だからひっそりと息をするように学校生活を送った。

その生活に限界が来たのは、陰で私の悪口を言っている男の子を見つけた時だった。頭に血が上って、顔を殴った。すると、相手は驚くほど素直になった。勝てない相手だとわかると、人は従順になることを知った私は、強くなるということをさらに履き違えてしまった。殴ったことは当然問題になって、学校へ来たお母さんが頭を下げた。

私は、形だけの『ごめんなさい』をした。

「辛かったら、無理に学校へ行かなくてもいいのよ」

家に帰っても、叱ったりせずにお母さんはそれだけ言った。それだけ言って、病院へお見舞いに行く準備を始めた。だから私は、もっと大きな勘違いをした。誇らしかった。強くなれたんだと思ってしまった。

けれど病室で春希くんに得意げに話すと、それは決して強くはないと反論された。

私は自分が正しいと信じて疑わなかったから、聞き入れることなく病室を飛び出した。すると、偶然にも春希くんのお母さんとすれ違った。この人なら、わかってくれると思った。だから殴ったことと喧嘩をしたことを伝えると、初めて「そんなことは、しちゃいけないのよ！」と怒られた。むっとした表情をされただけだったけど、それでも普段のニコニコ顔じゃなかったから、自分が悪いことをしてしまったんだとようやく自覚した。

「明日、もう一度ハルと話をしなさい。イライラしても、逃げずにね」

春希くんのお母さんからはそう言われただけで、正直もっと怒られると身構えていたから、むしろ拍子抜けしてしまった。

今にして思えば、あの時言われた言葉が、生きていく上で一番の大切なことだった。その日お母さんと別れる時、独特な別れの挨拶をされて真似をしてみた。すると笑顔になってくれて、それからなんとなく、私はそれが癖になった。

翌日、もう一度春希くんと面と向かって話をした時に、初めて人とわかり合えたような気がした。それまでの私は、自分のことを理解して欲しいと思うだけで、話をすることを放棄していた。だからこそ、これからはちゃんと相手の話を聞こうと反省した。

無事に学校へ通えるようになったら、本当の自分のことを春希くんに話そう。

決意が鈍らないように、指切りをして約束した。好きだと言われて、心の底から嬉しかった。男の姿をしている自分は、気持ちが悪いとしか言われてこなかったから。

春希くんはたぶん、裏切るということをしない人なんだろう。

だから、自分と向き合うことに、勇気を持てた。

けれどそれからすぐに春音の容体が急変して、そのまま亡くなってしまった。張り詰めていた糸がぷつんと千切れるように、お父さんとお母さんは離婚した。まるで、春音が亡くなるのを待っていたかのようだった。

たった一人の弟がいなくなって失意に沈んでいた時に、どちらについていくのかを訊ねられた。選ぶことなんてできなかった。曲がりなりにも、これまで一緒に過ごしてきた家族なんだから。けれど、お父さんがいつかまた一緒に暮らせるようにすると言ったから、今だけはお母さんについていくことに決めた。

あまり時間を空けずに、お母さんは別の男の人と再婚した。お父さんとの約束は、いったい何だったんだろう。私は名字が二回変わって、高槻天音になった。新しいお父さんは、弟が入院していた病院で小児科医をしている人だった。それを知った時、私は子どもながらに複雑な思いを抱いた。

新しいお父さんには、どうしても懐くことができなかった。他人同然の人がいきなり家に上がり込んできたのを、受け入れろと言われても無理な話だ。それでも仲良くなろうと手を差し伸べられたけど、ことごとくを拒絶した。どうしようもないほどに、私は子どもだった。

残りの小学校生活は、家に引きこもってやり過ごした。いつの間にか、短かった髪は伸びきっていて、成長と共に男っぽく振舞っていた面影なんて綺麗さっぱり消えていた。それでも久しぶりにお父さんと話をする時、私のことは以前と変わらず天音くんと呼んできた。

今にして思えば、新しいお父さんは、私が男っぽく振舞っていたことを、ずっと許容してくれていた。

小学校の卒業式には参加しなかった。思い出なんて、何もなかったから。

いつものように部屋に引きこもって片付けをしていたら、偶然にも押し入れの中にしまい込んだままの画用紙を見つけた。それは、前に春希くんと一緒に描いた、たった一枚の宝物だった。当時を思い出して、涙が溢れた。彼との思い出だけが、私にとっての唯一の支えだった。

もしかすると、春希くんも同じ中学に入学するかもしれない。だからまた、中学に上がってから頑張ってみようと思えた。

けれど、何もかもやり直すつもりで入学した初日から、既にこれからの生活のやる気は完全に失われていた。すべてのクラスをそれこそ三周くらいは確認したけれど

『工藤春希』という男の子の名前がなかったからだ。入る中学を間違えてしまったとさえ思った。

それでも、同じクラスには『宇佐美真帆』という女の子がいた。話し掛けようとしたけど、何と説明すればいいか迷った。男みたいに振舞っていたから、打ち明ければ気持ち悪いと言われるかもしれない。だから何も言えなかった。けれど真帆がいたおかげで、中学校へ通うことに意味を見出すことができた。クラスメイトの中には、小学生の頃に話したことがある人もいた。またいじめられるかもと不安だったけど、驚いたことにみんなが初めましてと私に挨拶してきた。よく考えてみれば、名前も成海から高槻に変わっているし、あれから髪も伸びている。中学は私服ではなくセーラー服だから、男っぽさなんて微塵も感じられない。話し方も、入学する前に少女漫画を読んで矯正した。だからみんな、いじめてた成海だとは気付かなかった。

ちょうどいいと思った。すべてをやり直すには、最高の環境だった。だから、春希くんや春希くんのお母さんから学んだように、ちゃんと相手と向き合って、会話することを心掛けた。苦手な人でも、話をしてみればわかり合えることにようやく気付けた。いつの間にか、クラスメイトのみんなと、私は友達になれていた。

『橋本康平』とは、特別周りの人たちよりも仲良くなった。よく話していた私は、付き合ってるんじゃないかと噂されたけど、そんな事実はない。特別な感情も抱かなかった。優しいけど、中学生になって恋心というものを理解した時、あの頃春希くんに抱いていたものがまさしくそれだったことに気付いてしまったのだ。

けれど私は真帆と春希くんの仲を応援していた立場の人間で、勝手に一人で過去の二人に嫉妬した。そんな真帆とは、たまに話をする程度の関係は築けていた。

ある時康平から、一緒にショッピングモールへ遊びに行かないかと誘われた。いつもは顔色変えずに話しかけてくるというのに、その日は頬を赤くさせていて、了承した後にデートの約束だったんだと気付いた。

とはいいつつも、ショッピングモールのフードコートでご飯を食べて、その辺をぶらぶらするだけの計画だった。一端の中学生に財力なんてものはないため、交通費と食事代だけでお小遣いは吹き飛んでしまう。だから結局はいつも通り話をして、頃合いを見て解散をするだけだと楽観していた。

事件は、二人でゲームセンターを回っていた時に起きた。少しだけお金が余ってるから、ユーフォーキャッチャーでもしようよと彼が提案した時、私は視界の端にとてもよく見知った人物を捉えてしまった。

その人は、私の知らない女性と手を繋いで歩いていて、その女性はまだ生まれたばかりの赤子を胸に抱いていた。呼吸が、だんだんと荒くなっていった。逃げ出したくて、目をそらしたくて、それでもどうすることもできなかった。

「天音？　大丈夫？」

康平が、私のことを心配してくれる。その声があの大人にも聞こえていたのかはわからないけど、なんと間の悪いことにこちらを見た。目が合って、そらされる。気まずそうに、連れの女性に何か話し掛けて、方向を転換しどこかへ行ってしまった。

いつかまた、一緒に暮らそう。

心のどこかで、まだその言葉を信じていたのかもしれない。だから明確に裏切られていたことを知った時、忘れたかった在りし日の思い出が濁流のように押し寄せてきて、私の修復しかかっていた心を一気に飲み込んだ。思わず、その場にうずくまった。

「ちょっと、天音……？　本当に大丈夫……？」

背中をさすってくれる。

嘘を吐かれた。家族だった人に。お父さんだった人に。

家族を捨てて、また新しい家族を作っていた。気持ちが悪いと思ってしまった。あの言葉は、私を捨てるための体の良い言い訳だった。家族のためだと言ったのに、結局は自分のためだったんだ。

私は新しい家族と何も上手くいってないのに。お母さんとも、上手くいってないのに。模範とならなきゃいけない大人ばかりが幸せになっている。それが、許せなかった。いずれ壊れる関係なら、そこに愛という尊い言葉を持ち出さないで欲しかった。

生まれてきた子どもが、理不尽に苦しい思いをしてしまうから。

過呼吸を起こしそうになった時、どうすればいいのかバスケ部で教えてもらっていたのか、とにかく康平のおかげで呼吸を落ち着かせることができた。それから近くの椅子に座って休ませてもらい、ほんの少しだけ彼に愚痴を吐いた。

お父さんが浮気をして、一家が離散したこと。お父さんに嘘を吐かれたこと。怒る時、お母さんがヒステリーを起こすこと。たまに顔を合わせる時、口癖のように母から「将来は、医者になりなさい」と言われること。新しい子を妊娠していること。家庭に、居場所がないこと。さっき、お父さんだった人と目が合って、そらされてしまったこと。

何年か分の溜まっていた思いを、もちろん話せないこともあったけど、吐き出した。そのおかげで少しは楽になったけど、私を見る康平の瞳の色が変わってしまったことに気付いた。

かわいそうなものを見る目になってしまった。

「お前は今まで、本当に辛い思いをしてきたんだな……」

悪気なんて、なかったんだろう。そこにあったのは、好きな人を助けてあげたいという、ひたむきで真っすぐな尊い気持ちだけ。

それがたまたま、あまりにも事情が深刻だったから、誰かが支えてあげなきゃいけないんだという、強迫観念にも似た思いに取り憑かれてしまった。私が彼を変えてしまった。本当は最初から自覚していた。全部、私が悪かったんだって。

だから彼が傷付いたりしないように、接し方は変えられなかった。告白されて、何度も振り続けている間に、いつか彼が新しい人を好きになって欲しいと願った。

そしてもう誰にも、家族の話はしないようにしようと、心に決めた。

ヘアドネーションという言葉を知ったのは、中学二年生の頃だった。病気で髪が抜けてしまった子どものために、髪を寄付してウィッグを作る取り組みがあるらしい。

私はその日、迷わずお父さんに話をした。お医者様をやっているから、すぐに理解は得られた。髪を切りに行く時、話し掛けてくれたのが嬉しかったのか、仕切りに話が途切れたりしないように会話を繋いでくれた。

悪い人ではない。ずっとそう思ってはいたが、口が滑って、いつからお母さんと知り合っていたのかを聞いてしまいそうで、あまり長くは話せなかった。今となってはもう、浮気じゃなかったと知ってはいるけど、ここ最近まで私はずっと二人の出会いを疑っていた。

長かった髪をバッサリと切り落とした時、クラスメイトからは心底驚かれた。それでも、もう馬鹿にしてくるような人たちはいなくなっていた。

そのようにして、しばらく経って高校受験が控え始めた頃、行きたい学校のなかった私は真帆との関係を途切れさせたくないという理由だけで、同じ学校に進学することを決めた。特別仲の良い関係ではなかったから、志望校を聞いた時は不審がられた。そして康平や風香も私にくっついてきた。私がいるからという理由だけで志望校を決めるのはいかがなものかと思ったけど、完全にお前が言うなという話だから、彼らの意思に任せることにした。

そうして無事に合格して始まった高校生活で、ついにその時が来た。

貼り出されたクラス分けの紙に、工藤春希という名前が刻まれていた。思わず、泣きそうになった。クラスは、違ったけれど。

「天音とは、今回も同じクラスだな」

いつの間に隣にいたのか、康平がそんなことを呟いた。よく見てみると、確かに同じクラスだった。そうして一筋こぼれた春希くんへの涙を拭うと「おいおい、泣くほど嬉しかったのかよ」と彼は嬉しそうに笑った。

真帆とは、偶然にも同じクラスだった。けれど眼鏡を外してコンタクトに変えていたから、別人のようだった。中学では目立たない存在だったのに、積極的にクラスメイトたちに話し掛けて仲良くなろうとしていたから、なんだか、かわいいなと思った。昔の私を見ているようだった。

春希くんと廊下ですれ違った時、自分の中に芽生えていた恋心が勘違いじゃなかったことを確信した。同時に、この数年でいろんなことが変わってしまったから、気付かないだろうなと思った。案の定、すれ違って目もあったのに、彼は気付いてくれなかった。仕方がないけれどちょっとだけ……いや、かなり寂しかった。

あの日から料理を覚えたことも、女の子みたいに髪を伸ばしたことも伝えたかったのに。

好きな人に話し掛けるのは、勇気がいることのようだ。彼はいつも一人でいるから、話し掛けるタイミングなんてそれこそいくらでもあったのに、結局高校一年は一度も会話を交わすことなく終了した。

終業式の日、康平が真帆に告白されたらしい。

それを私は、本人から聞いた。振ったことも伝えられた。暗に、私のことが好きだから振ったと言っているようだった。しばらくして仲の良い友人から、工藤春希が真帆の傷心に付け込んで、アプローチを仕掛けたらしいという噂話が流れてきた。

すぐに、そんなはずはないと思った。その根拠のない噂は、しかし瞬く間に拡散されていった。だからそんな噂が流れてくるたびに、騒動を鎮火させるための言葉を投げ続けた。それでも、一度炎上してしまったものは、簡単に消えたりしなかった。

新学期が始まって早々、春希くんに対しての陰湿ないじめが始まった。悲しいことに、真帆もそれに加担してしまっていた。

過去にあった自分に対するいじめは、結局のところ異分子を排除したいという意思が一番強くて、そんな時だけ普段あまり仲の良くない人までもが一致団結する。皮肉なことに、中高生が一番結束力の高まる瞬間は誰かをいじめている時で、関係ない人までもが春希くんに嫌がらせをした。冷たい視線を向けた。いじめられるようになったきっかけを、知らない人もいるんじゃないか。一度膨れ上がってしまった悪意は、もう私一人の力ではどうすることもできなかった。

修学旅行の実行委員が私と春希くんに決まった後、空き教室で彼と話をした。

「私、あんな噂話は信じてないから。ここで話したことも、別に誰かに話すつもりもないし。普通にしてていいんだよ」

「……ごめん」

それから真実を知るために優しく問い掛けると、彼は話してくれた。

「……たまたま、宇佐美さんが昇降口で男の人に告白してるところに出くわしちゃって。それで、宇佐美さんが泣いてたから、慰めようとしただけなんだ。でも、やっぱり僕も悪いよ。勘違いされるようなことをしちゃったから……」

そんなことだろうなと、最初からわかっていた。優しい彼が、人の弱みに付け込むはずがないんだから。

勘違いというよりも、真帆は気が動転していたんだろう。

「真帆を慰めたのは、やっぱり昔馴染みだったから？」

訊ねると、小さな目が見開かれた。

「……誰にも、話してないんだけど」

「だって私、春希くんとあの頃ずっと一緒にいたから」

「……え？」

「スギウラナルミだよ。覚えてない？」

「ナルミくん……？」

その名前で、確信したんだろう。彼は突然、涙を流した。私は、春希くんが泣き止むまで待ってあげた。泣き止んだ後、彼だけに、ありのままの自分をさらけ出した。本当に、全部明かした。私が学校に行けるようになったら打ち明けると、ずっと昔に決めていたから。

その話の中で、春希くんのお母さんが亡くなったことを知った。体が弱かったなんて、ずっと知らなかった。だから聞かされた時、私も涙がこぼれた。

「……ずっと待たせちゃってごめんね。一人にして、ごめん」

「……僕の方こそ。ずっと、酷い勘違いをしてた。嫌いになったから、いなくなったんだって……」

「嫌いになんてならないよ。ずっと、春希くんのことを考えてた。君とまた一緒に話がしたかったから、中学や高校も通えるようになったの」

そして、この話を打ち明けた時から、私はもう覚悟を決めていた。これ以上自分に嘘を吐き続けたくないし、黙って見ているのも嫌だった。

「私が、これからは春希くんの味方でいるからね。だから、安心していいよ。真帆のことも、なんとかできるように私が頑張るから」

「……高槻さんがそんなことをしたら、それこそ僕みたいにいじめられるよ」

「いいよ、それぐらい。君をいじめたりするような友達なんて、いらない」

だって、ずっと会いたかったから。これこそが、本当の愛のカタチなんだと信じて止まなかった。だから、私は正しいことをしているんだと思った。春希くんは何も言ってくれなかったけど、明日から私は、彼をいじめる人を誰一人として許さないつもりでいた。

けれど翌日から、彼は学校に来なくなった。

どれだけ考えても、不登校になった理由に心当たりはなかった。

それからまたしばらくして、春希くんは何事もなかったかのように学校へ登校した。雰囲気や言葉遣いから、すぐに別人だとわかった。問い詰めると、驚くことに「スギウラナルミ」だと名乗った。そんな人物は、存在しない。だって、私が子どもの頃に適当に作った仮の名前なんだから。

初めは記憶が混濁しているから「スギウラナルミ」を名乗っているだけで、本当に誰かと入れ替わっているんじゃないかと思った。けれどあの日、そうじゃないことを偶然にも知った。

杉浦くんと初めてデートをした日、『春希くんのことが好きだ』と言った瞬間、彼の表情に変化が現れた。以前にも、教室で似たようなことがあった。あの時は、一時的に杉浦くんと春希くんが入れ替わっていた。

今回も、おそらくそれと同じことが起こった。

「……あれ、ここは？」

「……春希くん？」

誰もいないリビングは、話をするのにちょうど良かった。今度は、教室にいた時みたいに取り乱したりしなかった。

「……高槻さん。僕は、どうしてここにいるの？　君と、二人で……」

「さっきまで、デートをしてたの」

「デート？」

驚くほど、冷静に話をすることができた。チャンスは、この瞬間しかないと思ったから。

「誰か知らない人と、体が入れ替わったりはしてない？」

「……何それ。ちょっとよくわかんない」

「ここ数日、春希くんは『スギウラナルミ』を名乗る人に入れ替わってたの。だから、この前流行った映画みたいに、知らない人と体が入れ替わったんじゃないかって、その人と一緒に推測してたんだけど」

「その映画、たぶん僕も見た……でも、知らない。よくわからない。前も、家で寝てたはずなのに、気付いたら学校にいたけど……なんで今は、高槻さんの家にいるの？」

話を聞く限りでは、入れ替わりが起きている間、春希くんは意識を消失しているらしい。ということは、別に誰とも入れ替わったりはしていない、のだろうか。確証はなかった。

私はいつだったか、似たような症状のある病気をどこかで聞いたような気がした。お父さんに聞けば、わかるんだろうか。あの人は、お医者様だから。

とにかく、今が好機だと思った。だから彼が取り乱したりしないように、ここ数日の出来事をメモで確認しながら、詳細に語って聞かせた。そのことごとくに、春希くんは「覚えてない……」という反応を示した。

けれど今回は、前みたいに意識を失って杉浦くんに戻ったりしていない。よくわからないけど、ようやく元に戻ったんだと思った。杉浦くんのことはわからずじまいだったけど、もし彼に本当の体があるとしたら、杉浦市を訪ねてここに来てくれる。それを、信じるしかない。

「とりあえず、良かったよ。明日からは一緒に学校に通えるんだね」

安堵して笑顔を見せると、春希くんは急に表情を引きつらせて「……学校には、行かないよ」と話した。

「どうして？」

「だって僕は、いじめられてるじゃないか。そんなところに、行きたくなんてない」

「だから、私がなんとかしてあげるよ。不安に思うことなんて、何もないの。みんな君のことを嫌っても、私だけはそばにいるから」

手を握ろうとすると、拒絶された。何か思うことがあるような、複雑な表情を見せ、こらえきれなくなったのか目を伏せる。

「……僕なんかより、そのスギウラって子が代わりになればいいんじゃないの？　だって、僕よりもちゃんとやれてるんでしょ？　友達もできたみたいだし、高槻さんとも仲良くやってるみたいだし」

「それはそうかもしれないけど、そういうことじゃないでしょ。だって、仮に杉浦くんの人生があったとしたら、迷惑を掛け続けることになるんだよ？」

「記憶、なくしてるんでしょ……？　それじゃあ、ちょうどいいじゃんか。僕の残りの人生、彼にあげるよ。お母さんのいない世界なんて、僕は嫌だったんだ……！」

「ふざけたこと言わないで！」

思わず、テーブルを叩いた。間接的に手を上げてしまったことを後悔したけど、止まることなんてできなかった。

「逃げないことを教えてくれたのは、春希くんの方じゃん！　だから私は頑張って、頑張ってっ……これまで生きてきたんだよ!?　なんでそれを教えてくれた君が逃げるの！」

「ごめん。でも、僕がいると……」

「逃げるな!!」

私のその絶叫にも似た言葉を最後にして、春希くんは糸が切れたように顔を俯かせた。嫌な予感がした。それが当たらないで欲しいと思った。

気付けば、時計の短針が五の数字を回っていた。

「……杉浦くん？」

確認するように、彼の名前を呟いた。彼は、テーブルに落としていた視線を上げると。

「……ごめん、ぼーっとしてた」

戻ってしまったんだとわかった。私は平静を装うことで、精一杯だった。

春希くんと長話をしてしまったせいで、タイミング悪くお父さんが帰宅した。本当は、帰宅するまでに帰らせるつもりだった。私は、後で話があるからと、お父さんに伝えた。

聞きたかったことは、『突然人が別人みたいに変わってしまう病気はあるのか』という内容だった。そういうことに興味を持ってくれたことが嬉しかったのか、それとも娘が話し掛けてくれたことに対してなのかはわからないけど、お父さんは嬉々とした様子で説明してくれた。

「DIDだね」

「DID？」

「Dissociative Identity Disorder。解離性同一性障害だよ」

それで、納得がいった。まだ確定したわけではないけど、これまで接してきた『杉浦鳴海』という人物は、春希くんが作り出した別人格とみて間違いはなさそうだ。お母さんが亡くなったショックで作り出してしまったのか、いじめられた反動で作り出されたのか、あるいはそのどちらも要因となっているのか。

誰も気付いていない。知ってしまったのは、私だけ。精神科に連れて行った方がいいのだろうか。けれど事情を話して杉浦くんが納得してくれるかわからなかったし、春希くんのように取り乱す可能性もあると思った。それに何より、今まで私は杉浦くんのことを一人の人間と思って接してきた。

あなたは工藤春希によって生み出された人格で、スギウラナルミという人間は存在しないなんて、言えるはずがなかった。だからずっと、隠すことに決めた。また春希くんに入れ替わった時、もう一度ちゃんと話をすると決めていた。それで納得してもらって、現実を受け入れてもらおうと。

結局それからというものの、彼が春希くんに戻ることは一度たりともなかった。

＊＊＊

すべてを知った俺は、ずっと天音が嘘を吐いていたことを知った。最初から、本当に全部わかっていたなんて、想像すらしていなかった。俺が、工藤春希によって生み出された人格だということも。

「ごめん。今まで黙ってて」

話せなくても、それはしょうがないと思った。事実、そんな突拍子もないことを打ち明けられたら、俺は取り乱していただろうから。今も、頭が混乱している。

「……俺、どうしたらいいんだ？　消えるのか……？」

怖かった。だって、せっかくみんなと仲良くなれたのに、俺は初めから存在していなかったなんて。信じたくはなかった。けれども今の話を聞いて、現実逃避ができるほど頭も悪くなかった。

放心状態でいると、天音はこちらに体を寄せて、そっと抱きしめてくれた。優しい温もりが、全身に溢れた。ここにいていいんだと、言ってくれているようだった。

「杉浦くんは、杉浦くんだよ。春希くんでもあるの。だって、春希くんから生まれた存在なんだから。きっと春希くんがなりたかった、憧れの存在なんだよ」

「俺が、春希の憧れ……？」

「そうだよ。今は受け入れられないかもしれないけど、もう少しだけ落ち着いたら、お父さんにお医者様を紹介してもらおうよ。私、調べたの。人格は、統合することができるんだって。だから、消えたりしない。杉浦くんは、春希くんといつか一つになるの」

それは、夢のような提案だった。

いつかお母さんがしてくれたように、今度はクラスメイトの女の子が俺の頭を撫でてくれる。取り乱した心を、癒してくれる。本当にそんなことが可能なら、またみんなと一緒にいられる。宇佐美や天音たちと遊べる。明坂とも、バスケができる。

「……そして、今度こそ本当の恋人になろうよ」

天音が、俺にそう言ってくれた。彼女のことが好きだった。それもまた、心の底から望んでいたことで。俺から一度離れると、ゆっくりと綺麗な顔が近付いてきた。逃げるはずがなかった。俺は、彼女のことを受け入れた。

ファーストキスは、悲しみの味がしたような気がした。

逃げるな。逃げるな。

頭の中で、ずっとそんな言葉がこだまする。

俺は、逃げてなんていない。現実と向き合うことを決めたんだ。落ち着いたら、天音のお父さんに良い精神科医を紹介してもらって、春希の人格と統合される。それが俺にとっての、春希にとっても一番のハッピーエンドなんだから。

担任教師から呼び出しがあったのは、天音の病室へ行ってから二日後のことだった。反省文を書いたら、また学校に戻ることができるよう取り計らってくれたらしい。本当に、感謝の言葉しか浮かばない。

天音に電話で伝えると、自分のことのように喜んでくれた。俺も、彼女が笑ってくれて嬉しかった。その日は、一緒に学校へ行こうと約束した。

翌日、久しぶりに制服に着替えて家を出ると、そこには笑顔の天音がいた。幸福を実感した。何も言わずに手を繋いでくれた。

大丈夫だからと、彼女が言った。たとえ何を言われても、守ってくれるらしい。

一緒にバスに乗った時、同じ学校の生徒に奇異の視線を向けられた。あいつは、クラスメイトを殴ったんだ、と。俺が悪いんだから、その非難は甘んじて受け入れようと思った。彼女も『ビッチ』だと罵られていたけど、まったく気にしていないようだった。

学校に到着して昇降口へ向かう。いろんな人が、手を繋ぐ俺たちを見ていた。気にしなかった。天音が、「大丈夫だよ」と言ってくれたから。

下駄箱に、俺の上履きはなかった。また誰かが捨てたんだろうなと思って、靴下のまま担任教師に指定された進路指導室へと向かった。ドアを開けて中に入る前に、天音は言った。

「反省文をちゃんと書けば戻れるから。教室で待ってるね」

頷いて、ただ早く戻りたいとだけ思った。緊張していることが伝わったのか、天音が優しく前髪を整えてくれた。そのおかげで、だいぶ落ち着いた。最後に、笑いかけてくれた。

彼女と別れ進路指導室へ入ると、担任教師が俺を出迎えた。

机の上には、三枚の原稿用紙。

「ここにちゃんと反省を綴れば、お前は許されるから。納得してないかもしれないけど、とにかく書け。工藤のためだ」

「納得は、してます」

理由はどうあれ、手を上げた奴が一番悪い。だから俺はこんなにも多くの人に迷惑を掛けたんだ。本当に、浅はかだった。原稿用紙の三枚くらい、朝礼が始まる頃には書き終わるだろう。

後は筆を握って、反省の想いを書き留めるだけ。それで、すべて許される。元に戻れる。

だから俺は、筆を握った。ペン先を、原稿用紙に向ける。

けれどその手が、不意に止まった。

本当に、これでいいんだろうか。

これが、一番正しかったことなのだろうか。

ずっと、逃げるなという言葉が頭の中で鳴り響いていた。正しいことだと信じて止まなかったのに、こんな土壇場になって俺は、迷った。

そもそも、どうして春希は俺という人格を作ったんだろう。いじめられて、それに耐えられなくなったという理由は、酷く短絡的な気がした。お母さんが亡くなったからというのも、タイミング的におかしい。それで塞ぎ込んでいるのなら、新学期から登校はしないだろう。

そしてかつて好きだった友人と再会したなら、それこそ頑張って学校へ足を運ぶは

ずだ。だけど現実はまったく逆で、天音がナルミだということを知ると、次の日から
は不登校になった。何か、彼なりの意図があったんじゃないかと勘ぐってしまう。
「どうした？　書けないのか？」
ペンを握ったまま微動だにしない俺を見てしびれを切らしたのか、担任教師は目の
前に椅子を置いて座り込んだ。
「脅すわけじゃないが、それが書けなきゃ工藤は退学だ」
「退学、ですか……」
それは、困る。けれど、あのまま春希が登校しなければ、どのみち留年か退学は免
れなかっただろう。それでも、彼は学校へ行かないことを選択した。
「先生も、そんなことにはしたくない。お前は橋本を殴ったけれど、大切な教え子だ
からな。もし言葉が思い浮かばなくて書けないなら、先生が手伝ってやるぞ」
担任教師は、未だ真っ白な原稿用紙を人差し指で三回叩いた。
「お前は、大きな勘違いをした」
「……はい」
「高槻はもう、橋本に気が移っていたのに、それを知らなかった工藤は彼女のことを
助けたくて、橋本を殴った。そういう話だったよな？」
「俺が、彼女のことを助けたかった……」

「そうだ」

……俺は、ようやく気付いた。春希と俺が、本当に守りたかったものを。それに気付いた瞬間、存在しないはずの記憶や感情が、頭の中に一斉に流れ込んできた。

あの日、彼女と話をした放課後の空き教室で、工藤春希は誓ったんだ。自分を助けてくれると言った彼女の手を、取らないことを。

その手を取ってしまえば、彼女は必死に積み上げてきたものをすべて投げ捨ててまで、自分のことを守ってくれるから。

だから俺はずっと、勘違いしていた。春希が守りたかったのは、自分の立場や学校生活なんかじゃなく、たった一人の高槻天音だった――

――僕は、守ってあげたかった。大人の都合に振り回され、それでも必死で生きてきた彼女がようやく手にすることのできた、かけがえのない居場所を。そのために、僕という存在は邪魔だったんだ。だから、僕は学校へ行かないということを選択した。

彼女を守るために、俺も必死だった。何とかして、恩返しがしたかった。だから彼女の相談に乗って、修復不可能だと思われていた父親との関係を持ち直すことができた。自分のことのように、心の底から嬉しかった。ただ彼女には、どこにいても笑っていて欲しかったから。

けれど今の俺は、なんだ。自分勝手な都合で、天音の居場所を独占しようとしている。助けてあげるという言葉に縋っている。守りたかったのは、彼女の居場所のはずなのに。俺が、いつの間にか守られている。

「どうした工藤？」

担任教師が、未だ反省文を書かない俺のことを、苛立ちを含んだ瞳で見つめてくる。

もう覚悟は決まった。本当は、俺が杉浦鳴海になる前から、とっくに決まっていた。

なぜなら、たとえ人格が入れ替わったとしても、愛する人は同じだったから。

僕はそれに気が付いた時、手に持っていたペンを原稿用紙の上に戻した。

「……書けません」

「なに？」

先生の目が、驚きで見開かれる。僕はそれでも、怯んだりはしなかった。

「書かないということは、お前は退学になるぞ」

「構いません」

ハッキリ口にすると、先生は大きな手のひらを机の上に叩きつけて、聞き分けのない子どもに間接的な暴力で威嚇してきた。

「お前が退学になったら、お父さんとお母さんは悲しむぞ！」

「お母さんは、もう亡くなりました。お父さんは、きっと事情を話せば許してくれます」

「なんて説明するんだ！」

「僕のやったことは、正しかったことだと話します」

もう一度、先生は机を叩いた。怯むわけにはいかない。僕は毅然とした態度で応戦した。その時、視界の端で黒い大きな眼鏡が一瞬見えた気がした。すぐに隠れたけれど、そこに彼女がいると知れたのは都合が良かった。

僕はきっと、今から彼女たちを傷付けることになる。鳴海くんの思い出が蘇ってきて、奥歯を強く噛みしめた。冗談でも、言いたくなかった。だけど、言わなければいけなかった。

これは、僕が始めてしまった物語だから。

僕は椅子に背中を預け、挑発するように、笑みを浮かべた。

「だいたい、あいつが悪いんですよ。おれと付き合ってるのに、深夜にこっそり別の男と会おうとしたんですから。中学からの幼馴染か何か知らないけど、彼女が別の男の人と話してるところなんて、見たくないじゃないですか。だから、殴ったんです」

「……お前、仮にもあいつの彼氏だったんだろ？　そんなふざけたことばかり言ってたら、本当に嫌われてしまうぞ」

「嫌われても構いませんよ。本当は、初めからあんな女のことなんて好きじゃなかったんですから」

「……なんだと？」

僕は口元に手を添えて、不敵に笑ってみせた。人を、小馬鹿にするような笑みだ。

「同情ってやつですかね。いじめられてたおれを見て、きっと放っておけなかったんだ。修学旅行で同じ担当になったのは、本当に都合がよかった。おかげで、ちょっと優しくしただけでおれのことを好きになったんだから」

瞬間、先生の目の色が変わった。僕はそれを、見逃したりはしなかった。

「彼女と付き合い始めて、クラスメイトのおれを見る目が変わったのは傑作でした。みんなおれの嘘に騙されて。あいつも結局、最後まで愛されていないことに気付かなかった」

「……高槻はあの時、曲がりなりにもお前を庇おうとしたんだぞ。それをお前は今、無碍にしようとしている。その自覚はあるのか？　本当は、クラスメイトを殴ってしまうほどに好きだったんじゃないのか？」

図星だった。彼女を想う気持ちが抜けない棘となって、僕の心臓に突き刺さった。それでも、こんな中途半端な場所で止まるわけにはいかなかった。だから精一杯の言葉を絞り出した。

「……最初から、好きじゃなかったって言ってるじゃないですか。だいたいあいつは、いちいち細かいんですよ。人の揚げ足ばかり取ってきて、勝手に何でも自分で決めてきて……自分で、背負い込んで……本当に、救いようのない馬鹿ですよ」

そんな君のことが頭の中から離れなくなって、僕も彼もいつの間にか好きになっていた。だからこんなことを言うのは、嫌だった。だけどこうすることでしか、もう彼女を救うことが、できない。

そのためには、先生に勘違いをしてもらうしかなかった。

それが最後に残された、たった一つの彼女を救う方法だから。

僕は、また突然笑った。気味の悪いものを見る目が、僕の体を貫いた。

「彼女のおかげで、宇佐美とも仲良くなれましたから。天音がダメなら、今度は彼女と付き合ってみようかな」

先生の眉間にしわが寄る。明確に僕を、どうしようもない屑だと認識したようだ。

けれど、それじゃあ足りない。もっと……それこそ、クラスメイトの前に立った時に、苛立ちを隠せなくなるほど挑発しなければ、みんな勘違いをしなくなる。

だから僕は、再び笑った。その瞬間、彼女が足に包帯を巻いてくれた時の出来事が、脳裏をよぎった。こんなこと、本当は言いたくなかった。でも、退くことは許されなかった。そんな時、彼が背中を押してくれたような気がした。

「……あいつ、最近おれと仲が良いんですよ。ちょっと優しくしたら、ずっと後ろを付いてくるようになっちゃって。先生も知ってるんじゃないですか？　あいつが橋本に告白して振られたこと。面白いですよね、おれのことが嫌いだったのに。本当に、女って……」

すべてを言葉にする前に、先生は怒りのあまり机の上の原稿用紙を握りしめた。それを乱雑に、部屋の隅にあるゴミ箱へ投げ捨てる。

「謝罪すれば許してやったものを、本当にお前は馬鹿だよ工藤。退学したければ、勝手にすればいい。お前の人生はもう破滅だ」

「……おれを助けようとしたのも、結局は自分の保身のためじゃないんですか？　教え子が退学したら、立場が危うくなりますもんね。知ってますか、先生。そういうのは、偽善って言うんですよ」

最後の言葉が効いたのか、先生は立ち上がって机を蹴り飛ばすと「さっさと帰れ!!」と吐き捨てて進路指導室を出て行った。

気付けば足が震えていて、思わず椅子の背もたれに体を預けた。「ごめん……」と、みんなに謝った。僕に勇気をくれた彼も、泣いているのが、わかった。

「春希……」

一部始終を見ていた宇佐美が、恐る恐る部屋の中へと入ってくる。僕は、そんな彼女の顔を真正面から見据えることができなかった。

「……今僕が言ったこと、クラスメイトに伝えなよ。そうすればみんな勘違いして、宇佐美も天音も安心して過ごせると思うから……そういうの、得意だろ？」

「でもさっきの、全部嘘だよね……？」

「何言ってんだよ。だって僕、君の傷心に付け込んだじゃないか。忘れちゃったの？宇佐美が、そう周りに話したんじゃなかったっけ。それが正しかったんだよ」

子どもの頃の出来事を覚えていた僕は、ただ純粋に宇佐美のことを慰めてあげたかった。けれど、僕が未熟だったから、言い方も方法も間違えてしまったんだろう。

「なんでそんな泣きそうな顔してるの。宇佐美は被害者なのに」

「違うよ……」

「もういいから、行ってよ……天音の居場所、奪いたくないんだ。元はと言えば、僕が何も説明せずに逃げたのがいけなかったんだ。僕が現実から逃げ出して、別の人格を作っちゃったから、こんなことになったんだ」

「春希のせいじゃないよ……」

「どのみち、もう無理だよ。あんなに挑発したら、僕は学校に戻ることなんてできない。天音にも、顔向けできない……」

自分で言ってて、悲しくなった。ようやく再会できたと思ったのに、あまり一緒に過ごせずに別れてしまうなんて。一度くらい自分の言葉でありがとうと伝えたかった。

「……僕にまだ申し訳ない気持ちがあるなら、これぐらいの頼みは聞いてよ。それでもう、全部許すから……」

震える足で立ち上がって、宇佐美の元へ歩いて行く。この子には、本当に彼が何度も助けられた。彼女とも、もし叶うならちゃんとした友達になりたかった。

「約束、守れなくてごめん……」

「……約束？」

「僕は、天音のことが好きだから。たぶん宇佐美は、僕のことなんて好きじゃないだろうけど。それでも約束、破っちゃったから」

彼女は、必死に首を振った。それだけで、もう十分だった。

約束も守れない嘘つきな僕は、宇佐美の目の前から立ち去った。彼女の泣き声が、いつまでも耳のそばから離れてはくれなかった。

家に帰ると、天音から数件の着信が来ていた。メッセージも何通か届いていて、僕はそれを泣きながら消していった。ついでに連絡先も削除して、もう電話もメッセージも送れない設定に変えた。

一つずつ、もう一人の僕が積み上げてきたものを清算していく。

高槻天音、明坂隼人、姫森風香。

宇佐美真帆の連絡先をタップしようとした時、メッセージが届いた。何の気まぐれか、僕は最後にそれを開いた。

《さっきは、取り乱してごめん。それと、春希に会った時に伝えたかったことを、伝えられてなかった。私のせいで、辛い思いをさせて本当にごめんなさい。償っても、償いきれないことをしました。春希がいなくなった後、いろいろ考えて、精一杯考えて、あなたが望むことをしようと決めました。それが、私のせめてもの償いです。だからもう一度、みんなに嘘を吐きました。天音は取り乱して、保健室へ連れて行かれました。クラスメイトのみんなは、そんな彼女のことを憐れんで、私もいつの間にか許されていました。私は春希だけを、悪人にしました。でもそれが、本当に正しいことなのかどうか、私にはわかりません。けれど天音の周りには、確かに多くの友達がいます。みんなが彼女のことを、心配してくれています。きっとこれが、あなたが守りたかったものなんでしょう。もし迷惑じゃなければ、落ち着いた頃にいろいろ教えてください。鳴海くんのことと、あなたのこと。もし気に入らなかったら、メールごと削除して、いいよ……》

そのメッセージの末尾には《眼鏡を掛けることになって不安だった時、私のことを慰めてくれてありがとう。あの頃の私は、あなたの言葉で自信が持てて、救われていました》という言葉が添えられていた。

僕は、消せなかった。宇佐美のことを共犯者にしてしまったから。

彼女はこれから卒業まで、嘘を吐き続けることになる。そんな彼女さえも遠ざけることは、今の僕には、もう……。


すべての清算が終わった頃には、夜になっていた。お父さんが帰ってきて、学校から連絡があったと教えてくれた。どうやら、今からでも謝罪すれば学校へ戻ってもいいらしい。言いすぎたと、先生も謝罪してくれたみたいだ。でも、首を振った。お父さんは、怒らなかった。

「ごめんなさい。親不孝な息子で……」

「いいよ。それに学校へ行かなくなった時、ちゃんと話してくれたじゃないか。大切な人の居場所を守ってあげたいんだって」

僕は以前、お父さんに話した。

僕が学校へ行けば、今までの友達をすべて捨てて助けてくれる人がいると。正直なところ、嬉しかったのは確かだ。会わなくなった時からずっと、僕のことを考えてくれていたんだから。

でも僕のために、彼女が積み上げてきたものをすべて捨てるのは、何かが違うような気がした。守ってもらうのも、違う。僕は今年の冬にお母さんが亡くなって、強く生きようと誓ったんだから。

病床に伏せるお母さんの手を握りながら、最後にその言葉を聞いた。

『自分が正しいと思う生き方をしなさい。自分の選択から逃げずに立ち向かえば、きっといつまでも幸せでいられるから』

そもそも僕という人間は、昔から集団生活が苦手だった。病気のせいで、長らくまともに学校へ通えなかったことがきっと一番の原因だ。お父さんとお母さんからは、通信制の学校に通う道もあると教えられていた。それでも全日制の高校を選んだのは、その道の先にナルミくんがいるかもしれなかったからで。だからあの時にはもう、僕が高校へ通う理由はほとんどなくなっていた。彼女と、再会できたんだから。

けれど今にして思えば、僕は心のどこかで、学校に通いながら彼女と向き合いたかったんだと思う。けれどちっぽけな僕にそんな勇気はなくて、だから無意識のうちに杉浦鳴海という人格を作り出した。

心のどこかで、ずっと思っていたんだろう。

僕は、ナルミくんみたいな人に、なりたかったと。

それも全部、無駄だったんだろうか。心の中の僕に、訊ねた。返答は、返ってきたような気がした。

きっと、無駄ではなかった。

彼女は少しだけ、家族と向き合うことができるようになったんだから。

自室へ戻るためドアに手を掛けた時、お父さんは「春希」と呼び止めてきた。振り返ると「おかえり」と言って笑った。

首を傾げたけれど、なんとなく、その意味は伝わった。

最初から、お父さんも気付いていたんだろう。


天音は僕と話をするために、自宅へ来るようになった。最初のうちは無視を決め込んでいたけど、何度も来るものだからそういうわけにもいかなくなって、お父さんに母方の実家に行ったと嘘を吐いてもらった。そして実際、そうすることにした。いつまでも、家の中に引きこもっているわけにもいかないから。

宇佐美とは定期的に連絡を取り合った。主に、クラスメイトの動向を教えてもらった。僕の目論見通り、工藤春希は根暗に見えて女を手籠めにする最低な奴だという認識が広がって、その犠牲者である天音も宇佐美も騙されていたんだということで周囲の見解が一致したらしい。

天音はそれでも僕の身の潔白を訴えてくれたみたいだけど、皮肉なことに少数派である彼女の意見は通らなかった。工藤春希に騙されて洗脳されていたという、憐れみの目を向けられるだけだった。だからみんな彼女へ、余計に献身的に接するようになった。

橋本康平は、あれからずいぶん大人しくなったみたいだ。天音に固執することもなくなって、自分の人生を歩み出したらしい。喜ばしいことだと思った。殴ってしまった彼には、今でも申し訳なさを抱いている。

母方の実家に旅立つ日の前日、宇佐美から電話が掛かってきた。出ようか迷ったけど、この杉浦市で話すのも最後だと思ったから、電話に出た。その話の中で、僕はこれからどうするのかを訊かれた。これからのことは、もう決めていた。

「とりあえず、高認の試験を受けるよ。お父さんが、大学に通ってもいいって言ってくれてるから。お母さんの実家で、また一から勉強し直すつもり」

『大学、行くの？　どこ？』

「決めてないけど、教職の資格が取れるところ、かな。叶うかはわからないけど、小学校の先生になりたいと思ったんだ」

病気であまり学校に行けなかったからこそ、僕は一人でも多くの人を救いたいと思った。昔、ナルミくんがそうしてくれたように。

それに、ふと昔のことを思い出したんだ。僕みたいな人が先生だったら、楽しく学校に通えたのかもと言ってくれた人がいた。その言葉が、結果として未来の僕の背中を押してくれた。

『決まったら教えてよ』

「なんで」

『春希と一緒の大学に通いたい』

「行きたい大学は自分で決めなよ」

『やりたいことなんてないし。それなら、春希のそばにいた方が学べることが多くあると思うの』

　どうせ冗談だろうと思った。だから受けたい大学が決まったら、宇佐美にだけは教えることに決めた。

　彼女は時間が経つにつれて調子を取り戻していった。最初こそ何度も何度も『ごめん』と謝ってきたけど、いつの間にか言わなくなった。その代わり、

『ありがとう』

　そう言ってくれるようになった。どこかの誰かが、その言葉を彼女に教えてあげたんだろう。何度も謝るより、その方がずっといいと思った。

　やがてうだるような暑さの夏が来て、紅葉彩る秋になって、お母さんの亡くなった冬が来た。罪や悲しみを覆い隠すように真っ白な雪が降り積もり、母の命日にだけ僕

は杉浦市の実家に帰った。墓前で、手を合わせた。次にここへ来るのは、大学への入学が決まった時にしようと、心に決めた。

電車に乗って母の実家に帰る時、宇佐美はわざわざ会いに来てくれた。たった数ヶ月会わなかっただけなのに、彼女は随分大人の顔つきになったような気がする。けれど、赤色のタータンチェックのマフラーに巻かれているみたいで、ちょっとだけ笑みがこぼれて元気をもらえた気がした。

「天音、大学は行かないんだって」

近くのコンビニで買ってあげたホットココアの缶を手のひらで包みながら、また近況を教えてくれる。降り積もった雪で電車がストップして、予定の時間よりだいぶ遅れているらしい。僕らは駅構内の椅子に座って再びそれが動き出すのを待っていた。

「大学に行かないと、たぶん医者にはなれないと思うんだけど」

「それ、なかったことになったんだって。たぶんお母さんと真剣に話し合ったんだと思う」

「そっか。自分の道を自分で決められたなら、良かった。でもなんで、大学には行かないんだろう」

「さあ。相変わらず口が堅いし、何考えてるのか本当によくわかんない」

でも、最近はまた笑顔が戻ってきたよ。宇佐美は、自分のことのように嬉しそうに話してくれた。笑顔が戻ったなら、少しは安心できる。

「たぶん春希が望んだことを、天音はゆっくり理解していったんだと思う。大切な人のために突っ走っちゃうところはあるけど、あれでちゃんと頭はいいから」

「いつか、わかってくれる日は来ると思ってたよ」

信じていた。彼女なら、また前を向いて歩き出せると。

「天音のこと、まだ好きなの？」

「うん、初恋だから。気持ち悪いかな」

恋をしていると言ったことに、後悔はなかった。

「素敵だと思う。両想いなのに、一緒にいられないのはかわいそうだけど」

「もう僕のことなんて気にしてないと思うよ。二度も勝手にいなくなったんだから」

「それじゃあ、私が付き合って欲しいって言ったら、考えてくれるの？」

驚いた。変なことを言うものだから、言葉に詰まった。彼女を見ると、マフラーの色みたいに顔が赤くなっていた。それは冬の寒さがそうさせているのか、もっと違う要因があるのか。

「……ごめん。今はそういうこと、考えられないかな」

「だよねー」

傷付いた様子を見せると思ったけど、宇佐美は困ったように笑うだけだった。

「もしかして、冗談だった？」

「ううん。割と本気。でも天音が好きなのに、私と付き合うって言ったら張り倒すところだったかも」

「なんだよ。物騒なこと言うな」

「だって天音は、ただひたむきに春希のことを想ってたんだもん。私は、もう会えないだろうと思って、一回忘れた。それが、私と彼女の決定的な違いだった。だから私なんかに惑わされないで、純愛を貫いて欲しいと思うの」

「純愛ね……」

もうその恋も、叶うことはないだろうけど。それぞれが、別の道を目指して歩き始めたんだから。

「それはそれとして、付き合ってもいいって思ってくれたら、その時はちゃんと教えてね！」

「今の言葉で台無しだよ」

地元から離れる時、宇佐美は笑顔で手を振ってくれた。彼女の気持ちが本当はどこに向いているのかはわからないけど、もし僕が天音に好意を抱いていなかったとしたら、たぶんさっきの告白にちゃんと返事をしていたんだろう。

彼女には申し訳ないけれど、僕という人間は、ずっと昔から天音という女の子に恋焦がれていた。学校を、やめてもいいと思えるほどに。

無事に高認の試験に合格してから志望することを決めた大学は、地元を選ばなかった。一度、新しい地でゼロからスタートさせたかったからだ。

一応、宇佐美には受ける大学を伝えておいた。告白の返事は断ったから同じ大学は受けないだろうと思って、「受験申込したよ」という言葉も、何かの冗談だと思っていた。

けれど、受験当日の日に彼女は笑顔で僕の目の前に現れた。

「よ！」

「よ、じゃないよ。本当に受けるつもりなんだ」

「言ったじゃん」

「言ったけど、冗談だと思ってた」

「春希のそばで、私もいろいろ学ばせてもらうね」

「僕からじゃなくて、自分の学びたいことを軸に考えなよ」

「じゃあ私も、小学校の先生を目指すことにする！」

適当すぎる。けれど、本当に考えてはいるんだろう。

「ま、お互い頑張ろうよ。春希」

「……本当に、しょうがない奴だな」

受験が終わって、思いのほか好感触だった僕とは対照的に、宇佐美は顔面が蒼白になっていた。曰く「落ちたかも……」ということらしい。

「私が後輩になっても、春希は嫌いにならないでね……」

そんな冗談を言っていたけれど、修学旅行の時に買った学業成就のお守りのおかげかどうかは知らないが、宇佐美は大学に合格した。僕も、この一年は大学入試の勉強に費やしたから、もちろん合格した。

春からは、同じ大学に通うことが決まった。

一度、大学の入学式に着るスーツに身を包んで、お母さんのお墓参りに出かけた。お墓を掃除して、「合格したよ」と伝えた。僕はまだ夢の途上だけど、春からは晴れてひとまずの目標だった大学生だ。同い年の人たちと、一緒のタイミングで入学することができる。信じた道を逃げずに突き進んで、本当に良かった。

「……彼女は、どうしているんだろうね」

奇しくもその日は、高校の卒業式だった。彼女のことだから、学年の総代を務めるのだろうか。全校生徒の前で、答辞を述べるのだろうか。もし叶うなら、それを卒業生の列に交じって聞きたかった。彼女の晴れ姿を、誰よりも先に祝ってあげたかった。

もう、高校を卒業する。彼女が必死になって作った居場所も、今日という日を持ってなくなってしまう。みんな新しい居場所を作るために、旅立っていくから。

僕ら大人になり切れていない中途半端な子どもは、自分の居場所を守ることに必死で、時には平気で他者をも傷付ける。守り抜く力を身に付けなければ、いつの間にか淘汰（とうた）されてしまう。未だ世界は、大きく分けて家庭と学校の二つしか存在しないからだ。

そんな僕らは大学生や社会人になって思い知るのだろう。

世界は、自分が想像していたよりずっと広い。

居場所なんてものは、それこそ無数に存在する。むしろその時々に応じて、自分が持っている仮面を使い分けなきゃいけなくなる。その中に、自分という存在を受け入れてくれる場所はきっとあって、だとすれば僕が守りたかったものは、それほど価値のあるものだったのだろうか。

答えは、未来でわかると思った。過去を振り返る時、あるいは人生の途上で心が折れそうになった時、僕らは戻ることのできない遠い日に想いを馳（は）せ、あの時のかけがえのない居場所で見た笑顔を糧（かて）に、今日という一日を頑張って生きていくのだから。

人生という長い長い旅路は、きっとそういう風にできている。

帰りの電車の中で、宇佐美に一通のメッセージを送った。みんなへの思いも、そこに込めた。

「卒業おめでとう」

しばらくして、一本の動画と一枚の写真が送られてきた。見ると、天音が卒業生の前に立ち、答辞を述べている動画だった。こっそりと隠し撮りをしていたらしい。やっぱり総代を務めていて、なんだか誇らしかった。

イヤホンを付けて、彼女の溌剌とした通りのいい声をBGMにしながら、もう一枚の写真も開いた。それは、卒業式の後に教室で撮ったものなんだろう。写真の中のみんなは、笑っていた。

宇佐美も、明坂くんも、姫森さんも、天音も。それからもう一人、不器用そうに笑う彼が一緒に映っていた。

「……和解できたんだ」

どうしようもない人でも、変わることはできるらしい。僕は複雑な気持ちなんて一切抱くことなく、ただ嬉しかった。途端に、涙が溢れた。透明なしずくは頬を滴り落ちて、スマホの画面を優しく濡らした。

手の甲で涙を拭おうとする。その拍子にイヤホンのコードが腕に当たり、スマホから抜けた。

『——そして、私のことを育ててくれたお父さん、お母さん。十五の春、生意気にも自立していると思い込んでいた私を、この素敵な学び舎に通わせてくれて、本当にありがとうございました』

　彼女の澄んだ声が、電車内に響いた。慌てて付け直そうとしたけど、周囲には誰もいないことに気付いて、そのまま動画を再生することにした。

『当時未熟だった私は、家族に愛されてはいないのだと思っていました。血の繋がらないお父さん。叱ってくれないお母さん。いつまでも新しい家族を受け入れられなかった私は、勝手に反抗を重ねていました。それでも顔を合わせれば、おはようやおやすみを言ってくれて。私が久しぶりに話し掛ければ嬉しそうに笑ってくれて。今にして思えば、愛そうとしなかったのは、未熟だった私の方でした。人を愛する方法がわからなくて、いつまでも不器用に過ごしていて……そんな私に踏み出すきっかけをくれたのは、今はもうこの学び舎にはいない彼でした』

　心がざわついた瞬間に、スマホのスピーカーから流れる音にも微かなどよめきの声が上がった気がした。その口上は、予定にはなかったのだろう。彼はもう、そこにはいないのだから。厳粛な空間で、今まで優等生として振舞ってきた彼女の、たった一度のわがままを止めさせる愚行を犯せる人は誰一人としておらず、僕もまた動画のストップボタンを押せなかった。

『まずは友達から始めてみたら？　素直になれない私に、彼はそう言いました。家族にならなきゃいけないと気が急いでいた私には、思いつくことのなかったその案に、気付けば心の中で笑っていました。彼の言葉がなければ、私はきっといつまでも間違え続けたままで、この素敵なお祝いの場にお父さんとお母さんを呼ぶこともなかったでしょう』

驚いた。お父さんと、お母さんを呼んだんだ。以前までの彼女なら、きっと日程も教えなかっただろうに。

彼女がわずかに息を吐いたのがわかった。これから先の言葉も、当初の台本になかったことが、わかってしまった。

だから僕は、また気付けば彼女のその言葉に耳を傾けていた。

『そして、今はもう、この学び舎にいないあなた。あなたのおかげで、私は人と向き合うことの大切さを学びました。あなたが望んでくれたことを考えて、向き合って、私はこの居場所で残りの学生生活を過ごしました。この一年で、本当に多くの人と話をしました。いじめを見て見ぬふりをしていた人。あなたのことを誤解したままだった人。納得してくれない人もいたけれど、それでも本当のあなたのことをわかって欲しくて……みんなに、春希くんの素敵なところを伝え続けました』

また、お得意の行き当たりばったりなことをしたなと、僕も彼も呆れた。それでまたいじめが起これば、僕らがしたことが全部無駄になってしまうというのに。

それでも彼女は、最後まで意思を曲げなかったんだろう。一度決めてしまったら、最後まで突っ走ってしまう人だから……。僕が病室で救われたように、彼もまたそんな彼女に救われたんだろう。心の中が、じんわりと熱くなったような気がした。

『あの日から、何度も話をしました。その甲斐あって、二年三組の仲間たちは、みんなもっとあなたと話をしたかったと言ってくれました。ちゃんと謝りたかった、とも。私も、もちろん同じ気持ちでした。幼き頃、あなたやあなたのお母様から大切なことを教わったのに、築き上げてきた大切なものを、何もかも捨てようとしてしまったから……。だから、あなたは私の前から姿を消したんだよね』

彼女の語尾が、震えたような気がした。それでも懸命に持ち直して、涙だけは見せまいと気丈に振舞う姿が容易に想像できて、胸を打たれた。

僕の方こそ、何も話をせずに二度も姿を消したのに。

だから謝りたいのは、僕の方だった……。

「ごめん……」

届くはずもないのに、寂しく呟く。僕の気持ちだけをあの場所に置いていくように、電車が故郷から遠ざかっていく。戻りたいと願っても、動き出した人生の歯車は、もう都合良く止まったりはしない。

逃げるな。逃げるな。

頭の中に、いつかの言葉がこだまする。後押しするかのように、いつの間にか調子を取り戻した彼女が、最後のお別れの言葉を、そこにはいない誰かのために口にした。

『……これから先の人生、辛いことや、逃げ出したくなることがたくさんあると思います。不安なことがいっぱいあるけど、そんな日は時々でいいから、一緒に過ごした日々のことを思い出してください。思い出の中にいる人たちは、みんなあなたのことを、この世界のどこかで応援しているから。私も、この思い出深い杉浦市で、いつまでもあなたのことを変わらずに想っています』

心残りは尽きませんが、今日まで私たちを導いてくださった方への感謝と、先生方のご健勝を祈念して、お別れの言葉といたします。

令和五年三月十一日　卒業生総代　高槻天音。

そこで動画の再生は終わった。

溢れた涙は、目的地に着いた後も止まることはなかった。

エピローグ　優しい嘘に覆われた世界

また新しい春が来て、新品のスーツに身を包み、僕は宇佐美と一緒に大学の入学式に参列した。高校を卒業した彼女は、どこか垢抜けたようにも見えて、けれどトレードマークの黒い眼鏡はそのまま掛けてくれていた。

式が終わった後「これからまた四年間よろしくね!」と、嬉しそうに話す。以前告白されて振ったから気まずくなると思ったけど、そういうことはなく、いつもの元気な彼女がそこにいた。失恋しても、暴走しないくらいには成長したということだ。

「私、実家を出た時、思わず泣いちゃったよ。今日も夜に涙で枕を濡らしそう」

「天音に電話して、慰めてもらいなよ」

「無理無理無理。天音も初出勤だし、疲れてると思うから心配掛けられないよね」

「杉浦病院の、医療事務だっけ」

「そうそう。明坂と橋本はスポーツ推薦で、風香は看護の専門学校だよ」

「みんな、それぞれ大変そうだね」

「でも、頑張ってると思うから。私も頑張れる。春希もそうでしょ?」

「まあ、そうかな」

「久しぶりに、電話でもしてみる?」

訊かれて、僕は首を振っていた。なぜなら、大学に合格はしたけれど、僕という人間の時間はあの日から止まったままだったから。成長した彼ら、彼女たちと話をするには、まだそれなりの時間が必要だった。

「そっか」

「気を使ってくれて、ありがとね」

「ううん。でも、放っといたら天音、取られちゃうよ。モテモテだし」

「その時は、その時だよ。それは、新しい居場所を見つけたってことなんだから」

それに今は、夢を叶えることを一番に頑張りたかった。彼女と再び会うことがあるとすれば、それは大学を卒業した時だろう。

それから僕は適度に力を抜きつつも、大学の勉強に真面目に取り組んだ。居酒屋でアルバイトも始めた。目まぐるしく変わる日常の中で、僕にとっての居場所は一つ、また一つと増えていった。

真帆と一緒に入った、学園祭を盛り上げるためのサークル。あるいは、居酒屋でのアルバイト。あるいは、三年次に入ったゼミ。

教職を目指すために集まった同志たちの中には、真帆もいた。広がった世界では誰かを蹴落とそうと画策する人もいたけど、助けてくれる仲間も大勢いた。アルバイトでジョッキを割って店長に叱られても、次の日にはゼミのみんながドンマイと言って慰めてくれた。だからまた次も頑張ろうと、前向きな気持ちで出勤することができた。

立ち上がれそうにないぐらい躓いた時は、彼女との短い日々に想いを馳せた。天音やみんなとまた会う時のために、胸を張れる自分になろうと努力した。その努力が報われて、僕と真帆は大学四年次に小学校教諭第一種免許状を取得した。

そして、地元で受けた教員採用試験も、晴れて二人とも合格を掴み取った。

二人の進路が決まった日、アルバイトをしていた居酒屋で、真帆と一緒に飲み明かした。この四年間の苦労を話し合って、涙が枯れるまでお酒を飲んだ。

帰る時には真帆がダウンしていて、仕方なくおぶって送ることになった。昔から何も変わっていないことを嬉しく思いながら、僕は道を歩き遠い過去に想いを馳せた。

今の僕なら、彼女に会うことが許されるのだろうか。


大学の卒業式を終えて、四年間住み続けた六畳一間のアパートもすべての整理が終わった。地元へ戻ったら父と一緒に暮らすことも考えたけど、荷物は実家へ送らなかった。一人でも大丈夫だと思ったから、また新しいアパートを借りた。居場所はもう、自分の手で作れる。真帆も、実家には戻らなかった。

新しい部屋の整理が終わって外へ出ると、太陽の光が新しい門出を祝福してくれた。

今日は最高の、お墓参り日和だった。

事前にその日はお母さんのところへ行くと真帆に伝えてあり、「私も手を合わせに行っていい？」と言ってくれた。もちろん、了承した。アパートの二階から駐車場へ降りると、新品の真っ赤な軽自動車が停まっていた。すぐに真帆のものだとわかった。

助手席に乗り込むと「どう？　かわいいでしょ」と、自慢げに鼻を高くする。僕も免許を持っているから、そろそろ車を買おうと思った。

「高かったんじゃない？」

「ママが買ってくれたの。卒業祝いと、教員採用試験合格のお祝いだって」

「優しいママだね」

「今度お礼に、仕事が始まる前に温泉旅行をプレゼントするの。お父さんとお母さんをこの車に乗せてね！」

「僕も、新品のスーツをプレゼントする予定だよ。ところでペーパードライバーだろうから、運転は十分気を付けてね」

「わかってるよ。今度レンタカー借りてみんなで遊びに行くから、今日はその予行演習も兼ねてるし」

真帆の運転は、久しぶりにしては上出来だった。酷く揺られることもなく、目的地の霊園へと到着した。車を降りて、いつものようにお墓へと向かう。今日は、親友の真帆を連れて。

彼女はお墓の掃除を手伝ってくれた。事前に花屋で買っておいたお花をお供えして、真帆はマッチで線香に火を付けて立ててくれた。煙が、空高くゆらゆらと昇っていく。

ふと、修学旅行で乗った飛行機のことを思い出した。天音はあの時、見渡す限りの雲海を見て、それを天国のようだと形容した。そこにお母さんがいるとすれば、空の彼方から僕らのことを見守ってくれているのだろうか。彼女の、弟さんも。

手を合わせて、喪に服した。僕はもう、逃げずに立ち向かえるほど強くなりましたと、お母さんに伝えた。

「それじゃ、私はこれで」

「は？」

目を開けたら、隣で手を合わせていた真帆が、笑顔でひらひらと手を振ってきた。

「真帆が一人で帰ったら、歩いて帰らなきゃいけないんだけど」

「大丈夫。迎えの人は寄越してあるから」

「迎えの人って……明坂くんでも呼んだの？」

にやにやと笑って、真帆は勝手にも駐車場の方へと歩いて行った。ため息を吐いて、腰を上げる。すると、暖かな一陣の風が吹いた。髪の毛が、はらはらと揺れて、思わず目を閉じる。

その瞬間、懐かしい鈴の音がちりんと鳴ったような気がした。

再び目を開けた時、そこには一人の女の子が立っていた。

「……久しぶり、春希くん」

「あ……」

本当に、久しぶりだった。

五年ぶりの再会だというのに、連れてきた真帆は隣でまたにやにやと笑っていて「それじゃあ、お邪魔だから本当に帰るね」と言った。そして本当に、帰って行った。

墓前に残ったのは、僕と、彼女の二人だけ。

とりあえず、「あの、えっと、久しぶり……」と言葉にした。それからなんと呼べばいいか迷って「……高槻さん」と口にする。彼女は、首を振った。

「ううん。もう、高槻じゃないよ。今は、宮園（みやぞの）」

「……そっか」

結婚、したんだ。そりゃあ、そうだよな。高校を卒業して、四年も経っているんだから。美人で、愛想が良くて、元気な彼女に彼氏ができて、結婚しないはずがない。ましてや大学生ではなく、社会人なんだから。あの日からずいぶん伸びてしまった髪が、どうしようもないほどの時間の経過を僕に突き付けた。

予想はしていたけど、自分勝手にも泣きそうになった。初恋が、終わったんだから。

宮園さんは墓前にしゃがみ込んで、手を合わせてくれた。そういえば以前、今度はお墓に手を合わせたいですと話していたのを思い出す。今日来てくれたのもきっと、その約束を果たすためだったんだろう。

「実は、真帆から定期的に春希くんの近況を聞いてたの」

「……そうだったんだ」

そんなことは一言も言ってなかったけど、話しているのはなんとなく予想してた。だから、驚きはしなかった。

閉じていた目を開いて、宮園さんはこちらに微笑みかけてくる。

「教員採用試験、合格おめでとう。これから晴れて、小学校の先生だね」

「……ありがとう」

それから何を話そうか迷って、言いたいことはたくさんあったけど、とりあえず例の件について話すことに決めた。

「四年前、真帆から答辞の動画、見せてもらったんだ。すごい、かっこ良かった。ずっと言えなくて、本当に今さらだけどさ、卒業、おめでとう……」

「ありがとね」彼女が笑う。

「……写真も、見せてもらったんだ。絶交するって言ったのに、ちゃんと橋本くんと和解できて、やっぱりすごいなって思った……本当に、また何も言わずに君の前から姿を消すようなことをして、ごめん……本当に、ごめんなさい……！」

謝罪の言葉を口にしたら、涙がこぼれ落ちた。思わず膝から崩れ落ちて、地面に手をつく。こんなつもりじゃなかったのに。彼女と会えた時に泣くつもりなんて、なかったのに……。

「顔、上げて」

彼女が、優しく言った。僕は、涙で歪む視界を上げる。そこには、いつの間にか随分大人になってしまった彼女の姿が、あった。その事実が、また僕の心を刺激した。

「実は、ずっと落ち込んでたら、真帆に怒られたの」

「……え？」

「春希くんのためだって言うけど、それはただの逃げなんじゃないかって。春希くんを言い訳にするなって」

ポケットから取り出したハンカチで、彼女は僕の涙を拭いてくれた。必死で、顔をそらした。彼女はもう、どこかの誰かの妻なんだから。そんなことをしてもらう資格なんて、今の僕にはない。

「そう言われて、初めて気付いた。春希くんが、私の前からいなくなった理由。全部捨てようとした私のため、なんだよね」

「違う……違うんだよ、僕は……！」

逃げたんだ。そこに彼女を想う気持ちはあったのかもしれないけど、一度は明確に逃げた。

「でも君は、あれからまた学校に来てくれた」

「それは、僕じゃなくて……！」

「ううん。君は、君だよ」

それから彼女は優しく僕のことを抱きしめてくれた。あの日、彼に病室でそうしたように。

「君のおかげで、康平も変わったの。君が私のために、ハッキリと困ってるんだって言ってくれたから。あの言葉があったから、自分が間違っていたことに気付いて目が覚めたみたい。君がいなくなった後、私や隼人くんや、真帆にも謝ってた。君にも、謝りたいって言ってた」

「やめろよ……結婚してるんだろ？　こんなところを見られたら、また変に噂されるから……」

今度は、ただのいじめなんかじゃ済まない。大人になれば、司法が僕らのことを裁いてくる。

狭い世界だ。

噂は、それこそあっという間に広がる。せっかく就職した杉浦病院も、退職しなければいけなくなるかもしれない。それなのに、彼女はいっそう僕のことを強く抱きしめてきた。

「実は、離婚したの」

「……え？」

「私が高校を卒業して、しばらく経ってから。お父さんが耐え切れなくなったみたい」

悲しいことのはずなのに、おどけたように彼女は言った。

「私のお母さん、自分勝手なところがあるから。感情の制御も苦手だし、しょっちゅう喧嘩してたし、本当のお父さんが出て行った理由も今になってみればよくわかるの」

「そんな……」

「それでも、私はお母さんのことが大好きだよ」

いつの間にか心まで大人になった彼女は、もうわだかまりなんて一つもないかのように、笑顔を浮かべていた。

「私が倒れた日、誰よりも先に病室に来て泣いてくれたの。今まで、散々迷惑を掛けてごめんって。本当にどうしようもなくて、みんなから嫌われるような人で、康平が毒親だって言いたくなる気持ちもわかるの。だけどそれじゃあ、あの人は本当に一人になってしまうから。だから、私だけは愛してあげようって決めたの。だって、最愛の息子を小児がんで亡くして、愛していた人に裏切られたのに、それでも私のことを泣きながら抱きしめて、受け入れてくれたんだから」

恨みを抱く前に、感謝しなきゃいけなかった。彼女は清々しい表情をたたえ、そう言った。

「今は、お母さんと弟と一緒に暮らしてる。正直、離婚するだろうなっていう予感はずっとあったから、大学には行かずに就職することにしたの。お金のことで、二人に迷惑掛けちゃうから」

「でも今は、杉浦病院で働いてるんでしょ？　あの人も、働いてるよね……？」

「そうだよ。でも、別にあの人と私の仲が悪くなったわけじゃないから。春希くん、言ってくれたでしょ？　友達から始めてみても、いいんじゃないかって。だから、たまに会って、変わらずにお酒とか飲んで話してる。私に申し訳ないと思ってるから、お母さんもそれくらいは許してくれてるみたい」

「……そうだったんだ」

「弟の輝幸は、小学生になってから野球を始めたの。休日は私がたまに教えてあげて、バッティングが随分上手になった。ボールも速く投げられるから、もしかすると将来はピッチャーをやるのかも！」

「そっか……」

本当に、見違えるほど彼女は強くなった。成海から宮園に変わって、それから高槻に。そして高槻から、また宮園に戻って。

大人の都合に翻弄され続けたのに、本当に、強く……。

「春希くん」
彼女が、優しく僕の名前を呼んでくれる。
「だからもう、大丈夫だよ」
安心させるように、そっと肩を撫でてくれた。
もう、いいのだろうか。
ずっと秘めていた想いを、言葉にしても。
僕らはみんな、嘘を吐きすぎてしまった。
たくさんの勘違いや、すれ違いの果てで。
いつかの僕は、この想いさえも嘘で塗り潰した。
ずっと、一緒にいたいと望んでいた。
今度会った時、彼女に意中の相手がいなかったとしたら、伝えたいことがあった。
本当に、僕は。
心の底から、子どもの頃から、ずっと、君のことが。
「好きです」
きっと二人なら、どこまでも歩いて行ける。
一番大切な人は、子どもの頃からずっと変わっていなかったから。
それだけは、嘘を吐けなかった。

あとがき

まずは本作をお読みくださり、誠にありがとうございます。

私事ではありますが、本作の発売日で、小説家としてデビューしてから四年の月日が経ちました。まだ大学四年生だった二〇一八年の六月二十八日に「記憶喪失の君と、君だけを忘れてしまった僕。」をスターツ出版様にて刊行致しました。それからあまり時間を空けずに二作目、三作目と学生時代に出版させていただいております。社会人になってからは本職と作家の両立が難しく、一時はどちらかを辞めてしまいたいと思ったほどに追い詰められた時期がありました。どうしようもない理由で出版のお話がなかったことになったり、大手の出版社の書き下ろしの予定が、私のスケジュール管理の甘さや精神的な不調が理由で白紙になったこともありました。それでも変わらずに作家でいられるのは、応援してくださった皆様のおかげでもあります。昨年はデビュー作の続編を書かせていただけて、最終巻である三作目は最高傑作が書けたという手ごたえがありました。本作も、それに負けず劣らずの作品だと自負しています。これから四周年という節目にこの作品を書けたことが、今では私の誇りになっています。これからも、自分なりのペースで作家を続けていきたいと思えるきっかけになりました。

「壊れそうな君の世界を守るために」は、青春小説で純愛と居場所をテーマとしていながら、家族愛の物語でもあります。当初は「春希」と「天音」を軸に物語を組み立てていく予定でしたが、書き進めていくにつれてそこに「真帆」が加わり、ほとんどモブキャラだった「明坂」と「風香」が仲間になりました。テニスラケットの女の子に途中まで明確な名字がなかったのは、実はそれが理由です。春希が鳴海になってしまったのも、プロット段階では「いじめ」が一番の原因でしたが、天音と春希の過去が明らかになるにつれて変わりました。春希なら、きっとそうするだろうという思いが、物語の軸を転換させるきっかけとなりました。完璧な女の子に見えながら、子供の頃から大きなトラウマを抱えている天音は、病的なまでに春希に固執しています。それは春希も同じでした。両想いで一緒にいられる、それほど素敵なことはない。けれどもノーと突き付けたのは、それだけ彼女を大切に思っていたからです。もし自分を選んでしまったら、思い出として過去を振り返った時に残るのは、彼女が小学生の時にも味わった疎外感だけですから。決して肯定するだけが全てではないのだと、作者である私も彼らから学ばせてもらいました。そういう意味では、登場人物と一緒に成長して行けた作品だと思います。

本作品に携わってくださったすべての方に厚くお礼申し上げます。本当に、ありがとうございました。

小鳥居(ことりい)ほたる

小鳥居ほたる先生へのファンレターのあて先
〒104-0031　東京都中央区京橋1-3-1　八重洲口大栄ビル7F
スターツ出版（株）書籍編集部 気付
小鳥居ほたる先生

壊れそうな君の世界を守るために

2022年6月28日　初版第1刷発行

著　者　小鳥居ほたる　

発 行 人　菊地修一
デザイン　カバー　長﨑綾（next door design）
　　　　　フォーマット　西村弘美
発 行 所　スターツ出版株式会社
　　　　　〒104-0031
　　　　　東京都中央区京橋1-3-1　八重洲口大栄ビル7F
　　　　　出版マーケティンググループ　TEL 03-6202-0386
　　　　　（ご注文等に関するお問い合わせ）
　　　　　URL　https://starts-pub.jp/
印 刷 所　大日本印刷株式会社

Printed in Japan

ISBN　978-4-8137-1284-8　C0193